Le Vent qui gémit

Du même auteur
chez le même éditeur

Blaireau se cache
Coyote attend
Dieu-qui-parle
Femme qui écoute
La Mouche sur le mur
Là où dansent les morts
La Trilogie Jim Chee (incluant *Le Peuple des ténèbres*)
La Trilogie Joe Leaphorn
La Voie de l'ennemi
La Voie du fantôme
Le Garçon qui inventa la libellule
Le Grand Vol de la banque de Taos
Le Premier Aigle
Les Clowns sacrés
Le Vent sombre
Le Voleur de temps
Moon
Porteurs-de-Peau
Rares furent les déceptions
Suite navajo 1
Un homme est tombé

Tony Hillerman

Le Vent qui gémit

Traduit de l'anglais (États-Unis)
par Danièle et Pierre Bondil

Collection dirigée par
François Guérif

Rivages/Thriller

Titre original : *The Wailing Wind*

© 2002, Tony Hillerman
© 2003, Éditions Payot & Rivages
pour la traduction française
106, boulevard Saint-Germain – 75006 Paris

ISBN : 2-7436-1159-6
ISSN : 0990-3151

NOTE DE L'AUTEUR

Si *Le Vent qui gémit* est un ouvrage de fiction, le dépôt de munitions de l'armée existe bel et bien à Fort Wingate. Il s'étale sur cent kilomètres carrés à l'est de Gallup, le long de la ligne ferroviaire transcontinentale, de la vieille Route 66 et de l'Insterstate 40, suscitant chez les générations de touristes qui passent par cet endroit une interrogation relative à ces kilomètres d'immenses bunkers. Autrefois ils abritaient des milliers de tonnes de bombes, de roquettes et de missiles, mais aujourd'hui ils sont essentiellement vides. Des cerfs-antilopes broutent le long des voies de garage abandonnées, tout comme les quelques bisons rescapés d'une expérience d'élevage et les bovins appartenant aux éleveurs proches, dont certains sont accusés de cisailler les grillages pour favoriser ces intrusions. La société TPL, Inc., travaille dans certains de ces bunkers où elle convertit le carburant utilisé pour les fusées en explosifs au plastique. Aux Paul Bryan, Brenda Winter et Jim Chee de cette compagnie vont mes remerciements pour l'aide qu'ils ont apportée à ce projet.

Le fort, créé en 1850, s'est implanté sur ce site en 1862. Il y a accueilli d'immenses quantités d'explosifs militaires à la fin de la Première Guerre mondiale, s'est agrandi lors de la Seconde Guerre mondiale et de la Guerre de Corée, et est devenu la principale réserve d'explosifs utilisés au Vietnam. Il est aujourd'hui réformé, et l'armée l'utilise à l'occasion pour tirer des missiles au-dessus du périmètre d'essais de défense aérienne de White Sands. Des services gouvernementaux occupent plusieurs bunkers et autres bâtiments.

Mon vieil ami James Peshlakai, shaman navajo, chanteur de rites guérisseurs importants et directeur de la Fondation culturelle Peshlakai, m'a autorisé à donner son nom au shaman imaginaire de Coyote Canyon. Je suis également redevable à Lori Megan Gallagher et à Teresa Hicks qui m'ont aidé dans ma quête des légendes sur les prospecteurs d'or.

Note des traducteurs

Le lecteur américain est tout aussi ignorant que le lecteur français des mœurs et coutumes des Indiens Navajo. Nous avons donc décidé de respecter le choix de l'auteur, qui a disséminé ici et là dans son roman les informations nécessaires à en assurer la bonne compréhension, et de ne pas alourdir le texte d'une quantité de notes explicatives et de termes en italique. Toutefois, il nous a semblé utile de faire figurer en fin d'ouvrage un glossaire qui devrait permettre au lecteur qui en éprouverait le besoin d'avoir une meilleure vue d'ensemble de cette civilisation et de ses voisines. Les mots suivis d'un astérisque dans la traduction pourront renvoyer à ce glossaire. Nous avons en outre établi une carte des territoires concernés.

Par ailleurs, certaines particularités orthographiques (accords, majuscules notamment) se retrouvent dans le texte de Tony Hillerman; et des termes d'origine indienne peuvent présenter des différences d'un livre à l'autre : quelques lignes extraites du remarquable ouvrage de Harry Hoijer, *A Navajo Lexicon*, University of California Press 1974, permettront aisément de comprendre pourquoi (extrait consacré aux noms, les verbes étant environ dix fois plus nombreux en navajo).

N 102 táščìžìì 'swallow (the bird)'.
N 103 -tášłòh 'hair of arms and legs'.
N 104 táčééh 'sweathouse'.
N 105 -táál : hàtáál 'chant; ceremony'. see S 139.
N 106 tááláhòòyàn 'Awatobi ruin'. táálá-?; hòòyàn, N 303A.
N 107 -tààł- : hàtààł 'singer (in ceremonies)'. Lit. 'one who sings'; see S 139.4 E 5.
N 108 tàžìì 'turkey'. See S 147.1.

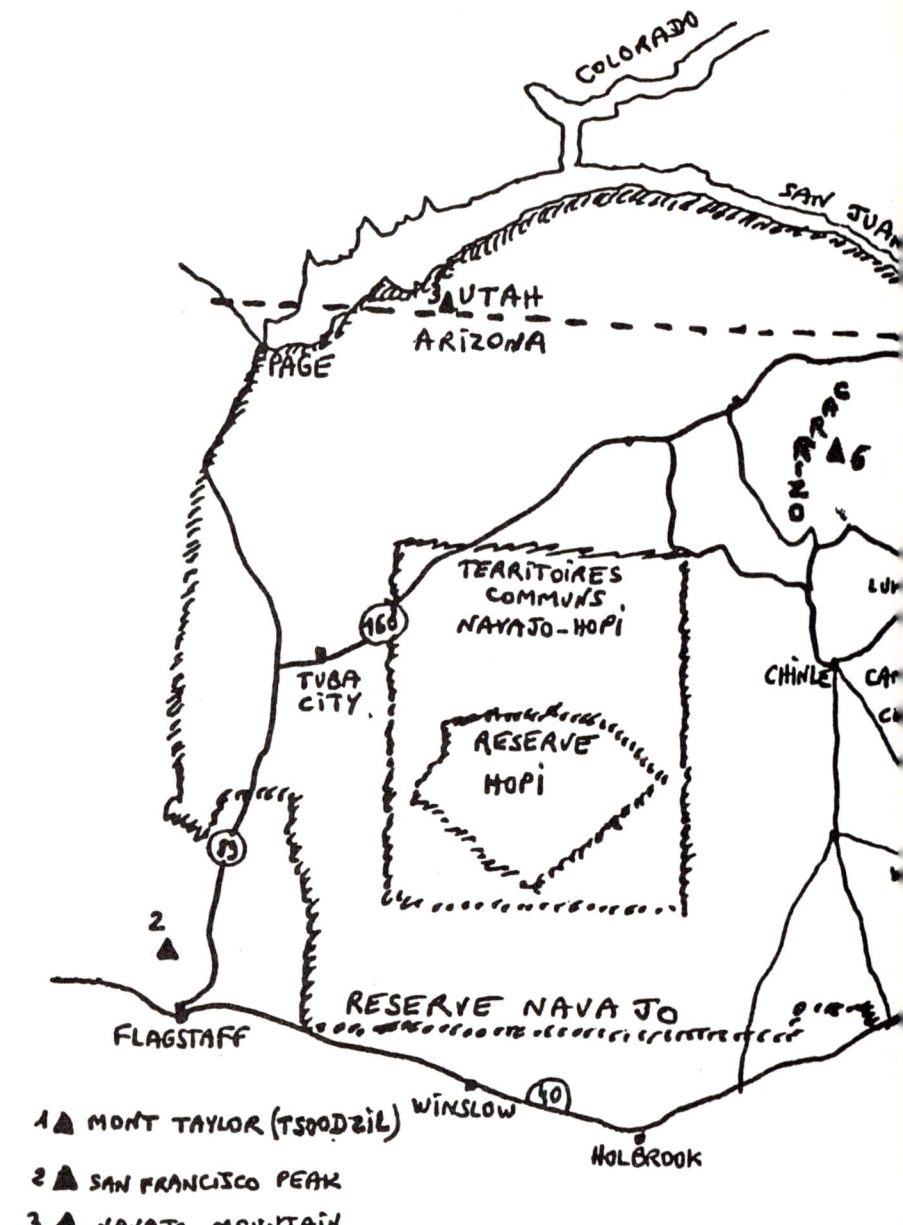

1. ▲ MONT TAYLOR (TSOODZIL)
2. ▲ SAN FRANCISCO PEAK
3. ▲ NAVAJO MOUNTAIN
4. ▲ BLANCA PEAK
5. ▲ MONT HESPERUS
6. ▲ PIC PASTORA

RES.
UTE
MESA VERDE

COLORADO
─────────────
NOUVEAU MEXIQUE

SHIPROCK
FARMINGTON
BOS DU CACHON
371
BISTI

CHACO

N
O —— E
S

66
CC
9
CROWNPOINT

THOREAU
GRANTS
SAN MATEO
RES.
RES.
RES.
ALBUQUERQUE
40
SANTA FE

G
W
MC
RES.
RAMAH
NAVAJO
UNI
RES.

G GALLUP
C CHURCH ROCK
CC COYOTE CANYON

0 10 20 30 MILES
0 10 20 30 40 KM

1

Bernadette Manuelito avait eu une journée chargée dont, désormais débarrassée du sentiment qu'elle était la recrue la plus inexpérimentée de la Police Tribale Navajo, elle avait apprécié la majeure partie. Elle avait remis son mandat de comparution à Desmond Nakai, au bâtiment * administratif de Cudai, se conformant à la politique qui consistait à s'affranchir d'abord des tâches les plus désagréables. En fait, Nakai se trouvait bien sur place, ce qui lui avait évité d'avoir à le pourchasser et, contrairement aux prédictions du capitaine Largo, il était resté aimable.

Elle s'était ensuite rendue à l'externat de Beclabito pour enquêter sur l'intrusion avec effraction qui s'y était produite. Ce n'était pas bien grave. Un employé d'entretien intérimaire qui s'était adonné avec excès à ses libations du week-end n'avait pas pu attendre jusqu'au lundi pour récupérer le blouson oublié à l'intérieur, il avait brisé une vitre, escaladé et récupéré son bien. Il avait accepté de payer la casse. Le standardiste l'avait alors contactée afin d'annuler le long trajet prévu vers le bâtiment administratif de Sweetwater. Ce qui faisait de Red Valley le prochain arrêt sur sa liste.

— Et, Bernie, avait-il ajouté, quand tu en auras terminé à Red Valley, j'en ai un autre pour toi. Un type a appelé pour signaler un véhicule abandonné quand on remonte une ravine sur le côté de la route de terre qui continue jusqu'à l'école de Cove. Un pick-up truck [1] bleu pâle avec deux rangées de sièges. Relève le numéro. On vérifiera s'il est volé.

---

1. *Pick-up truck* : omniprésent dans les États de l'Ouest, il s'agit d'un camion léger, en général monté sur un châssis d'automobile, dont l'arrière ouvert autorise tous les transports. (*N.d.T.*)

– Pourquoi tu ne t'es pas fait communiquer le numéro par le gars qui l'a trouvé ?

Parce que, avait expliqué le répartiteur, le renseignement provenait d'un pilote de la société du Gaz Naturel d'El Paso qui avait remarqué le véhicule en survolant l'endroit, la veille dans l'après-midi et le matin même à nouveau. Trop haut pour lire les plaques.

– Mais pas trop haut pour affirmer qu'il est abandonné ?
– Bernie, écoute. Qui va laisser un véhicule garé une nuit entière dans un arroyo * à moins de l'avoir volé pour s'offrir une balade ?

Là-dessus, il lui avait fourni une description un peu plus précise du lieu probable où se trouvait le camion et s'était excusé de lui imposer cette surcharge de travail.

– Pas de problème, avait-elle répondu, et c'est moi qui m'excuse d'avoir râlé comme ça.

Le standardiste s'appelait Rudolph Nez, c'était un policier âgé qui avait été le premier à l'accepter, en tant que femme, comme collègue de travail. Un véritable ami dont elle pensait qu'il lui confiait davantage de tâches afin de lui prouver qu'à ses yeux elle était un policier à part entière. Au demeurant, cette nouvelle mission lui donnait l'occasion de grimper sur Roof Butte, le seul endroit de la réserve navajo, pratiquement, où l'on pouvait, en voiture, gravir jusqu'à trois mille mètres d'altitude. Le camion abandonné attendrait qu'elle y ait observé sa pause de midi.

Elle s'assit sur une plaque de grès sous un bouquet associant trembles et épicéas, et mangea son pique-nique en pensant au sergent Jim Chee, installée face au nord pour profiter de la vue. Les Monts Carrizo et le pic Pastora faisaient écran aux Rocheuses du Colorado, et autour d'elle la forêt de Lukachukai masquait les sommets de l'Utah. Mais une étendue infinie de ce coin inhabité du Nouveau-Mexique s'étalait en contrebas et la moitié nord de l'Arizona s'étendait sur sa gauche. Cette immensité, mouchetée d'ombres de nuages et ponctuée de diverses cimes montagneuses, suffisait à élever l'esprit humain. Du moins il en allait ainsi pour elle. Tout comme le souvenir de ce jour où, alors qu'elle était une toute jeune recrue sans expérience au sein de la Police Tribale Navajo, Jim Chee s'était arrêté en ce lieu pour lui montrer son panorama préféré de la Nation Navajo. Ce jour-là, un orage amoncelait ses nuées au-dessus de Chaco Mesa *, à des kilomètres au nord-est, et un autre prenait forme près de Tsoodzil, la Montagne Turquoise de l'Est. Mais les pâturages vallonnés en dessous d'eux étaient illuminés par le soleil de l'après-midi. Chee avait pointé le doigt vers une petite colonne de poussière grise et de fragments divers qui progressait de manière capricieuse au-dessus des champs, de l'autre côté du Highway 666.

— Un démon de poussière, avait-elle commenté.

Et c'était à ce moment-là que, pour la première fois, elle avait discerné quelque chose derrière l'insigne de policier de Chee.

— Un démon de poussière, avait-il répété d'un air pensif. Oui. C'est la même image en navajo. On m'a appris à voir, dans ces vilaines petites tornades, les Garçons Silex Dur qui luttent contre les Enfants du Vent. Les bons *yei* * qui nous apportent des brises fraîches et poussent la pluie au-dessus de nos pâtures. Les mauvais *yei* qui instaurent la présence du mal dans le vent.

Elle acheva son thermos de café, essayant de déterminer ce qu'elle devait faire par rapport à Chee. Si elle devait faire quelque chose. Elle n'avait encore atteint aucune conclusion, mais sa mère semblait avoir jugé que le sergent représentait un parti acceptable.

— Ce M. Chee, avait-elle dit. On m'a dit qu'il est né au Dineh * à la Parole Lente, et que son père était du clan * de l'Eau Amère.

Cette remarque était survenue alors qu'absolument rien ne la motivait, et sa mère n'avait ajouté aucun commentaire. Elle n'en avait nullement besoin. Ces mots signifiaient qu'en se renseignant elle avait obtenu l'assurance que, dans la mesure où Bernie était née au Ashjjhi Dineh et pour le Peuple * de la Perle, aucun des tabous navajo liés à l'inceste ne constituait un risque si sa fille souriait à Chee. Sourire était la limite que celle-ci n'avait pas dépassée, peut-être celle à laquelle elle souhaitait rester. Jim Chee s'avérait difficile à comprendre.

Mais elle pensait toujours à lui quand elle engagea sa voiture de patrouille dans le troisième petit wash * qui grimpait, au nord de Cove, et vit le soleil miroiter sur la vitre arrière d'un camion, bleu clair comme celui qu'on lui avait décrit, obstruant l'étroite piste qui gravissait le lit du cours d'eau asséché.

Des plaques du Nouveau-Mexique. Bernie nota le numéro. Elle mit pied à terre, remonta le wash, remarquant que les vitres du véhicule étaient ouvertes. Et s'immobilisa. Il y avait un fusil sur le râtelier, en travers de la fenêtre arrière de la cabine. Qui s'éloignerait à pied en laissant une arme qu'on pourrait lui voler ?

– Bonjour, lança-t-elle.

Puis elle attendit.

– Hé-ho. Il y a quelqu'un ?

Et elle attendit à nouveau.

Pas de réponse. Elle libéra le rabat de son étui, posa la main sur la crosse du pistolet et s'avança silencieusement jusqu'à la portière du passager.

Un homme vêtu d'un ensemble veste et pantalon en jean était couché latéralement sur le siège avant, la tête contre la portière du conducteur, avec une casquette publicitaire rouge qui lui couvrait la majeure partie du visage et les genoux un peu relevés.

Il cuve, pensa Bernie qui travaillait depuis suffisamment longtemps dans la police pour reconnaître les signes. Mais elle ne percevait pas l'odeur écœurante du sommeil induit par le whisky. Aucun signe de mouvement. Aucun signe de respiration non plus.

Elle emplit ses poumons, se rapprocha très légèrement de la portière.

– *Ya eeh teh**, dit-elle à voix haute.

Pas de réponse. Elle ne détectait aucune trace de sang ni aucun signe de violence. Des mèches de longs cheveux blonds bouclés dépassaient autour de la casquette. La veste de jean et les chaussures étaient poussiéreuses. Il sembla à Manuelito que l'homme était profondément inconscient, sinon mort. Elle ouvrit la portière et agrippa le montant pour se hisser sur le marchepied. Relevant le bas du pantalon qui couvrait la jambe, elle toucha la cheville pour y déceler le battement du sang. Elle était froide. Pas de pouls, et aussi froide que la mort.

Dans l'esprit de Bernie, le contact de la cheville sans vie remplaça brusquement la conscience qu'elle avait de son appartenance à la police par celle de son appartenance à la Nation Navajo. Mille ans avant que le Dineh n'apprenne l'existence des bactéries et des virus, la contagion transmise par les mourants ou ceux dont la mort est récente lui était connue. Les anciens appelaient ce danger *chindi* *, le nom d'un fantôme, et enseignaient au Peuple qu'il fallait l'éviter durant quatre jours, davantage si le décès était survenu à l'intérieur d'une habitation où le *chindi* allait s'attarder. Bernie descendit du marchepied et resta un moment immobile. Que devait-elle faire maintenant ? D'abord, elle allait signaler le cadavre par radio. Quand elle arriverait chez elle, elle demanderait à sa mère de lui indiquer le bon shaman * afin d'organiser le rite * guérisseur approprié.

Quand elle eut regagné sa voiture, elle communiqua son rapport au standardiste.

– Naturelle, tu penses ? s'enquit-il. Pas de décapitation ? Pas de sang ? Pas de blessures par balles ? Pas d'odeur de poudre ? Rien d'intéressant ?

– Il m'a donné l'impression qu'il venait juste de mourir, précisa-t-elle. La bouteille de trop.

– Dans ce cas, j'ai une ambulance à Toadlena, si elle y est encore. Ne quitte pas, je vais te dire ça dans une minute.

Bernie resta en ligne. La main avec laquelle elle tenait le micro était sale, maculée par ce qui semblait être de la suie. Ça provenait de la chaussure du mort, se dit-elle, ou de sa jambe de pantalon. Elle fit la grimace, passa le micro dans sa main gauche et essuya ces traces de saleté sur la jambe de son pantalon d'uniforme.

– C'est bon, Bernie. Je l'ai eu. Il devrait être là dans moins d'une heure.

Une prévision exagérément optimiste, en fait. Une heure et presque vingt-deux minutes s'étaient péniblement écoulées avant que l'ambulance n'arrive avec son personnel et, pour Bernie, cela parut beaucoup plus long. Assise dans sa voiture, elle réfléchit au cadavre et à l'identité qui pouvait bien être la sienne. Puis elle sortit et explora les environs du pick-up afin de s'assurer qu'elle n'avait rien omis... par exemple une rangée d'impacts de balles dans le pare-brise, une flaque coagulée sur le plancher autour de la pédale de frein, des taches de sang sur le volant ou peut-être sur le fusil du râtelier, voire une lettre expliquant le suicide, crispée dans la main de la victime.

Elle ne trouva rien de semblable mais remarqua que le jean de l'homme avait collecté quantité de ces agaçantes graines de chamisa dans leurs voyages, de même que la chaussette, sur la cheville qu'elle avait contrôlée : des graines de chamisa, des bardanes et autres variétés de ces semences végétales qui collent ou s'accrochent et grâce auxquelles les plantes des régions arides disséminent l'espèce. La semelle de caoutchouc de la chaussure de sport qui correspondait au pied qu'elle avait touché avait également récolté cinq crampons de têtes de chèvres : la malédiction des motards. Elle s'assit dans sa voiture pour y réfléchir, puis ressortit afin d'inspecter la flore locale. L'endroit culminait à plus de deux mille sept cents mètres, un climat qui ne correspondait pas aux chamisas. Elle n'en trouva aucune, pas plus qu'elle ne vit de bardanes ou de têtes de chèvres. Sur un bouquet d'asters prématurément montés en graine à cette altitude élevée et froide, elle préleva les capsules car elles pourraient tout à fait s'acclimater à la plus forte chaleur de ses plates-bandes, à Shiprock. Elle y ajouta les graines prises sur deux pousses d'ancolie et d'une plante rampante qu'elle ne put identifier. Et comme elle était quelqu'un d'ordonné, elle retourna aux ancolies où elle récupéra la petite boîte de tabac à pipe Prince Albert qu'elle avait remarquée au milieu des herbes sauvages : elle était sale mais cela valait mieux que d'essayer de ranger sa récolte de graines en vrac dans sa poche.

2

Joe Leaphorn avait mis du temps pour s'habituer à sa retraite, mais il avait appris. Et l'une des leçons retenues consistait à prendre ses précautions quand il accompagnait le professeur Louisa Bourebonette dans une de ses excursions. Elles s'orientaient généralement vers les contrées des réserves navajo souffrant le moins d'acculturation pour y enregistrer les souvenirs des anciens sur ses bandes magnétiques consacrées à « l'histoire orale ». Généralement, il se retrouvait dans un hogan * chaud comme un four, ou dodelinant de la tête dans la voiture de son amie, ce qui l'avait incité à s'acheter un fauteuil pliant confortable pour s'installer à l'aise à l'ombre des abris de broussailles voisins des hogans.

Il y était paisiblement assis, sous un arbre proche de la grange à foin du comptoir d'échanges de Two Grey Hills. Les souffles d'air provenaient des épais cumulus qui formaient une ligne au-dessus de la crête des Lukachukai et émettaient de temps en temps un grondement de tonnerre prometteur. Louisa choisissait une couverture * dans le célèbre stock du magasin de Two Grey Hills, un cadeau de mariage pour une de ses nombreuses nièces. Dans la mesure où elle prenait au sérieux jusqu'aux courses dans une épicerie et où, en l'occurrence, il s'agissait d'un cadeau très particulier, Leaphorn savait qu'il disposait de tout le temps voulu pour réfléchir tranquillement. Depuis un moment il se représentait la quête de la perfection menée par Louisa au milieu des couvertures de Two Grey Hills telle une sorte de course contre le front orageux qui franchissait la montagne. La pluie précéderait-elle l'achat ? L'achat comme le nuage s'évaporeraient-ils sans aboutir, le nuage s'éloignant vers une décevante dissipation dans l'air sec, au-dessus des plaines à bisons, et Louisa ressortant du comptoir d'échanges sans couverture ? Ou le nuage allait-il culminer plus haut, toujours plus haut, sa base virer au bleu-noir, son sommet étinceler de cristaux de glace, et la pluie bénie commencer à piqueter la terre tassée du parking devant le magasin tandis qu'une Louisa heureuse lui présenterait la couverture de qualité parfaite dont rêve le collectionneur, lui faisant signe de venir se ranger au pied des marches afin qu'elle ne reçoive pas de gouttes.

Un éclair éblouissant relia le versant de la montagne au nuage, produisant une explosion de tonnerre et suggérant que l'orage allait peut-être l'emporter. À ce moment précis, une Chevrolet entra sur le parking, le mot SHÉRIF peint sur le côté. Le conducteur ralentit pour se garer près de l'entrée, puis interrompit cette manœuvre pour s'approcher de l'arbre où se trouvait Leaphorn.

– Lieutenant Leaphorn, dit-il, vous ne devriez pas rester assis sous un arbre pendant un orage.

Un visage surgi du passé. L'adjoint au shérif Delo Bellman.

Leaphorn leva la main en signe de salut, envisagea de dire, « Hello, Delo », mais se retint.

– Delo, *ya eeh teh*.

– Vous avez écouté les nouvelles ?

– Pas en entier.

Bellman n'avait pas besoin d'une radio pour les obtenir. Il avait la solide réputation d'être le roi des ragots parmi la fraternité des forces de l'ordre dans la région des Four Corners *.

– Vous avez entendu, pour le meurtre ? poursuivit-il. Cet homme que vos collègues ont découvert mort près de Cove, l'autre jour. En fait, c'était le neveu du vieux Bart Hegarty. Un gars qui s'appelait Thomas Doherty.

Leaphorn afficha l'expression faciale appropriée pour ce genre de nouvelles tristes. Ses contacts avec Bart Hegarty n'avaient été ni fréquents, ni particulièrement agréables. Il n'avait pas participé au deuil des proches quand plusieurs hivers auparavant le shérif était décédé après que sa voiture eut dérapé sur le verglas et heurté une butée de pont.

– Mort de quoi ? interrogea-t-il. S'il était le neveu du shérif, il devait être assez jeune.

— Pas tout à fait trente ans, je dirais...

Il exprimait le plaisir sombre propre aux jaseurs lorsqu'ils colportent de mauvaises nouvelles.

— ... Une balle dans le dos. Une balle de carabine.

Leaphorn en fut surpris car cela indiquait clairement que le jeune Doherty n'avait pas été tué dans son camion. Mais il ne demanda pas de précisions. Il hocha la tête, essayant de ne pas donner à Bellman l'impression qu'il disposait d'un auditoire intéressé. Peut-être l'adjoint allait-il partir vaquer à ses affaires. La veille au soir, aux informations télévisées, Leaphorn avait entendu que ni la cause du décès ni l'identité de la victime n'avaient été rendues publiques par le FBI. Mais le seul fait que les fédéraux aient retiré l'affaire à la Police Tribale Navajo lui avait appris que soit il s'agissait d'un homicide volontaire, soit la victime était un criminel en fuite.

Bellman gloussa.

— C'est drôle, vous ne trouvez pas ? Qu'une femme nommée Hegarty épouse un homme nommé Doherty.

Il jeta un coup d'œil à Leaphorn, espérant une réaction et, n'en obtenant pas, poursuivit :

— Vous savez, une « arty » qui épouse un « erty ».

— Ouais, fit Leaphorn.

— Probablement un fusil de chasse, ajouta Bellman qui attendit un commentaire. On dirait que l'auteur du coup de feu, il en était pas tout près, de Doherty. Il l'a visé et *pan*.

Leaphorn hocha la tête. Ainsi donc, les scientifiques dépêchés sur les lieux avaient conclu que la victime avait été abattue puis placée dans le véhicule où on l'avait découverte. Intéressant.

— C'est probablement pour ça que votre agent avait conclu à un décès dû à des causes naturelles, aucune trace de violence.

— C'est ce qu'il avait dit ?

— Elle, précisa Bellman. C'était la petite Manuelito.

Bernadette Manuelito, pensa Leaphorn. Une jeune femme intelligente, d'après l'impression qu'elle lui avait laissée l'année précédente quand avec Jim Chee il s'était occupé de l'enquête sur le braquage du casino. Intelligente, mais elle ne devait toujours pas avoir beaucoup d'expérience.

— Hé bien, dit-il. Ce genre de chose est parfois difficile à déterminer au premier coup d'œil, et je crois qu'il n'y a pas longtemps qu'elle patrouille sur les routes. Je comprends que ça ait pu lui échapper.

Facile à concevoir, pensa-t-il. Bernie était la fille d'une famille de Navajos traditionalistes à qui l'on avait enseigné à respecter les morts et à redouter la contamination des défunts : l'esprit du *chindi* qui était assurément demeuré auprès du corps. Elle n'avait pas voulu le déplacer. Ni même rester à proximité plus que nécessaire. Elle s'était sûrement juste contentée de le confier aux ambulanciers en gardant ses distances.

– Il paraît que les fédéraux ne sont pas aussi compréhensifs. À ce qu'il paraît, ils sont allés râler auprès du capitaine Largo à cause de la façon dont elle a fait les choses.

Il étouffa un petit rire :

– Ou ne les a pas faites.

– Qu'est-ce qui vous amène à Two Grey Hills? s'enquit Leaphorn.

Il espérait parvenir à changer de sujet et peut-être inciter Bellman à reprendre ses activités. Mais cela ne marcha pas.

– J'effectue ma tournée, répondit l'adjoint. Je me renseigne sur ce qui se passe.

Il redémarra puis se pencha à nouveau à la portière.

– Je parie que le FBI va noyer Chee sous un lot de paperasses, avec cette histoire. Pas vous?

– Qui sait? fit Leaphorn même s'il ne le savait que trop.

Bellman eut un sourire forcé, n'ignorant pas que l'ancien lieutenant connaissait la réponse, mais il la débita néanmoins. Elle comportait trois éléments. Le premier concernait les frictions opposant le sergent Chee et le Bureau, extrêmement connues et joyeusement célébrées dans la fraternité des forces de maintien de l'ordre de la région des Four Corners ; le second était la croyance, généralement répandue dans cette même fraternité, que le capitaine Largo, à qui incombait cette responsabilité pour l'agence de la police navajo, à Shiprock, détestait les tâches administratives et transmettrait le bébé au sergent Chee lequel serait obligé de s'en charger ; le troisième, les rumeurs disant que Chee et l'agent Manuelito avaient des penchants romantiques réciproques... ce qui signifiait que Chee s'évertuerait à la défendre contre toute allégation de négligence commise dans le cadre d'une affaire de meurtre.

– Et encore une chose, Joe, continua Bellman, j'ai le sentiment que vous allez vous intéresser à cet homicide avant qu'il ne soit classé.

Leaphorn ouvrit la bouche, la referma. Il voulait que Bellman reparte avant que Louisa ne sorte, avec ou sans son trophée, qu'elle n'accoure et ne fournisse à l'adjoint de nouvelles munitions pour son industrie du commérage. « Devinez qui j'ai vu avec le vieux Joe Leaphorn au comptoir d'échanges de T.G.H. ? » dirait-il. Mais Leaphorn, maintenant, était tenaillé par la curiosité.

– Pourquoi ? lâcha-t-il à regret.

– Les trucs qu'ils ont trouvés dans le camion de Doherty. Un lot de cartes d'état-major, des tirages d'imprimante concernant la géologie et la minéralogie, un gros paquet de clichés pris au Polaroïd dans les canyons, ce genre de documents.

Leaphorn ne fit pas de commentaire.

– Il avait un plein dossier rempli de reproductions d'articles parlant de la mine du Veau d'Or, poursuivit Bellman. À mon avis, ça va vous rappeler le vieux Wiley Denton et... comment il s'appelait, déjà ? L'escroc que Wiley a tué il y a cinq ans. McKay, non ?

– Marvin McKay, confirma Leaphorn.

Oui, ça lui faisait effectivement penser à ça, mais il aurait préféré qu'il en aille autrement. L'affaire Wiley Denton était de celles qu'il aurait préféré oublier, s'il le pouvait. Et ce serait possible s'il parvenait un jour à découvrir ce qu'il était advenu de l'épouse de Wiley Denton.

3

Quand le sergent Jim Chee sortit par la porte latérale du quartier général de la Police Tribale Navajo, il était d'une humeur compatible avec les conditions météo qui étaient exécrables. Le vent d'ouest soufflant en rafales claqua la porte sur ses talons, lui évitant d'avoir à le faire, souleva les jambes de son pantalon d'uniforme et lui piqueta les tibias avec le sable qu'il charriait brutalement. Pour rendre les choses pires encore, la colère qu'il ressentait était dirigée autant contre lui-même, pour avoir contribué à compliquer la situation, que contre le Chef qui n'avait pas dit au FBI d'aller s'occuper de ses affaires et contre le capitaine Largo qui n'avait pas lui-même pris les choses en main.

Une partie des particules de terre que le vent chassait dans sa direction était à présent soulevée par le pick-up truck d'un particulier qui se garait sur l'un des emplacements clairement identifiés comme étant « Réservé aux véhicules de police ». C'était un camion familier, bleu et cabossé, avec une tache de rouille sur l'aile, du côté droit : celui de Joe Leaphorn, maintenant à la retraite, mais qui resterait à jamais le Légendaire Lieutenant.

Chee fit deux pas vers lui et se trouva tout à coup assailli par cet habituel mélange d'irritation, d'admiration et de conscience de sa propre incompétence qu'il ressentait toujours en présence de son ancien chef. Il s'immobilisa mais Leaphorn avait baissé sa vitre et lui faisait signe.

– Jim, cria-t-il. Qu'est-ce qui vous amène à Window Rock ?
– Un petit problème administratif, c'est tout. Et vous ? Ici, au bureau, je veux dire ?
– Je passais juste comme ça, dans l'espoir de trouver quelqu'un qui serait prêt à me payer à déjeuner.

Ils s'installèrent à une table de l'Auberge Navajo, commandèrent du café. Chee allait manger un hamburger avec des frites, comme d'habitude, mais il faisait semblant d'étudier le menu pendant qu'il se débattait avec sa fierté. Durant la totalité du long trajet sur l'U.S. 666, après avoir quitté son bureau de Shiprock pour se rendre à la convocation du Chef, il avait envisagé de passer par chez Leaphorn afin de solliciter ses conseils. Une idée qu'il avait rejetée pour diverses raisons : ce n'était pas sympa d'aller déranger le lieutenant dans sa retraite ; il devrait être capable de s'en tirer tout seul ; il passerait pour un imbécile aux yeux de son ancien patron ; ou encore... Il avait fini par la repousser... et Leaphorn lui était apparu, il lui avait fait signe à travers la poussière.

Il leva les yeux vers le lieutenant dont le menu, qu'il n'avait pas ouvert, était toujours posé sur la table.

— Je commande toujours une *enchilada*. On prend des habitudes, en vieillissant.

Ce qui, pour Chee, sembla une occasion aussi valable qu'une autre.

— Vous avez gardé votre habitude de vous intéresser aux affaires bizarres ?

Leaphorn sourit.

— J'espère que vous voulez parler du meurtre de ce Doherty. Il m'intéresse assez, je dois le reconnaître.

— Qu'est-ce que vous avez entendu dire, dessus ?

Chee songea que ça devait recouvrir la quasi-totalité des choses, à l'exception peut-être du dernier retournement de situation qui entraînait son problème personnel.

— Ce que j'en ai lu dans le *Gallup Independent* et dans le *Navajo Times*, autrement dit ce que le FBI a raconté. Pas de suspect. Et à ce qu'il semble, pas de mobile connu. Doherty apparemment tué ailleurs, son corps véhiculé là où on l'a trouvé, dans son propre pick-up. C'est à peu près tout.

— Et ce qui circule sur le circuit des rumeurs ?

— Eh bien, il paraît que le FBI ne serait pas satisfait de la manière dont les choses se sont passées sur les lieux du crime, fit Leaphorn en grimaçant un sourire. Et si j'étais du genre à parier, je dirais que c'est ce qui vous amène ici chez le Chef aujourd'hui.

– Et vous gagneriez. Le répartiteur a envoyé l'agent Manuelito jeter un coup d'œil à un camion abandonné. Bernie regarde à l'intérieur et voit le corps. Doherty, avachi du côté du conducteur. Pas de sang. Pas de traces de violence. Exactement comme les dix mille ivrognes que vous avez vus, garés sur le bas-côté pour cuver en dormant. Comme il ne se réveille pas, elle avance la main pour lui toucher la cheville et chercher le pouls. Elle est froide. Alors elle appelle, demande une ambulance et reste sur place en l'attendant.

Chee s'interrompit. Leaphorn attendit. But du café.

Chee soupira.

– Et elle dit qu'elle s'est baladée un peu alentour, qu'elle a ramassé des capsules, des graines, des trucs comme ça. Bernie est folle de botanique. Les ambulanciers sortent le corps et, à ce moment-là enfin, on s'aperçoit qu'il y a du sang. Bien sûr, le temps que ça se produise, tout le monde a piétiné dans tous les sens. Mais il n'y avait absolument aucun moyen pour elle de...

Il se tut. Avec Leaphorn, il n'y avait jamais besoin d'expliquer quoi que ce soit.

Il attendit l'objection du lieutenant disant que Bernie aurait dû étudier la situation de plus près, qu'elle aurait dû isoler le site derrière des bandes en plastique. Mais, bien sûr, celui-ci n'en fit rien. Il se contenta d'avaler une nouvelle gorgée de café avant de reposer sa tasse.

– J'ai rencontré Delo Bellman hier, par hasard, à Two Grey Hills. Il m'a dit que Doherty avait tout un tas de choses, dans son camion, concernant la prospection minière. Des articles de journaux portant sur les célèbres fouilles de la vieille mine du Veau d'Or. Il m'a dit que ça allait me rappeler l'affaire Wiley Denton. Quand Denton a tué le gars qui voulait l'arnaquer. Ça vous paraît correspondre ?

Chee hocha la tête, fit la grimace.

– Comme vous le savez peut-être, je ne suis pas particulièrement bien vu du FBI, par les temps qui courent. Mais d'après ce qu'on raconte, il semble que Doherty ait peut-être étudié lui-même de près cet homicide perpétré sur la personne de McKay. Il paraît que certains des documents que le FBI a trouvés dans sa mallette sont des photocopies de pièces du dossier.

– C'était le neveu du vieux Bart Hegarty, confirma Leaphorn. Et c'est une vieille affaire classée. Il lui aurait été assez facile de se procurer ces renseignements.

– Il ne doit pas y avoir encore de suspect, à mon avis. Je me demande si le Bureau a décidé que c'est Denton le coupable.

Leaphorn porta son café à ses lèvres et réfléchit. Chee lui demandait ce qu'il pensait de cette idée. Et, certes, il était indéniable qu'il y avait réfléchi. Il n'avait pas trouvé d'éléments établissant un lien acceptable, mais quelque chose le titillait à ce niveau-là. Lui suggérait qu'il pourrait en exister un, s'il était suffisamment malin pour le trouver.

– Quel serait le mobile de Denton ? interrogea-t-il.

– Plutôt vague, concéda Chee. Leur théorie sur le crime est sans doute que Doherty souhaitait mener à son terme ce que McKay avait initié. Raconter à Denton qu'il avait découvert l'emplacement du Veau d'Or, essayer de lui soutirer de l'argent.

Leaphorn sourit.

– Pour être vague, ça l'est. Ça ferait de lui quelqu'un de très stupide. Ou peut-être de suicidaire.

Il avait envie de changer de sujet. D'amener Chee à lui confier ce qui le tracassait vraiment.

– Selon Bellman, déclara-t-il donc, les fédéraux voudraient faire suspendre Manuelito de ses fonctions.

– Ça semble être le cas, reconnut Chee.

Leaphorn secoua la tête.

– Je ne m'inquiéterais pas trop pour ça. Si on arrête l'assassin, rien ne se produit. Sinon, s'il leur fallait un bouc émissaire, elle aurait droit à une suspension d'une huitaine de jours. Probablement avec solde. Ce serait le maximum, selon moi.

– Mais..., commença Chee.

Leaphorn attendit un moment, but une gorgée.

– Mlle Manuelito m'a donné l'impression d'être un bon policier, d'après ce que j'ai vu d'elle quand vous travailliez sur ce vol, au casino. Elle a probablement des états de service très satisfaisants. Mais il y a peut-être quelque chose que j'ignore.

– Oui, avoua Chee. Est-ce que je peux vous parler en confiance ? Parce qu'il se peut que je regrette d'avoir ouvert la bouche.

La nourriture arriva. Leaphorn remua le sucre dans sa nouvelle tasse de café.

– Je suppose que vous me demandez plus ou moins si vous pouvez me confier une information que, en cas de besoin, je pourrais prétendre n'avoir jamais entendue ?

– À peu près, confirma Chee.

Il n'était jamais nécessaire d'expliquer quoi que ce soit au Légendaire Lieutenant.

– Bon, je crois que je vous connais suffisamment bien pour pouvoir m'en remettre à votre jugement. Allez-y, faites-m'en part.

Chee sortit de sa poche de veste un sac en plastique à fermeture hermétique qu'il posa sur la table.

– L'agent Manuelito a ramassé ça sur le lieu du crime, dans un buisson près du véhicule. Elle s'en est servie pour y ranger les graines qu'elle a récupérées.

– On dirait une boîte de tabac Prince Albert, commenta Leaphorn.

Il tourna vers Chee un visage où s'inscrivait la curiosité.

Le sergent prit un autre sac en plastique dans sa poche, le tendit au lieutenant.

– Quand elle est rentrée et qu'elle a versé le contenu de la boîte dans un bol, voici ce qui en est tombé.

– On dirait du sable provenant du lit d'un arroyo, dit Leaphorn en secouant le sac dans sa paume et en l'étudiant. À moins que... La couleur ne correspond pas tout à fait et ça me paraît trop lourd.

– C'est en partie du sable et en partie de la poudre d'or.

– Ça alors, fit Leaphorn.

Il ouvrit le sac plastique, frotta une pincée de sable entre le bout de ses doigts et examina ce qui restait collé à sa peau avant de conclure :

– Je ne suis pas analyste, mais je parierais que vous avez raison.

– Elle m'a dit qu'elle avait trouvé la boîte dans des herbes, à un mètre ou un mètre vingt de la portière du conducteur. Elle me l'a remise parce qu'elle a pensé que ça pouvait constituer un indice.

Il rit en prononçant ces mots, un rire plutôt déprimé.
– Pour que vous la transmettiez au FBI ?
– Exactement, fit Chee sur un ton d'amertume. Pour que je fasse mon devoir. Et que sa suspension accompagnée d'un blâme figure dans son dossier de manière sûre et certaine. Je lui ai dit que c'était ce qui allait se passer et elle m'a répondu qu'elle l'avait sûrement mérité.

Chee fit la grimace et plongea le regard dans sa tasse, n'y voyant pas le café mais Bernie qui se tenait devant son bureau, raide comme un piquet, qui paraissait très petite, très mince, avec ses cheveux noirs lustrés et son uniforme plus net que d'habitude. Elle avait baissé les yeux avant de détourner le regard, eu l'un de ces mouvements vagues des lèvres qui expriment le regret et l'excuse, puis l'avait fixé de ses yeux foncés et tristes, attendant son verdict. Et il avait compris à ce moment-là pourquoi il ne l'avait jamais rangée dans la catégorie des filles mignonnes. Ses traits étaient empreints de dignité. Elle était belle. Et elle lui avait dit alors : « Il faut croire que je suis trop négligente pour le métier de policier. » Qu'avait-il répondu ? Quelque chose de stupide, assurément. Et maintenant Leaphorn l'observait en se demandant pourquoi il scrutait sa tasse de café.

– Ça pourrait effectivement constituer un indice, avança le lieutenant. Avec ce minerai d'or dedans. Ça pourrait avoir un rapport avec le crime.

– Alors, lieutenant, comment je me débrouille avec ça ? Je suppose que je suis en train de vous demander ce que vous feriez à ma place ?

Leaphorn porta une fourchette d'*enchilada* à sa bouche. Mâcha. Préleva une nouvelle bouchée. Fronça les sourcils.

– Est-ce que vous connaissez l'agent du FBI responsable de cette enquête ? C'est celui que vous avez pris à rebrousse-poil il y a deux ans, lors de cette histoire de braconnage d'aigle ?

– Non. Il a été transféré. Une insigne faveur que j'apprécie à sa juste valeur.

Leaphorn mangea de nouveau, puis dit :

– Mais ce souvenir va demeurer vivace un bon moment dans la mémoire de la tribu fédérale.

– J'en suis convaincu.

– Je crois que si c'était moi, et si l'agent mis en cause était un bon élément que je tenais à garder dans mon effectif, je prendrais cette boîte de tabac et j'irais la reposer à l'endroit exact où Bernie l'a trouvée. Puis j'indiquerais à quelqu'un, d'une manière détournée et adaptée à la situation, à quelqu'un qui aurait une raison d'être là-bas, je lui indiquerais où la chercher et lui demanderais de la découvrir. Après, il pourrait appeler le FBI pour les prévenir qu'il y avait une boîte, là-bas, et il les laisserait la trouver eux-mêmes. Est-ce que, parmi vos collègues de Shiprock, il y en a un qui est affecté au lieu du crime ?

– On nous a mis sur la touche.

Chee s'était imaginé que le Légendaire Lieutenant ne pouvait plus le surprendre mais il s'était trompé. Lui proposait-il de s'en charger en personne ?

Leaphorn souriait, surtout pour lui-même.

– Bon, moi j'ai une raison légitime de me rendre sur place pour jeter un coup d'œil. Il m'arrive encore de temps en temps d'être la cible de taquineries parce que je suis toujours obsédé par le meurtre de McKay. J'essaierai de trouver un lien entre les deux. Le pire qu'ils puissent faire, c'est m'ordonner de partir.

– Un lien ? Vous ne pensez pas qu'ils vont trouver ça plutôt léger, comme raison ?

– Terriblement léger. Je vais peut-être juste leur dire que je suis un ex-flic âgé qui s'ennuie et qui cherche un moyen de tuer le temps. Peut-être qu'ils auront fini, sur place, et que personne ne me posera aucune question.

– Je me suis toujours demandé pourquoi cette affaire vous intéressait à ce point. Parce que enfin, Denton a tout avoué. Il a reconnu qu'il avait abattu McKay, a prétendu que c'était par légitime défense et a conclu un marché avec l'accusation. Vous avez des doutes, là-dessus ?

– Il a été condamné à un an dont il a purgé une partie en bénéficiant d'une remise de peine pour bonne conduite. J'avais des doutes sur la légitime défense, mais surtout, je me suis toujours demandé ce qu'il était advenu de Linda Denton.

– Linda Denton ? Comment ça ?

Une fois de plus, Leaphorn le surprenait. Chee interrogea sa mémoire. D'après le souvenir qu'il en gardait, la jeune

Mme Denton avait entraîné son vieux et riche mari dans l'escroquerie de McKay puis elle avait pris la fuite quand leur plan n'avait pas débouché sur les résultats escomptés.

— Ce qui m'intrigue maintenant, conclut-il, c'est ce qui peut bien vous intriguer vous.

Leaphorn sourit, avala encore une portion de son déjeuner. Il secoua la tête.

— Vous allez me considérer comme un romantique vieux jeu. C'est ce que me dit Louisa... ce que me dit le professeur Bourebonette. Elle me dit de reprendre pied dans la réalité.

Chee finit par mordre pour la première fois dans son hamburger en étudiant son ancien chef. Le Légendaire Lieutenant paraissait un peu penaud en vérité. Ou se l'imaginait-il ?

— Vous avez vraiment envie de m'entendre parler de tout ça ? s'enquit Leaphorn. Ça va prendre du temps.

— Oui, répondit Chee.

— Bon, bien sûr, c'était une affaire qui dépendait du comté de McKinley puisque Denton avait construit sa maison de Gallup en dehors des limites de la ville. Lorenzo Perez était shérif en second, à l'époque, et c'est lui qui s'occupait des enquêtes criminelles majeures. Quelqu'un de bien, Lorenzo. Il disposait d'une affaire claire, nette et pas compliquée avec le tireur qui était passé aux aveux. La seule question concernait le degré de légitime défense envisageable. Quelle était l'origine de l'arme qui se trouvait en possession de l'escroc ? Vous vous souvenez de la version de Denton ? McKay lui avait dit qu'il avait découvert l'emplacement de la mine du Veau d'Or et qu'il avait besoin d'argent pour obtenir les droits d'exploitation et se mettre au travail. Il était prêt à accepter Denton comme associé moyennant une somme de cinquante mille dollars. En liquide. Denton retire alors l'argent de sa banque, il le garde chez lui dans une mallette. McKay lui montre un ensemble de trucs, un peu de poudre d'or, un bout de carte d'état-major, d'autres bidules. Denton repère l'arnaque, il ordonne à McKay de quitter sa maison. McKay réplique qu'il va partir avec l'argent. Il sort un pistolet et Denton l'abat.

Leaphorn marqua une pause puis reprit :

– McKay était un ancien détenu dont le casier contenait des tentatives d'escroquerie. Cela ne semblait pas laisser beaucoup de place pour une enquête.

– Ouais, confirma Chee. C'est le souvenir que j'en garde. Mais comment cela nous conduit-il à Linda Denton ? Elle n'était pas chez elle quand ça s'est produit, d'après les récits de l'époque.

– Denton a déclaré qu'elle était partie déjeuner avec des amies, qu'elle n'était pas là quand ça s'est passé, et elle n'est jamais rentrée. Il a affirmé qu'il était inquiet. Il ne parvenait pas à imaginer ce qui avait pu lui arriver. (L'ancien lieutenant eut un air désabusé.) Ça semblait assez facile à deviner, si vous avez gardé le souvenir des circonstances. C'était Linda, en fait, qui avait présenté McKay à son mari. Denton affirmant qu'elle le connaissait avant de l'épouser lui. Elle l'avait rencontré dans le grill-bar où elle était serveuse.

Le garçon s'approcha de leur table et remplit les tasses. Leaphorn prit la sienne, la regarda et la reposa dans sa soucoupe.

– Et elle n'est jamais revenue. Jamais. Pas un mot. Pas une trace.

Il avait prononcé ces mots sur un ton triste.

– Ça ne vous a pas paru normal, à l'époque ? demanda Chee. Une jeune femme qui travaille dans un bar rencontre un type riche qui a trente ans de plus qu'elle, elle lui met le grappin dessus puis elle décide qu'il est trop casse-pied à son goût alors elle jette son dévolu sur un jeune arnaqueur beau parleur afin de délester le vieux hibou de sa fortune. Ça se termine par un homicide pour lequel elle peut avoir à répondre d'une accusation de complicité d'extorsion. Alors elle prend la tangente.

– C'est comme ça que j'ai interprété les choses au début. Lorenzo voulait la retrouver. Savoir ce qu'elle avait à dire. J'ai commencé à chercher. Je suis allé voir sa famille à Thoreau. Un couple appelé Verbiscar. Ils étaient affolés. Ils m'ont dit qu'elle n'aurait jamais quitté Denton. Qu'elle l'aimait. Qu'il lui était forcément arrivé quelque chose.

Chee hocha la tête. Pour lui, c'était le genre de réaction auquel on peut s'attendre de la part de parents. Et il remarqua que le lieutenant avait senti l'orientation de sa pensée.

– Ils m'ont fait asseoir et m'ont raconté son histoire, poursuivit Leaphorn. Une gamine merveilleuse. Elle était allée à l'école Saint Bonaventure, là-bas. Une enfant qui était souvent plongée dans les livres et très portée sur la musique. Pas très intéressée par les garçons. De bonnes notes. Des propositions de bourses émanant de l'université d'Arizona, de deux ou trois autres établissements supérieurs. Mais son père a eu un problème cardiaque. En conséquence, Linda Verbiscar a refusé la bourse et s'est inscrite à la branche de l'université du Nouveau-Mexique qui est implantée à Gallup. Elle s'est déniché cet emploi de serveuse dans un restaurant. Elle et une autre fille de Thoreau louaient un petit appartement qui donnait sur Railroad Avenue. Elle avait amené un petit ami chez eux, une fois, pour le leur présenter, mais elle avait décidé qu'il était plutôt stupide. Puis elle leur avait amené Wiley Denton afin qu'ils fassent connaissance.

Leaphorn se tut un instant, la manière polie qu'ont les Navajos de donner à leur auditeur l'occasion de placer un commentaire.

Chee tenta de trouver quelque chose de sensé et parvint à dire :

– Cette Linda-là ne ressemble pas au genre de personne que j'avais en tête.

Leaphorn acquiesça.

– Ils m'ont dit qu'ils avaient éprouvé une peur terrible quand elle était arrivée avec Denton. Elle avait vingt ans à ce moment-là et lui un peu plus de cinquante. Plus vieux que son père à elle, en fait. Un vieux riche, au physique robuste et ingrat. (Leaphorn eut un petit rire.) Verbiscar m'a dit qu'ils savaient qu'il n'était pas riche de naissance parce qu'il avait le genre de nez cassé qui ne passe pas inaperçu et qui peut se redresser facilement quand on a de quoi se payer le chirurgien. Tout ce qu'ils savaient vraiment sur lui, c'était qu'il avait combattu dans les Bérets Verts pendant la guerre du Vietnam, qu'il avait engrangé des tonnes d'argent grâce à des contrats temporaires d'exploitation de gaz et de pétrole, du côté de la réserve Jicarilla *, et qu'il s'était bâti cette immense demeure sur la pente, à l'extérieur de Gallup. Ça, et le fait que tout le monde le disait solitaire dans le style excentrique.

Leaphorn se tut à nouveau, but du café. Regarda Chee au-dessus de sa tasse.

– Vous l'avez rencontré, un jour ?
– Denton ? Non. Je l'ai seulement vu à la télévision, une ou deux fois. Le jour de sa condamnation, sans doute. Je me souviens juste d'avoir pensé que si on l'accusait d'être laid, il était coupable.
– En tout cas, Mme Verbiscar m'a raconté qu'ils avaient été invités à manger chez lui et que la grosse impression qu'il lui avait laissée concernait sa timidité. Elle m'a dit qu'elle avait remarqué un piano à queue, dans le salon, alors elle lui avait demandé s'il savait en jouer et il lui avait répondu non, il l'avait acheté pour que Linda puisse s'en servir s'il parvenait à la convaincre de l'épouser. Elle m'a dit qu'il lui avait donné l'impression de quelqu'un de vraiment réservé. À la limite de la gaucherie. Pas grand-chose d'autre.

Chee rit.

– Ce que d'aucuns appelleraient « déficient en talents de société ».
– Sans doute. C'est l'impression qu'il m'a laissée quand je l'ai interrogé avec Lorenzo Perez. Mais pour continuer, les parents de Linda m'ont tous les deux affirmé qu'ils l'appréciaient. Beaucoup trop âgé pour leur fille, mais elle semblait l'aimer énormément. Et un peu après son vingt et unième anniversaire, elle leur a annoncé qu'elle voulait l'épouser. Ce qu'elle a fait. Un mariage catholique. Avec demoiselles et garçons d'honneur, le grand jeu.
– Et c'est là que le revers de la médaille commence, avança Chee. C'est ça ?

Leaphorn fit non de la tête.

– À moins que beaucoup de gens ne m'aient menti, il n'y a rien eu de tel avant le jour où Denton a tué l'arnaqueur. Mais j'ai pensé comme vous. Quand elle a disparu, je suis allé parler à des gens qui la connaissaient.

Sa première visite avait été pour la jeune femme avec laquelle Linda Verbiscar avait partagé un logement à Gallup. Linda et Denton, c'était le mariage rêvé, lui avait-elle dit. Linda ne sortait pas beaucoup avec des garçons. Elle n'était pas à l'aise en présence des hommes. Le sexe attendrait qu'elle ait rencontré l'homme de sa vie, qu'elle l'ait épousé, et ce serait pour toujours. Mais aussi ingrat que soit son physique, il y avait quelque chose chez Denton qui l'avait attirée tout de suite. Et il était visible que c'était réciproque, aussi malhabile et réservé fût-il.

– À en croire sa colocataire, Mlle Verbiscar semblait aimer le genre malhabile et réservé, poursuivit Leaphorn avec un petit rire. Et les nez cassés. Le seul autre homme avec lequel elle semblait entretenir des relations vraiment amicales était un Navajo. Elle ne se souvenait pas de son nom mais elle se souvenait bien de son nez tordu. Elle m'a dit que Linda n'était jamais sortie avec lui, mais que parfois il passait au restaurant vers le milieu de l'après-midi quand il n'y avait pas grand monde. Il s'achetait un *doughnut* ou quelque chose du même genre et Linda s'asseyait pour parler avec lui. Cela n'avait rien donné, mais avec Denton, c'était devenu le vrai, le grand amour romantique.

Leaphorn marqua une petite pause, l'air pensif :

– En tout cas, c'est ce que disait sa colocataire.

– D'accord, dit Chee. Je me suis peut-être montré trop cynique.

Puis Leaphorn s'était rendu à la massive maison de Denton, près de la rivière, où il avait parlé avec sa gouvernante et son intendant. C'était la même histoire, avec une variante, à savoir que Denton était tombé éperdument amoureux. Un amour obsessionnel, avait dit la gouvernante, parce que M. Denton était quelqu'un qui s'engageait à fond dans ce qu'il faisait, avec une tendance à l'obsession. Celle qui l'avait complètement dominé était son désir de découvrir cette mine légendaire. Et c'était la raison pour laquelle il avait eu ces ennuis avec McKay, aux dires de ses deux employés. Mais la vérité vraie, c'était qu'ils ne pouvaient absolument pas prêter foi à la théorie officielle de la police. Jamais, au grand jamais, Linda n'aurait quitté Wiley Denton. Il lui était arrivé quelque chose. Quelque chose de grave. La police devait arrêter de perdre son temps bêtement et la retrouver.

Pendant que Leaphorn parlait, Chee finit son hamburger, sa tasse de café, en but une autre. Le garçon laissa la note et disparut. Les rafales de vent faisaient crépiter le sable contre la fenêtre proche de leur table. Et finalement, Leaphorn soupira.

— Je parle beaucoup trop, bon sang. Mettez ça sur le compte de la retraite, à rester assis dans ma maison sans personne pour m'écouter. Mais je voulais que vous compreniez pourquoi, à mon avis, il y avait derrière ce meurtre davantage de choses que nous n'en avons su.

— Je le vois bien. Et auraient-ils pu croire Denton capable d'imaginer qu'elle l'ait trahi ? Et de la trucider sous l'emprise du fameux accès de rage dû à la jalousie ?

— Je leur ai posé la question à tous les deux. Ils m'ont répondu qu'elle était partie ce matin-là pour se rendre en ville où elle devait déjeuner avec des amies. Mêmes au revoir, bisous et embrassades que d'habitude, avec Wiley qui l'accompagnait à sa voiture. Ensuite, vers le milieu de l'après-midi, Denton avait voulu savoir si elle avait appelé. Il se demandait pourquoi elle était en retard. Il avait retardé le repas pour l'attendre. Puis McKay était arrivé. Les gens de maison ont expliqué à Perez qu'ils avaient entendu Denton et McKay parler dans son bureau, puis que le ton avait monté et que ensuite ils avaient entendu le coup de feu.

Leaphorn s'interrompit dans l'attente d'un commentaire.

— Est-ce que cela correspond à ce qu'on vous a dit, à vous aussi ?

— Du tout au tout. Selon eux, Denton est sorti précipitamment après la détonation et leur a dit de composer le 911. Il leur a dit que McKay avait tenté de le voler. Comme il avait dégainé un pistolet, il lui avait tiré dessus et il pensait vraisemblablement l'avoir tué.

— Et donc, Linda n'est jamais rentrée chez elle ?

— Elle n'a jamais retrouvé ses amies pour déjeuner, en fait. Et quand on a incarcéré Denton à la prison de Gallup et qu'il a appelé son avocat, il lui a dit qu'il était inquiet pour elle. Il lui a demandé d'essayer de la retrouver. De le tenir au courant.

— Ça paraît convaincant, commenta Chee.

— Après, quand Denton a été relâché sous caution, il a payé une société de détectives privés d'Albuquerque pour qu'ils la retrouvent. Par la suite, quand il est allé purger sa peine, il a fait publier des encarts dans plusieurs journaux, de différentes villes, pour lui demander de rentrer chez eux.

Cela étonna Chee. Ce n'était pas le genre de renseignement que le Légendaire Lieutenant aurait pu obtenir comme ça, au fil de conversations informelles entre policiers. L'intérêt que ceux-ci portaient à l'affaire se serait tari avec les aveux. Il était clair que Leaphorn n'avait pas perdu le sien. Il en avait fait quelque chose de personnel.

— Il a communiqué des messages aux journaux alors qu'il était détenu dans la prison fédérale ?

— Pas bien difficile. Il a juste demandé aux gens qui veillaient sur sa maison de s'en charger.

— Et ils disaient quoi ?

— Dans l'*Arizona Republic*, c'était juste un encadré au milieu des petites annonces. Il disait : « Linda, je t'aime. Je t'en prie, reviens. » Pratiquement la même chose dans le *Gallup Independent*, le *Farmington Times*, l'*Albuquerque Journal* et le *Deseret News* de Salt Lake City. Après, il en a fait publier d'autres offrant une récompense de vingt mille dollars pour tout renseignement sur l'endroit où elle pourrait se trouver.

— Jamais aucune réponse ?

— Il faut croire que non.

Cela surprit également Chee. Ça semblait détonner avec le personnage du Légendaire Lieutenant.

— Vous lui en avez parlé ?

— J'ai essayé, reconnut Leaphorn. Quand il est rentré chez lui après son séjour en prison. Il m'a traité de salopard et il m'a raccroché au nez.

4

Bernie Manuelito s'était levée encore plus tôt que d'habitude, elle avait pris la route de chez sa mère, à Hogback, où la visite avait été extrêmement insatisfaisante, avait poursuivi sur Farmington en se disant qu'elle allait mettre à profit ce jour de congé inattendu (et immérité) pour faire des courses, décidé que c'était une mauvaise idée étant donné l'humeur dans laquelle elle se trouvait, et pris la Route 371 vers le sud en direction du comptoir d'échanges de Tsaile. Elle voulait parler à Grand-Père Rodney Yellow. Hostiin * Yellow était le frère aîné de sa mère, l'homme le plus âgé du Yoo'l Dineh, le clan du Peuple de la Perle, et il était shaman. Il avait joué un rôle très actif dans l'Association des Medicine Men et dans le mouvement visant à former de jeunes chanteurs * afin que certains des rites guérisseurs les moins utilisés puissent survivre. Plus important pour Bernie, il avait exécuté sa cérémonie de *kinaalda* quand elle avait atteint l'âge de la puberté, lui avait octroyé son « nom de guerre » cérémoniel secret, et était de loin l'oncle qu'elle préférait.

Hostiin Yellow faisait également autorité sur ce que les scientifiques du Monument National de Chaco appelaient « l'ethnobotanique ». Peut-être pourrait-il lui apprendre quelque chose sur les différentes graines et bardanes qu'elle avait retrouvées accrochées aux jambes de pantalon et aux chaussettes de la victime. C'était pour cela, se disait-elle, qu'elle venait lui rendre visite. Pour cela et pour ses devoirs familiaux. Elle baissa les yeux sur le compteur. Dix-huit kilomètres plus vite que la limite autorisée. Oh, bon. Il n'y avait jamais de circulation sur la 371 Cette absence de fréquentation était l'une des raisons pour lesquelles elle adorait l'emprunter. Sans oublier le moment où on longeait les grotesques monuments érodés des Mauvaises Terres de Bisti, et où on découvrait la Montagne Turquoise qui dressait sa forme sereine à l'est. Elle allait maintenant très bientôt se coiffer de neige hivernale, et les pluies de la mousson marquant la fin de l'été avaient déjà commencé à conférer une teinte vert pâle aux zones de pâtures. Profitant de cette vue, Bernie oublia un instant l'attitude arrogante de Chee, mais ce souvenir lui revint aussitôt.

– Et contentez-vous de la boucler, avait-il ordonné en lui adressant son regard sévère style « C'est moi qui commande, ici ».

Il lui avait pris la boîte de tabac des mains, l'avait rangée dans un sachet plastique servant à protéger les indices, l'avait glissée dans la poche de sa veste et dit :

– Je vais voir ce que je peux faire.

Puis il était entré dans le bureau du capitaine Largo. Quand il en était ressorti, il lui avait adressé un autre de ces regards, lui avait intimé l'ordre de rentrer chez elle et de prendre le reste de sa semaine.

– Et bon sang, avait-il ajouté, pas un mot à quiconque.

C'était tout. Il n'avait même pas eu la correction, le respect de lui annoncer qu'elle était suspendue de ses fonctions. Peut-être ne l'était-elle pas. Vous n'avez qu'à prendre le reste de votre semaine, lui avait-il dit d'un air terriblement renfrogné. Pas de quoi en faire tout un plat. Il ne lui restait plus qu'un jour et demi pour boucler son service, de toute façon. Comment Largo avait-il réagi quand Chee lui avait parlé de la boîte de tabac ? Le capitaine était déjà en colère après avoir rencontré les types du FBI. Non pas qu'il l'ait engueulée. Il lui avait seulement posé une série de questions. Et il l'avait fusillée du regard. Mais à ce moment-là, il ignorait qu'elle avait emporté la boîte... une boîte dont Chee semblait penser qu'elle avait dû porter des empreintes. Les siennes, maintenant, à défaut d'autres.

Hostiin Yellow n'était pas chez lui derrière le comptoir d'échanges de Tsaile. La femme qui tenait le magasin lui apprit qu'il devait faire sa conférence de botanique devant les enfants de l'école de Standing Rock. Bernie opta pour les vingt et un kilomètres de terre du raccourci franchissant la mesa et gagna à peu près une demi-heure en roulant trop vite. Elle le rejoignit au moment où il sortait d'une classe, suivi par une nuée de gamins de l'âge du collège, et elle le guida vers la salle réservée à l'accueil des enseignants. Là, ils se conformèrent au rituel des soucis familiaux et des manifestations d'affection. Mais Hostiin Yellow avait visiblement tout de suite senti qu'il ne s'agissait pas d'une simple visite effectuée comme ça, « en passant ».

Il posa sur la table le grand carton qui renfermait sa collection de spécimens botaniques et minéraux, s'assit sur l'une des chaises pliantes et la scruta avec curiosité pendant qu'elle achevait sa litanie de nouvelles concernant la famille.

Enfin elle dit :

– Et toi, alors ? Tu as l'air fatigué.

Et il répondit :

– Fille-qui-rit, cesse ton bavardage et dis-moi ce qui ne va pas.

Quand elle y repensa par la suite, elle conclut que c'était de l'entendre mentionner son nom de guerre qui avait fait la différence, vaincu sa dignité et entraîné sa régression du statut de femme à celui de nièce. Hostiin Yellow lui avait donné ce nom secret : il ne pouvait être révélé à quiconque en dehors même de la famille. C'était le nom correspondant à son identité sacrée, dont l'usage était réservé aux relations avec le Peuple Sacré *. Si les sorciers * en prenaient connaissance, il pouvait être utilisé contre elle.

Elle s'assit sur la chaise qu'il lui indiqua, parvint à sortir un mouchoir en papier pour se débarrasser des larmes importunes et lui raconta tout. Qu'elle avait trouvé le corps de Doherty recroquevillé dans la cabine de son camion ; qu'elle avait probablement perdu son travail parce qu'elle n'avait pas fait ce qu'il fallait ; qu'elle avait emporté la boîte de tabac, laquelle s'était avérée contenir de minuscules particules de poudre d'or mélangées avec le sable qui se trouvait à l'intérieur, et que cela lui valait des difficultés avec tout le monde ; que sa mère ne l'avait absolument pas plainte et avait dit qu'elle n'aurait jamais dû s'engager dans la police. Elle avait dit que ces ennuis étaient salutaires, qu'ils lui permettraient peut-être de retrouver la raison.

Et quand elle avait raconté que le sergent Chee avait vraiment eu un comportement brusque, sa mère avait pris le parti du policier. Elle avait dit que c'était un homme bien. Elle avait dit que Bernie devrait commencer à le traiter avec davantage d'égards.

Lorsque les nuages d'orage n'apporteraient plus la foudre et que la Saison-où-Dort-le-Tonnerre rendrait cela possible, elle demanderait à Hostiin Yellow d'organiser pour elle le chant qui convenait afin de la protéger de la maladie du fantôme.

Puis, ayant exprimé tout cela, Fille-qui-rit redevint l'agent Bernadette Manuelito et en arriva à la raison pour laquelle elle croyait être venue le voir, sachant désormais qu'il s'agissait uniquement d'un prétexte, d'un alibi.

Elle sortit une enveloppe de sa poche pour en déverser le contenu sur la table. Hostiin Yellow regarda la petite récolte de graines et de bardanes étalée devant lui et releva les yeux vers sa nièce.

— Quand j'ai avancé la main pour voir si le sang de la victime battait dans ses veines, pour voir s'il était toujours vivant, j'ai remarqué que ses chaussettes et ses jambes de pantalon avaient récupéré tout un tas de choses qui y avaient adhéré. Des graines de chamisa par exemple, mais il n'y a pas de chamisa qui pousse aussi haut, là où on a retrouvé son camion. Pareil pour certaines de ces autres graines, alors je me suis dit qu'elles provenaient peut-être de l'endroit où il était quand il a été tué.

Hostiin Yellow avait levé la main pour extraire un crayon de son *tsiiyeel*, le petit chignon dans lequel les Navajos traditionalistes rassemblent leurs cheveux et qui lui servait de porte-crayon. Il en utilisa ensuite la pointe pour répartir en lots distincts les éléments botaniques rassemblés par Bernie.

— Je me suis dit que tu pourrais peut-être m'aider à déterminer d'où elles viennent, expliqua-t-elle.

Mais avant même d'avoir terminé sa phrase, elle sut que c'était irréalisable. Ce qu'elle avait réuni là pouvait croître pratiquement partout à condition qu'il fasse plus chaud et plus sec que dans la région haute des Monts Chuska. Pratiquement partout dans les millions d'hectares de toundra d'où jaillissent les montagnes.

— Une graine de chamisa, identifia Hostiin Yellow en inspectant le fragment qu'il tenait entre le pouce et l'index. Ces herbes-aux-lapins ont besoin de sel. Autrefois, avant que les gens ne puissent acheter des blocs de sel pour leurs moutons, ils étaient contraints de les faire transhumer vers le pied des montagnes jusqu'aux *halbatah*, les « terres grises » où poussent les plantes qui contiennent du sel. Il n'y a pas de sel dans le sol du haut pays. Le ruissellement dû à la fonte des neiges le fait raviner.

Il posa un regard sur Bernie. Elle hocha la tête. Tout cela, elle le savait. Hostiin Yellow le lui avait enseigné quand elle était petite.

— S'il n'y a pas de plantes qui renferment du sel, les moutons se mettent à brouter ce qui les empoisonne, poursuivit-il avant de prélever une autre graine. Cette zacate pousse en bas dans les Halgai, dans les terres plates. Avant il y en avait plein partout. Une bonne nourriture pour les bêtes, mais elles arrachent tout, les racines avec. Alors très vite, c'est envahi par ça.

Il leva les graines argentées de stipa en ajoutant :

— Même les chèvres ne les mangeront pas, à moins de mourir de faim.

Hostiin Yellow acheva son inventaire descriptif sans donner l'impression d'apporter la moindre contribution permettant à Bernie d'identifier le lieu d'origine. Il conclut :

— Tu penses que l'ensemble provient du même endroit? Qu'est-ce qui te fait croire ça?

— Eh bien. Pas une raison très valable, sûrement. Jim Chee m'a dit qu'il y avait une nouvelle étiquette de vidange d'huile Zip Lube sur le pare-brise et le ticket de caisse dans la boîte à gants. Cela indique qu'il a fait effectuer la vidange le matin du jour où il a été tué et qu'il n'a parcouru que cent quarante-neuf kilomètres après avoir quitté le garage de Gallup. Et entre cette station Zip Lube et le camion, il y avait cinquante-six kilomètres. Ce qui laisse quatre-vingt-treize kilomètres pour aller à l'endroit où ses chaussettes ont récupéré les bardanes puis de là à celui où nous l'avons trouvé

— Ça correspond au trajet le plus court depuis Gallup? Ces cinquante-six kilomètres?

Bernie acquiesça :

— On quitte Gallup par la 666 en direction du nord, puis on va au nord-ouest jusqu'à Nakaibito et après on grimpe la route de graviers qui mène au poste de guet de Tohatchi et on continue jusqu'à Cove.

— Par conséquent, ce pauvre homme a récupéré ses bardanes bien loin de l'endroit où tu l'as trouvé. Au bas de la montagne. Versant est ou versant ouest. Soit des plantes du Nouveau-Mexique, soit des plantes de l'Arizona.

Il regarda derrière elle par la fenêtre, en direction des reliefs, perdu dans ses pensées.

— C'est tout ce que tu as ramassé ? Pas d'autres graines que tu ne m'as pas apportées ?

Bernie fit un signe de tête négatif.

— J'ai quand même remarqué qu'il y avait un bon nombre de ces bardanes de têtes de chèvres dans les semelles de ses chaussures de sport.

— Des têtes de chèvres ? Tu veux parler de la vigne crève-pneus, je pense. Vert foncé, elle s'étale très près du sol. Les graines ont en général trois longues épines pointues ?

Elle acquiesça.

Hostiin Yellow fronça les sourcils.

— Cela ne s'associe pas bien avec les chamisa, les herbes piquantes et les autres. La vigne crève-pneus aime quand il y a plus d'eau, des sols plus meubles. Elle se fait évincer par les autres quand la chaleur est trop grande.

Il se pencha en arrière, remit le crayon dans son chignon.

— Tu sais, je pense que ta victime a dû remonter un parcours de ruissellement des eaux, un arroyo ou un canyon étroit, là où la vigne crève-pneus peut compter sur du sable humide et sur de l'ombre. Tu vois quelque chose qui pourrait correspondre à ça ?

L'idée intéressait Bernie. La prospection de l'or exige bien la présence d'eau courante, non ? Et de sable, bien sûr. Il y avait du sable dans la boîte de tabac Prince Albert. Celle sur laquelle Chee lui avait ordonné de ne pas dire un mot à quiconque.

— J'ai trouvé une vieille boîte de tabac en fer-blanc, pas loin du corps. Le sable à l'intérieur était mélangé à un tout petit peu de poudre d'or.

— De la poudre d'or, tu en es sûre ? Je pense...

Hostiin Yellow s'interrompit pour étudier Bernie.

— ... Est-ce que c'est vraiment important pour toi de trouver cet endroit ? Tu ne peux pas laisser les autres policiers s'en charger ?

Il est important que je le trouve pour préserver ma dignité, pensa-t-elle. Pour restaurer le respect que je ressens pour moi-même. Pour montrer à ces crétins que je ne suis pas une débile.

— Très important. Il faut que je sauve mon boulot.

Hostiin Yellow regroupait les graines en un tas unique, il les remettait dans leur sac.

— J'ai quelque chose à te dire à propos de cet or. L'or a toujours valu des ennuis au Dineh. Il rend les *belagaana** fous. Parce qu'il s'imaginait que nous avions quantité d'or dans nos montagnes, le général Carlton nous a fait regrouper par l'armée et nous a déportés au prix de cette longue marche* jusqu'à Bosque* Redondo. Les *belagaana* ont chassé les Utes* du Colorado pour s'approprier l'or de leurs montagnes. Ils ont chassé les tribus des Black Hills et quasiment exterminé les Indiens de Californie. Chaque fois qu'ils trouvent de l'or, ils détruisent tout pour s'en emparer. Ils éventrent notre Mère la Terre, ils brisent le cycle de la vie pour tout s'approprier.

Bernie hocha la tête.

Il lui rendit le sac.

— Cela rend les gens fous, poursuivit-il. Et les gens fous sont dangereux. Ils s'entretuent pour l'or.

— Mon oncle. Ce que tu es en train de me dire, je crois, c'est que M. Doherty a été assassiné à cause de cet or. Et je crois que tu sais d'où proviennent toutes ces bardanes trouvées sur son pantalon. Est-ce que tu peux juste me le dire ?

Il secoua la tête.

— Je vais y réfléchir. Pour l'instant, je crois que tu devrais laisser les autres policiers découvrir cet endroit.

Bernie acquiesça. Mais elle vit bien à son expression qu'il n'interprétait pas ce geste comme un accord. Elle resta assise à l'observer.

Et Hostiin Yellow l'observait, elle. Dans son rôle de chasseur pour le compte des hommes blancs, sa Fille-qui-rit avait perdu son rire. Pourquoi devait-elle se préoccuper de celui qui avait commis ce crime ? S'il s'agissait d'un *belagaana*, que les *bela-*

gaana le punissent si tel était leur devoir. S'il s'agissait d'un Navajo, un de ceux qui se conforment toujours aux préceptes de Femme-qui-Change *, alors il viendrait pour être guéri du vent * sombre qui l'avait incité à tuer. Mais ça ne servait à rien de raconter tout cela à cette jeune femme. Elle le savait. Et Fille-qui-rit vivrait sa vie à sa manière. Cela aussi, était navajo. Il en était fier aussi. Et il était fier d'elle.

Le regard de Bernie dévia, se porta sur quelque chose qu'elle voyait par la fenêtre. Hostiin Yellow vit dans le visage de sa nièce une des vieilles photographies du musée de Window Rock : les femmes qui avaient enduré la captivité à Bosque Redondo. Le nez fin et droit, les pommettes hautes, le menton volontaire. Aucune trace de cette rondeur que le mélange des gènes avec les Zuñis *, les Hopis * et les Jemez * avait apportée au Dineh. La beauté, oui. La dignité, aussi. Mais il n'y avait aucune mollesse chez Fille-qui-rit.

Hostiin Yellow lâcha un soupir.

– Fille-qui-rit, tu as toujours été têtue. Mais je veux que tu m'écoutes maintenant. Les *belagaana* ont toujours tué pour l'or. Tu le sais déjà. Tu l'as vu. Mais as-tu pensé à la façon dont certaines personnes tuent pour la religion ?

Bernie réfléchit à ces paroles, cherchant un rapport sans y parvenir. Son oncle l'étudiait.

– Est-ce que tu entends ce que je te dis ?

– Oui, fit-elle en hochant la tête même si en fait ce n'était pas le cas. Tu veux dire comme les Israéliens et les Palestiniens ? Et les peuples des Balkans, les...

L'expression de Hostiin Yellow lui montra qu'il était déçu.

– Comme les gens de Ganado, de Shiprock ou de Burnt Water, d'Albuquerque, de l'Alabama ou de n'importe où. Quand le vent de l'intérieur devient sombre et leur ordonne de le faire.

Bernie tenta d'adopter une expression destinée à lui laisser entendre qu'elle comprenait. Mais cela n'eut pas l'air de marcher.

– Tu as vu ce que la mine de charbon a fait à la Terre Mère, sur Black Mesa. Et en d'autres endroits. Est-ce que tu as vu ce que font les mines d'or modernes ? De grandes projections d'eau qui entraînent tout. La beauté s'en va. Nos sœurs les plantes, nos frères les animaux, tous meurent ou sont emportés par l'eau. Seule la boue laide demeure.

— J'ai vu un documentaire sur ces techniques de prospection de l'or sous haute pression, confirma Bernie. À la télévision publique. Ça m'a rendue triste. Et après ça m'a mise en colère.

— Prends le temps de réfléchir. Si toi, ça te met en colère, il est possible que ça mette des gens suffisamment en colère pour tuer. Penses-y. Et si ce sont les gens que tu recherches ? Qu'est-ce qu'ils font si tu les trouves ?

5

Leaphorn immobilisa son pick-up à côté d'une voiture de police qui portait le logo des services du shérif du comté d'Apache, concluant de ce fait que le lieu du crime avait été officiellement situé dans l'État d'Arizona et non sur le territoire du comté de San Juan, à quelques mètres à l'est, au Nouveau-Mexique. La voiture était vide. Quinze mètres plus loin, isolé derrière une bande de plastique jaune marquant le périmètre, se trouvaient le camion bleu à double banquette de Doherty, et un personnage imposant, vêtu de l'uniforme d'adjoint au shérif, assis sur l'abattant arrière avec le regard braqué sur Leaphorn.

Qui connaissait-il dans les services du comté d'Apache ? Le shérif, bien sûr, qui était en poste depuis longtemps, son second aussi, mais ni l'un ni l'autre ne serait ici. À une époque, il avait connu tous les adjoints, mais ils ne restent jamais longtemps, changent de travail, se marient, déménagent. Maintenant il en connaissait moins de la moitié. Pourtant il voyait bien qu'il connaissait celui-ci, qui venait au-devant de lui. C'était Albert Dashee, un Indien Hopi plus connu sous le nom de Cowboy. Et il lui faisait un large sourire.

– Lieutenant, s'exclama-t-il, qu'est-ce qui vous amène ici, sur le lieu de notre crime ? Vous allez m'annoncer, j'espère, que le Nouveau-Mexique reconnaît que la frontière de l'Arizona passe en fait là-bas (il désigna la rive ouest de l'arroyo) et qu'il appartient au comté de San Juan de tenir le rôle de baby-sitter pour le compte des fédéraux, pas à moi.

– Non, répondit Leaphorn. C'est juste que j'éprouvais une certaine curiosité pour cet homicide. Je me suis dit que j'allais monter jusqu'ici voir si je pouvais jeter un coup d'œil.

– Je peux imaginer deux raisons capables de susciter votre curiosité, fit Dashee que son sourire n'avait pas quitté.

– Deux ?

– Une, c'est que le Bureau accuse la petite amie de Chee d'avoir massacré le site. Et l'autre, que le Bureau cherche un moyen d'établir un lien entre cette affaire et le meurtre de l'escroc par Wiley Denton. Le meurtre de McKay. Une affaire qui vous a toujours intéressé.

– On va seulement dire que je suis comme un vieux pompier à la retraite qui est incapable de ne pas venir quand il y a un incendie...

Il songeait à quel point il est impossible de garder un secret, de préserver ne serait-ce qu'un lambeau d'intimité, dans le petit monde des forces affectées au maintien de l'ordre.

– ... Vous avez bonne mine, Cowboy. Je ne vous avais pas revu depuis cette histoire du vol du casino.

Leur petite discussion dura peut-être cinq minutes puis Leaphorn s'approcha du ruban en plastique et regarda le camion.

– Le corps a été découvert sur la banquette avant. C'est ça ?

– Recroquevillé sur le siège du conducteur, confirma Dashee. La tête contre la portière, les pieds de l'autre côté. Comme s'il dormait. Merde, j'aurais tiré les mêmes conclusions que Bernie. Un ivrogne de plus.

Il abaissa le ruban pour que Leaphorn puisse l'enjamber facilement et déclara :

– Au cas où quelqu'un vous poserait la question, je vous ai dit que vous ne pouviez pas pénétrer dans le périmètre sans l'autorisation de l'agent fédéral responsable.

Leaphorn scruta l'intérieur par la fenêtre, sans rien toucher. Il examina la benne du véhicule, regarda par la petite fenêtre latérale dans la cabine côté passager. S'accroupit pour examiner les traces de pneus et pour jeter un coup d'œil sous le camion tandis que Cowboy le suivait pas à pas tout en l'observant et en parlant.

– *Oups*, fit l'adjoint du shérif. J'entends ma radio.

Et l'instant suivant il trottinait en direction de sa voiture.

Leaphorn sortit la boîte de tabac de son sac et l'enfonça dans un coin peu accessible qui était envahi d'herbes. Ceci fait, il contourna le camion, examinant le labyrinthe de traces laissées par les ambulanciers et par la nuée d'enquêteurs qui leur avaient succédé.

Puis Cowboy s'en revint.

– Ils envoient un camion de dépannage pour le pick-up, annonça-t-il en s'approchant de la bande plastique. Vous avez terminé ? Repéré quelque chose d'intéressant ?

– Pas vraiment. Je suppose que vous avez remarqué cette boîte de tabac, là-bas, près des broussailles, fit Leaphorn en tendant le doigt. Je me suis dit qu'elle était peut-être tombée du camion quand les infirmiers en ont sorti le corps. Après, elle a pu être poussée par un pied et aboutir là.

Dashee examina l'ancien lieutenant un moment.

– Où ça ?

Leaphorn se dirigea vers l'endroit. Le montra du doigt.

Dashee s'accroupit, scruta, leva les yeux vers lui, hocha la tête et se redressa.

– C'est drôle que les gars de l'équipe scientifique ne l'aient pas repérée, dit-il en le regardant. Vous ne trouvez pas ?

Leaphorn haussa les épaules.

– Ces agents, ce sont des citadins. Des juristes, des comptables. Ils sont très bons dans leur domaine. Qu'est-ce que nous serions capables de faire si nous devions nous occuper d'une affaire de fraude par correspondance à Washington ?

L'adjoint récompensait Leaphorn par un large sourire teinté de scepticisme et il lui fit signe d'enjamber l'obstacle en plastique en sens inverse avant de le raccompagner à son camion et de lui tenir la portière.

Leaphorn monta, démarra puis coupa le moteur.

– Vous m'avez dit que le Bureau essayait d'établir un lien entre cette affaire et le meurtre de l'escroc par Wiley Denton. Est-ce qu'ils pensent que Doherty essayait d'une façon ou d'une autre de monter une arnaque comme McKay ?

– Les fédéraux ne se confient pas beaucoup à nous autres, adjoints du shérif, répondit Dashee.

– Mais quand ils ne peuvent pas faire autrement, ils parlent au chef de l'adjoint et les shérifs aiment partager les renseignements dont ils disposent.

Dashee sourit.

— J'ai entendu dire que deux agents ont suivi les traces de Doherty jusqu'à Fort Wingate où ils ont découvert qu'il s'intéressait beaucoup aux archives entreposées sur place. Et ils ont trouvé le numéro de téléphone de Wiley Denton dans son agenda.

Le numéro de Denton. Les sourcils de Leaphorn grimpèrent sur son front.

— Vraiment ? Si ma mémoire est fiable au bout de cinq ans, Denton était sur liste rouge.

— Il y est toujours.

Leaphorn laissa à cette nouvelle information un moment pour faire son chemin.

— Et ces archives qu'il a consultées. Celles de la Nation Navajo ?

La Nation Navajo utilisait l'un des bunkers d'explosifs parmi la multitude que comptait le vieux fort pour y conserver ses dossiers et ses documents anciens. Mais quel intérêt Doherty avait-il pu avoir à les consulter ? Aucun qui puisse venir à l'esprit de Leaphorn.

— Non, répondit Cowboy. Il cherchait dans les vieilles archives du fort. Surtout des écrits remontant aux années 1860. Quand les prospecteurs réalisaient toutes ces fabuleuses découvertes d'or, et qu'ils venaient réclamer la protection du fort contre nous autres, peaux-rouges sauvages et hostiles.

Intéressant, pensa Leaphorn.

— Je suppose qu'il faut remplir une fiche pour avoir accès au fonds. C'est comme ça qu'ils ont eu connaissance de ses recherches ?

— Bien mieux. Ils ont même découvert quelles pages il allait consulter. Ils ont trouvé ses empreintes.

— Sur du vieux papier ?

— Je ne le croyais pas non plus. Mais Osborne...

Dashee marqua un temps d'arrêt.

— ... Je n'ai pas prononcé son nom. Il n'est pas censé raconter ce genre de choses à un flic civil. Mais bon, cet agent spécial non identifié m'a parlé d'une technique qu'ils utilisent maintenant pour détecter des empreintes de graisse digitale sur toutes sortes de supports rêches. Sur les surfaces lisses, comme le verre ou le métal, ça s'évapore au bout d'un jour ou deux. Sur le tissu ou le papier, le matériau l'absorbe. Il m'a dit qu'ils avaient même retrouvé des empreintes digitales sur les tissus qui enveloppaient une des momies égyptiennes.

Leaphorn interrogeait sa mémoire par rapport à la boîte de tabac Prince Albert. Avait-il fait assez attention ? Probablement. Mais Chee, lui ? Et Bernie Manuelito ?

Il entendit le moteur diesel du camion de remorquage qui venait emporter le véhicule de Doherty vers l'endroit où on pourrait le passer au peigne fin des analyses scientifiques. Il mit à nouveau le contact, fit de la main au revoir à Dashee et prit le chemin de chez lui. Fort Wingate, songea-t-il. Ainsi donc, le chemin qui avait mené Doherty à cette mort violente l'avait conduit là-bas. Est-ce que le trajet fatal de McKay avait également inclus une étape à l'ancien fort ? Sa propre quête restée vaine pour retrouver la jeune et jolie Mme Wiley Denton l'y avait mené. Il allait ressortir ce vieux dossier afin de voir si les notes prises lors de cette visite frustrante pouvaient lui révéler quelque chose.

6

Comme toujours, Leaphorn se réveilla durant l'aube avant que le bord du soleil n'apparaisse au-dessus de l'horizon. C'était l'habitude chez les Navajos qui vivaient dans le hogan, une coutume qui se perdait, songea-t-il, à mesure que de moins en moins de membres du Dineh dormaient roulés dans leurs couvertures sur le sol de l'habitation, se couchaient tôt en raison de l'absence d'éclairage électrique, et se levaient avec le soleil non seulement pour respecter la coutume pieuse consistant à accueillir Garçon de l'Aube par une prière mais aussi parce que les hogans étaient surpeuplés et que la tradition voulait qu'il soit très impoli d'enjamber un être endormi.

Normalement, il s'accordait plusieurs minutes pour se réveiller lentement, observait les rayons du soleil qui coloraient les nuages d'altitude, au-dessus des montagnes, de leurs différentes nuances de nacre, de rose et de rouge, et se souvenait d'Emma car c'était elle qui avait suggéré, avec sa réserve ordinaire, que la première image de leur journée devrait être celle de l'arrivée du soleil exactement comme Femme-qui-Change le leur avait enseigné. Une autre habitude de Leaphorn : se réveiller en pensant à Emma. Avant sa mort, il tendait toujours la main pour la toucher.

Des mois durant, après les funérailles, il avait continué d'avoir ce geste. Mais le fait de ne toucher que son oreiller (de tendre la main vers la femme qu'il aimait et de ne rencontrer que le vide laissé par son absence) ouvrait toujours sa journée sur le chagrin. Il avait fini par régler le problème en occupant son côté du lit à elle, de telle sorte que cette exploration automatique guide sa main vers le rebord de la fenêtre. Mais il continuait toujours de se réveiller avec Emma dans ses pensées, et ce matin il se disait qu'elle approuverait ce qu'il avait l'intention de faire au cours de la journée. Une intention qui consistait à voir s'il pouvait trouver des éléments concrets sur ce qu'il était advenu de la jolie petite Linda Denton.

Il était dans la cuisine où il mangeait un toast en buvant sa première tasse de café quand le professeur Louisa Bourebonette émergea de la chambre d'amis enveloppée dans son volumineux peignoir en éponge.

— Bonjour, Joe, dit-elle en poursuivant son chemin jusqu'à la cafetière.

Puis, en étouffant un bâillement, elle ajouta :

— Il était largement plus de minuit quand je suis rentrée. J'espère que je ne t'ai pas réveillé.

— Non. Je suis heureux que tu aies réussi. Je voulais te demander si tu as entendu parler d'une légende hispanique à flanquer la trouille qui parle de La Llorana. J'ai probablement mal prononcé son nom.

— Effectivement, confirma le professeur Bourebonette dont le regard était posé sur le dossier ouvert à côté de l'assiette du lieutenant. C'est une légende que l'on raconte sur une femme qui s'est égarée, ou qui s'est égarée avec son enfant et dont les cris déchirants peuvent être entendus la nuit. Il en existe plusieurs versions, mais les experts s'accordent assez pour dire que l'origine en est la vallée de Mexico, puis qu'elle est remontée vers le nord et s'est répandue dans nos contrées.

Elle eut un hochement de tête vers les papiers :

— Ça a l'air officiel. J'espère que je me trompe.

— Ce ne sont que des notes personnelles que j'ai gardées, elles sont relatives au vieux meurtre de McKay. L'affaire a été classée aussitôt. Tu t'en souviens peut-être. Wiley Denton a avoué qu'il l'avait tué. Il a plaidé la légitime défense. McKay avait un casier judiciaire qui l'établissait comme escroc et Denton a écopé d'une courte peine.

Louisa s'assit en face de lui et trempa les lèvres dans son café.

— C'est celle dans laquelle la femme du tireur a plus ou moins disparu simultanément ? Est-ce qu'elle a fini par revenir ?

Leaphorn secoua la tête.

— Tu me surprends, dit-elle. Dans le journal de Flagstaff, je n'arrête pas de lire des articles sur l'assassinat de Doherty. Je me suis dit que tu commençais à t'y intéresser de près.

– En fait, il pourrait y avoir un lien.

Louisa avait eu l'air très endormie tandis qu'elle se versait du café. Maintenant elle paraissait très intéressée. C'était une petite femme robuste aux cheveux gris coupés court, titulaire d'un poste de professeur d'anthropologie à l'université d'Arizona Nord avec, à son crédit, une longue liste de publications sur les légendes et récits oraux des tribus indiennes du Sud-Ouest et des anciens colons qui avaient envahi leurs territoires. Et maintenant, elle souriait à Leaphorn avec l'air d'attendre la suite.

– Un lien, reprit-elle. Est-ce que c'est en rapport avec la légende de la Femme-qui-gémit ou juste avec le fait que l'homme le plus riche de Gallup a abattu l'individu qui tentait de l'escroquer ?

– Probablement ni l'un ni l'autre. C'est très vague, très brumeux.

Mais au moment où il prononçait ces mots il sut qu'il allait lui en parler, en discuter avec cette femme blanche. En même temps que cette certitude vint le sentiment de culpabilité bien connu. Ça avait été l'une des dix mille raisons pour lesquelles il aimait Emma : la façon dont il pouvait lui exposer les problèmes et les difficultés de son travail et découvrir, en lui parlant, en mesurant ses réactions, que la brume avait tendance à se lever et de nouvelles idées à voir le jour.

Il ne devrait pas partager avec une autre femme cette relation privilégiée qu'il avait eue avec Emma. Mais ce n'était pas la première fois qu'il le faisait avec Louisa, une preuve de sa faiblesse. Aussi tourna-t-il les pages de son calepin pour en trouver une vierge et, s'armant de son stylo, commença-t-il à dessiner.

– Une carte, fit Louisa en riant. Comment ai-je fait pour deviner qu'il allait y avoir une carte ?

Leaphorn ne put s'empêcher d'arborer un large sourire. C'était une habitude sur laquelle on le taquinait souvent. La caractéristique dominante, sur le mur de son bureau, au service des enquêtes criminelles du quartier général de la Police Tribale Navajo, avait été une copie agrandie de la carte du Pays Indien éditée par l'Association automobile américaine, une carte endommagée par des centaines de têtes d'épingles dont les couleurs identifiaient des incidents, des événements ou des individus que Leaphorn jugeait signifiants. Les épingles noires représentaient les endroits où l'on avait signalé l'apparition de Loups * Navajos, ou ceux qui étaient associés à l'enregistrement de plaintes concernant d'autres activités de sorcellerie venant de ces « porteurs-de-peau * » mythiques. Les rouges indiquaient les maisons de trafiquants d'alcool connus, les bleues les revendeurs de drogue, les blanches les voleurs de bétail et ainsi de suite. Certaines étaient accompagnées d'une note manuscrite, de son écriture précise et serrée, d'autres encodées par des symboles que seul le Légendaire Lieutenant comprenait. Tous ceux qui travaillaient au sein de la communauté de la loi et de l'ordre semblaient avoir connaissance de cette carte, ainsi que des versions de taille inférieure qu'il gardait dans son véhicule, y établissant le profil de toutes les affaires sur lesquelles il travaillait à un moment donné.

— Je ne vais pas dire le contraire. Je reconnais que j'adore les cartes. Elles m'aident à organiser ma réflexion. Et sur celle-ci, voilà la demeure de Wiley Denton, où il a abattu McKay. La ligne droite correspond à l'Interstate 40 et à la voie ferrée qui entre dans Gallup. Et là...

Il traça un large rectangle.

— ... c'est Fort Wingate.

Il dessina de nouveaux carrés, cercles et symboles, se servant du stylo pour les indiquer en les identifiant.

— Gallup, dit-il. Et là, c'est l'endroit où le corps de Doherty a été découvert, ici l'école McGaffey.

Louisa examina le tracé.

— Beaucoup de grands espaces vides, commenta-t-elle. Et tu ne m'as pas dit ce que l'école McGaffey a à voir dans tout ça. Et où est la marque qui correspond à Femme-qui-gémit ?

Leaphorn désigna un point, à la limite du rectangle de Fort Wingate qui était le plus proche du carré McGaffey.

— Je pense que ça devrait être à peu près ici, dit-il.

Louisa parut surprise.

— Vraiment ? J'espère que tu vas m'expliquer ça tout de suite.

— Peut-être pas. Je crains que tu ne le prennes au sérieux.

— Sûrement pas.

Mais son expression démentait ces paroles.

— Penses-y en termes de liens, dit-il. Il semble y en avoir trois, dont l'un est très ténu.

Il leva un doigt :

— Deux victimes par balles. Tous les deux avaient réuni des informations concernant cette mine légendaire du Veau d'Or, aujourd'hui perdue. McKay semble avoir prétendu qu'il l'avait trouvée. Doherty semblait la chercher. McKay va voir Denton et Denton le tue. Dans le carnet de Doherty était inscrit le numéro de téléphone de Denton qui figure sur liste rouge.

Il se tut.

Louisa hocha la tête, leva un doigt, dit :

— Ça, c'est le premier lien.

Leaphorn leva un deuxième doigt.

— Doherty a effectué une partie de ses recherches dans les archives de Fort Wingate. McKay a probablement fait la même chose, lui aussi. C'est assez logique parce qu'à l'époque où la prospection était en plein essor, le fort était l'unique base militaire de la région : il était censé leur procurer une protection contre nous, les Indiens.

Louisa fronça les sourcils.

— Oui. Ça paraît une démarche logique. Mais cela ne semble pas indiquer grand-chose. Qu'est-ce que tu cherches ?

Leaphorn présenta alors trois doigts, dont l'un était replié.

— Maintenant, nous en arrivons à celui qui est incertain et brumeux. Quand Denton a tué McKay, c'était le soir de Halloween. (Il se tut un instant, secoua la tête.) Je ne suis pas trop fier de moi, ne serait-ce que de mentionner ça.

— Vas-y. Halloween a toute mon attention.

— Les services du shérif du comté de McKinley ont reçu deux appels ce soir-là. Un concernait le meurtre de McKay par Denton, ici...

Il indiqua la maison de Denton sur la carte.

— ... et l'autre était un appel venant de McGaffey qui signalait des cris et des plaintes de femme près de la limite est de Fort Wingate.

— Oh, fit Louisa. La légende de Femme-qui-gémit entre enfin en scène. C'est ça ?

– Pas encore tout à fait. Et peut-être que nous devrions l'appeler la légende du Vent-qui-gémit. Juste une question de savoir qui, ou ce qui, émettait cette plainte. Enfin bon, le shérif a envoyé un adjoint sur place et contacté les services de sécurité de Fort Wingate. Ils ont exploré les lieux, n'ont rien pu découvrir et ont conclu qu'il s'agissait d'une mauvaise plaisanterie comme on en rencontre à Halloween.

– Alors comment en arrive-t-on à la légende de Femme-qui-gémit ?

– Des mois plus tard. Denton avait commencé à purger sa peine dans cette prison fédérale pour cols blancs qu'ils ont, au Texas, et il s'est mis à publier des annonces dans le *Gallup Independent*, le *Farmington Times* et autres. Des messages personnels, adressés à Linda, et signés Wiley, lui disant qu'il l'aimait et lui demandant de rentrer chez eux. J'ai posé des questions, appris que Linda Denton n'avait plus été aperçue depuis le meurtre. Ça paraissait étrange. J'ai vérifié. Jamais signalée disparue, hormis par ses parents qui en avaient parlé au shérif... persuadés qu'il avait dû lui arriver quelque chose.

– Pas surprenant, dit Louisa. Et après ?

– Rien. C'était une femme adulte mariée. Le meurtre ne présentait aucun mystère. Denton avait tiré. Il avait avoué. Il avait conclu un arrangement avec l'accusation. Affaire classée. La thèse officielle faisait de Mme Denton la complice de McKay et, par conséquent, quand les choses avaient tourné à l'aigre et qu'il avait été tué, elle avait simplement pris la fuite. Pas de crime. Pas de raison de se lancer à sa recherche.

– Mais toi, tu l'as fait.

– Enfin, pas tout à fait. J'étais curieux, c'est tout.

– Je le suis aussi. Concernant le moment où tu vas te décider à me raconter comment cette vieille légende hispanique, qui relate la tragédie d'une femme égarée, vient se greffer sur cette escroquerie autour d'une mine d'or.

– J'ai entendu parler de cet appel téléphonique de la nuit de Halloween, je me suis procuré le nom de la personne qui avait appelé et je suis allé la voir. C'est une enseignante de l'école McGaffey. Elle m'a raconté que des enfants étaient venus chez elle le soir de Halloween, des élèves à elle. Ils lui ont raconté qu'ils avaient coupé par l'angle du terrain militaire pour rejoindre la route et prendre le car qui va à Gallup, et qu'ils avaient entendu des gémissements épouvantables et terrifiants ainsi que des bruits de pleurs. Elle m'a affirmé qu'ils avaient l'air sincèrement effrayés. Et par conséquent elle avait appelé le shérif.

— Et son adjoint n'a absolument rien trouvé ?

Leaphorn ricana.

— Rien. Mais elle m'a dit que cela avait eu une conséquence positive parce que deux de ces élèves étaient des Hispaniques qui avaient établi le lien entre ces bruits et l'histoire du fantôme de la Femme-qui-gémit, qu'une autre élève, une Zuñi, avait cru que c'était un porteur-de-peau qu'ils entendaient, ou une autre de ces représentations navajo correspondant aux sorciers, voire cet esprit zuñi qui punit ceux qui font le mal, et la jeune fille blanche avait imaginé que ça pouvait être un ogre, un vampire, ou une de ces créatures mythiques représentées dans sa culture. Le bruit s'est donc répandu dans l'école McGaffey, ce qui a mis un terme, chez les élèves, à la pratique consistant à prendre ce raccourci interdit.

— As-tu parlé à l'un ou à l'autre de ces jeunes ?

— Quelqu'un du bureau du shérif s'en est chargé.

— Pas toi.

— Pas encore, reconnut-il.

Il se saisit de son vieux calepin, en tourna les pages.

— J'ai encore leurs noms. Tu veux venir avec moi ?

— Mince alors, j'aimerais bien. Il faut que je voie un vieux monsieur appelé Beno, à Nakaibito. Il a l'air de connaître le récit qui concerne la capture de son arrière-grand-mère par les Mexicains, quand elle était enfant. Sa fille le conduit au comptoir d'échanges pour qu'il puisse me parler. Est-ce que ça pourrait attendre ?

— Ça pourrait, dit Leaphorn. Mais ça fait déjà longtemps, très longtemps, que ça attend.

7

Le premier nom figurant sur la vieille liste de Leaphorn était celui d'une jeune fille zuñi dont le père travaillait à Fort Wingate. Elle était maintenant étudiante à l'université du Nouveau-Mexique, bien trop loin. Le second était celui de Tomas Garcia, marié depuis et père de famille. Leaphorn le trouva sur les lieux de son travail dans une entreprise d'exploitation forestière.

Garcia jeta le dernier lot de bardeaux recouverts de bitume sur le semi-remorque plateau de l'acheteur, releva son col de chemise pour se protéger de la terre soulevée par les rafales de vent et adressa un sourire forcé à Leaphorn.

– Bien sûr que je m'en souviens, dit-il. Ce n'est pas rien, d'être entendu par un adjoint au shérif quand on est élève. Mais je ne crois pas que ça ait jamais abouti à quelque chose. En tout cas, pas à quelque chose dont l'un de nous ait entendu parler.

– Ça vous ennuie de revenir là-dessus avec moi ? Il n'y a pas grand-chose dans son rapport.

– Il n'y avait pas grand-chose à y mettre. Je suppose que vous savez comment ça se présente, Fort Wingate. Des kilomètres et des kilomètres de ces vieux et immenses blockhaus avec des allées de terre qui suivent les rangées. C'est facile de se glisser par le grillage que l'armée a dressé dans le temps quand elle y stockait des munitions, et nous, on coupait par là pour rejoindre la route quand on voulait se rendre à Gallup. Ce soir-là, un des élèves avait une sorte de fête de Halloween en ville. Alors c'est là qu'on allait. On voulait faire du stop, vous savez. En coupant à travers ces bunkers, on a commencé à entendre la plainte.

Garcia s'interrompit un instant, se remémorant ce soir-là en se raidissant contre le vent d'ouest qui chassait la poussière autour de leurs chevilles.

– C'était sans doute juste à cause de l'idée de Halloween qu'on avait dans la tête. On était que des mômes, vous savez. Mais ça donnait la chair de poule. Il commençait tout juste à faire vraiment noir et il y avait un vent froid qui soufflait. Au début, j'ai pensé que c'était le vent qui sifflait autour des blockhaus. Mais ce n'était pas ça.

– Qu'est-ce que c'était, à votre avis ?

Il secoua la tête.

– Pourquoi on en discuterait pas au chaud ? On demandera à Gracella d'en parler avec nous. Elle s'en souvient peut-être mieux que moi.

– Vous voulez dire Gracella deBaca ?

Si c'était le cas, Leaphorn avait trouvé la troisième personne sur sa liste.

– Elle s'appelle Gracella Garcia, maintenant, précisa le jeune homme d'un ton de fierté.

Leaphorn suivit le pick-up truck de Garcia et y gagna un repas d'excellente *posole* généreusement rehaussée de porc. Gracella, qui travaillait à l'hôpital du comté de McKinley, était en congé de maternité et, d'après l'œil peu exercé de Leaphorn, elle était extrêmement proche du terme. Le récit qu'elle fit de ce crépuscule de Halloween était très proche de celui de son mari, comme l'ancien lieutenant s'y attendait. Ils avaient dû revivre l'incident et plus ou moins accorder leurs souvenirs.

– C'était effrayant, vraiment très effrayant, dit-elle en servant à son invité une nouvelle louche de soupe. Tomas fait semblant de penser que c'était juste une blague de Halloween. C'est ce que les policiers nous ont dit.

Elle dirigea un regard sévère vers son mari avant d'ajouter :

– Mais il n'est pas dupe. Il joue les machos, c'est tout. Il ne veut pas admettre qu'il croit à La Llorona.

Garcia ne releva pas. C'était une conversation qu'ils avaient déjà eue par le passé.

– Je ne dis pas que ce n'était pas la mère mythique éplorée dont parle Gracella, mais comment expliquer la musique ?

— On aboutit toujours à ça, dit-elle. Je ne suis même pas certaine de l'avoir entendue, la musique. C'est peut-être toi qui m'as convaincue de ça.
— Quel genre de musique ?
— Pas le mien, déclara Garcia. Moi, j'aime le *hard rock* ou le *heavy metal*. On aurait dit du classique.
— On l'entendait à peine, précisa Gracella. Le vent soufflait. Par moments, on avait l'impression d'entendre des notes de piano. À d'autres moments, non.
— Les gémissements et la musique venaient en même temps ? interrogea Leaphorn.
— Je vais vous expliquer, dit Garcia. On se dépêchait de traverser à l'endroit où les blockhaus sont tous en enfilade. Et on a entendu un cri. Ou comme un cri qui venait de loin. Alors on s'est arrêté et on a essayé d'écouter. Et on l'a entendu à nouveau. Plus clairement cette fois. Davantage comme une plainte.
Il se tourna vers Gracella.
— C'est bien ça ?
— Alors on s'est arrêté, confirma-t-elle en hochant la tête, et on est resté là un moment. On l'a encore entendu. Et on a décidé de faire demi-tour et d'aller prévenir la police. Pendant qu'on en discutait entre nous, les gémissements ont cessé. Et au bout d'un moment on a entendu du piano. Tomas a conclu que ça prouvait juste que Lloyd Yazzie essayait de faire peur aux gens. Avec un enregistrement, vous voyez ?
— Pourquoi Lloyd Yazzie ?
— C'était un des garçons de notre groupe, expliqua-t-elle. Et cette musique ressemblait à celle qu'on répétait. Un sacré con.
Après, plus rien. Le vent s'était renforcé. Ils étaient rentrés à McGaffey et avaient demandé à la prof d'appeler le shérif.
— Et à votre avis, ça venait de quoi ? demanda l'ancien lieutenant.
Ils se consultèrent du regard.
— Ben, fit Gracella. Personne n'a prouvé que les fantômes n'existent pas.
Garcia rit, ce qui irrita la jeune femme.
— D'accord, dit-elle. Tu peux rire. Mais souviens-toi que l'un des adjoints ne riait pas, lui. Il trouvait que c'était sérieux et il est revenu nous parler après.

L'expression de Garcia rejetait l'argument.

— C'était le vieux Lorenzo Perez. C'était après que M. Denton ait été mis en prison et qu'il ait commencé à faire passer les annonces où il demandait à sa femme de rentrer. Lorenzo pensait que monsieur Denton avait tué sa femme par jalousie et qu'il publiait ces messages pour se donner l'air innocent.

— Moi, je m'en moque, dit-elle. En tout cas, il n'a pas eu le comportement de quelqu'un qui croit à une blague.

Le dernier nom qui figurait sur la liste de Leaphorn semblait s'être évanoui dans la nature avec le temps, s'intégrant apparemment au mouvement de nomadisme des familles *belagaana* qui parcourent le pays à la poursuite de l'embauche. Il passa le reste de l'après-midi à aller inspecter une partie des trois cent trente-cinq kilomètres carrés sur lesquels s'étend ce qui était, quand il était beaucoup plus jeune, le dépôt de munitions militaires de Fort Wingate, repérant l'endroit approximatif où les Garcia avaient connu cette frayeur, et tentant d'imaginer ce qui avait pu se produire qui en fût cause. Quand Leaphorn, alors tout jeune homme, avait dépassé cet endroit en roulant sur l'U.S. 66, il y régnait une grande animation. Les bunkers, construits pour la Seconde Guerre mondiale, étaient à l'époque remplis d'obus et de poudre destinés à la Guerre du Vietnam. À la fin de la guerre froide, la base avait été « réformée » et avait plus ou moins acquis le statut d'une ville semi-fantôme. La Nation Navajo abritait des archives dans deux de ses blockhaus ; l'armée utilisait une petite partie du périmètre voisin des Monts Zuñi pour lancer des missiles cibles que devaient abattre les scientifiques de la Guerre des Étoiles, sur le périmètre d'essais de White Sands ; d'autres agences utilisaient un bunker par-ci par-là pour leurs besoins propres, et la société TPL, Inc., avait des équipements installés dans certains autres pour convertir le carburant des fusées encore sur place en charges de plastique utilisées pour l'extraction minière.

Ce qui rendait l'endroit intéressant pour ceux qui persistaient à vouloir retrouver les quelques mines d'or légendaires de la région proche, était son histoire faite de hauts et de bas. Le soi-disant « fort » avait pris naissance vers 1850, au moment où les Américains remplaçaient les Mexicains comme maîtres du territoire. À l'époque, il s'appelait Ojo del Oso, d'après le nom de la source où les voyageurs avaient fait halte et où les ours descendaient des Monts Zuñi pour se désaltérer. Puis il était devenu Fort Fauntleroy, en l'honneur d'un colonel qui avait démontré sa bravoure pendant la guerre contre le Mexique. Mais ledit colonel s'était rallié au Sud en 1860 pour démontrer sa bravoure dans les rangs de l'Armée confédérée, ce qui avait entraîné le remplacement de son nom par Wingate, celui d'un officier libre de toute loyauté sécessionniste. Pendant la campagne menée par Carlton pour déporter les Navajos dans le camp de concentration de Bosque Redondo et nettoyer les reliefs des Four Corners afin que les prospecteurs puissent se lancer à la recherche de l'or que lui-même convoitait, le fort avait servi de sorte d'enclos pour les familles du Dineh que l'on menait en troupeau vers l'Est et la captivité. Il avait joué le même rôle en sens inverse quand, en 1868, le président Grant avait autorisé la tribu à rentrer chez elle à « Dine' Bike'yah *, » ses terres entre les Montagnes * Sacrées.

    Les prospecteurs d'or de l'époque venaient souvent au fort. Ils trouvaient un peu de métal jaune ici et là, mais les richissimes filons découverts semblaient se « perdre » avant de pouvoir être exploités : ils avaient engendré davantage de légendes que de fortunes. Dans le souvenir de Leaphorn, la surface occupée par le fort avait été augmentée en 1881, passant de deux cent soixante à trois cent trente-cinq kilomètres carrés pour des raisons que nul ne semblait comprendre. Il avait servi de sorte de camp d'internement pour les Mexicains qui fuyaient Pancho Villa durant la Révolution mexicaine, de centre de recherche sur les moutons, d'institut professionnel pour les Indiens, etc., mais son rôle principal avait été celui de lieu où les militaires pouvaient emmagasiner des quantités prodigieuses de puissants explosifs qui, comme l'oncle de Leaphorn le lui avait expliqué, « tueraient personne qu'est important s'ils expédiaient dans les airs toute cette partie du monde ».

    Il y avait eu des moments où le fort avait connu une grande activité, avec des trains qui y entraient et en sortaient, empruntant le réseau des voies de garage qui partaient des rails de la grande ligne, et des centaines d'employés qui s'activaient à charger les wagons. Mais en cet après-midi, quand sa voiture passa sous l'arc de fer rouillé qui surmontait l'entrée principale, tout était tranquille. Deux pick-up trucks étaient garés devant un entrepôt dans une rue transversale, et une voiture stationnait devant le vieux et modeste bâtiment du quartier général. Leaphorn se rangea à côté, grimpa les marches qui menaient au bureau et se retourna. Cela faisait très longtemps qu'il n'était pas venu, depuis la première année où on l'avait appelé de Crownpoint pour diriger le service spécial d'enquêtes à Window Rock. Mais rien ne semblait avoir changé.

Une femme aux cheveux gris se leva derrière le comptoir où, apparemment, elle était occupée à archiver quelque chose. Elle non plus n'avait pas beaucoup changé : elle était déjà grise et ridée la dernière fois qu'il l'avait vue de près. Teresa Hano était son nom. Il fut stupéfait de constater qu'il s'en souvenait.

— Je suis contente de vous revoir, lieutenant, dit-elle. Vous semblez vous intéresser beaucoup à nous, tout d'un coup, dans les forces de l'ordre. Qu'est-ce qui vous amène par ici ? En civil, qui plus est.

Et maintenant, il était surpris qu'elle se souvienne de lui. Il rit, porta sa main à sa veste de jean.

— C'est ce que je porte tout le temps, désormais. Je ne suis plus policier.

— Non ? fit-elle. Je me disais que c'était le meurtre du jeune Doherty qui vous intéressait. Si c'était le cas, je ne pourrais pas vous dire grand-chose. Rien que je n'aie déjà dit aux hommes du FBI.

— En réalité, je suis davantage intéressé par une vieille plaisanterie de Halloween... si ce n'était qu'une plaisanterie.

— Oh ? fit Teresa Hano dont l'expression semblait hésitante.

— Ça s'est passé le soir où M. Wiley Denton a tué cet escroc chez lui, près de Gallup. Le même soir, des élèves de McGaffey ont pris le raccourci à travers le fort et ils ont entendu...

— Oui, oui. Et ils ont appelé le shérif. Ça a déclenché une belle agitation.

Ce souvenir fit surgir un sourire heureux. L'agitation devait être aussi rare, sur une base de l'armée fermée, que chez un policier à la retraite.

— Ce n'était pas une affaire criminelle, bien sûr, poursuivit-il. Mais ça m'a toujours intrigué. Quatre adolescents entendent ces pleurs ou ces plaintes et pensent que ça doit être une femme. Je sais que vos services de sécurité ont aidé l'adjoint quand il est allé vérifier le lendemain, et personne n'a jamais rien trouvé. Est-ce que quelque chose d'intéressant a surgi depuis ?

— Pas à ma connaissance.

— Mais puisque vous avez mentionné le jeune Doherty, qu'est-ce qu'il pouvait bien venir chercher ici, dans vos archives ?

— Ce qui avait trait aux mines d'or, répondit Mme Hano avec une grimace. Nous ne recevons pas beaucoup de clients, pour nos archives. Et ils se rangent dans deux catégories différentes. Soit ce sont des étudiants qui travaillent sur des domaines relevant de l'histoire ou de l'anthropologie. Qui rédigent un article sur la « Longue Marche » que vous avez entreprise, vous autres Navajos, ou sur l'époque où nous gardions ici les réfugiés de la révolution mexicaine. Soit ils veulent consulter les documents de Matthews.

Elle avait ouvert un tiroir, plus bas que le comptoir, et en sortit un registre qu'elle ouvrit en le posant.

— Les professeurs d'ethnographie s'intéressent encore aux trucs de Matthews ? s'étonna Leaphorn.

Lui-même l'avait fait quand il travaillait sur sa thèse de troisième cycle à l'université de l'État d'Arizona. Le docteur Washington Matthews avait été le chirurgien du fort, dans les années 1880 et 1890, il avait appris la langue navajo et rédigé quantité de textes sur la religion et la culture du Peuple, établissant pratiquement la base de tous les travaux universitaires portant sur la tribu. Mais depuis le temps, Leaphorn pensait que les anthropologues avaient dû exploiter intégralement ses écrits.

— Washington Matthews, reprit Mme Hano. Votre *hataalii neez*. Votre « grand docteur ». Ces derniers temps, nous n'avons pas eu d'ethnographes qui sont venus relire ses documents, mais les chercheurs d'or l'ont découvert.

— Vraiment, fit Leaphorn. Qu'est-ce qu'il pouvait savoir, à ce sujet ?

— Il a rédigé une lettre où il relate certaines des histoires à dormir debout que racontaient à l'époque les prospecteurs qui venaient ici. Je crois que c'est tout.

— Est-ce que Doherty était du nombre ?

— Indirectement, je suppose. Ce qu'il voulait, c'était voir ce qu'avait consulté ce McKay. L'homme que M. Denton a tué.

— Doherty aussi ? D'après ce que j'ai lu, il y a plusieurs rapports dans ces archives, sur les ennuis que les prospecteurs rencontraient avec nous, avec les Apaches et les Utes, et sur ce qu'ils déclaraient à propos de leurs découvertes. Est-ce que Doherty aurait pu tomber sur les documents de Matthews en parcourant ça ? Un peu comme s'il cherchait sans savoir vraiment quoi ?

— Je ne pense pas. Je me souviens vraiment bien de lui parce qu'il est venu à plusieurs reprises, qu'il passait beaucoup de temps à lire, que je ne le connaissais pas et que je ne tenais pas à ce qu'il parte en emportant quelque chose. Mais non. La première fois, il a demandé les lettres de Matthews et si nous avions une copie de sa correspondance avec un docteur de Boston. Il avait le nom de ce médecin et les dates sur tout un ensemble de fiches dans sa mallette. Il savait très bien ce qu'il voulait.

— Vous savez, madame Hano, je crois que je devrais jeter un coup d'œil à cette correspondance. Est-ce que vous pouvez m'aider à la trouver ?

Ce dont elle s'acquitta.

La lettre que Doherty avait tenu à voir était rangée dans un carton étiqueté « Boîte 3, Correspondance W.M. (photocopies) ». La majeure partie en était consacrée à raconter à un ami de Harvard la façon dont il convenait de s'y prendre quand on se passionnait comme lui pour la collecte de ce qui touchait à l'histoire navajo : apprendre la saison et l'endroit où certaines histoires devaient être racontées, le rituel social consistant à préparer le café, à disposer le « tabac de la montagne » qu'il fallait rouler dans des spathes de maïs avant de le fumer, et apprendre à convaincre chacun des anciens assemblés dans le hogan que vous souhaitiez vraiment connaître l'histoire qu'il avait à raconter. Leaphorn s'aperçut qu'il souriait en lisant, se disant que rien n'avait changé depuis ce jour de 1881. Le vieux traditionaliste, comme Matthews en attestait, s'abstenait toujours de « relater l'histoire complète », et il en gardait une partie sous silence, passant le relais à l'orateur suivant de telle sorte que tout ne sorte pas « de la bouche d'un seul ».

Aussi exact que ce témoignage puisse demeurer, ça ne pouvait pas être ce qui avait attiré Doherty en ce lieu. La dernière page renfermait cet élément. Là, Matthews signalait que « beaucoup de ces vieux messieurs prennent un malin plaisir à nous induire, nous les Blancs, en erreur, essayant de voir jusqu'où ira notre crédulité. Ce qui, bien sûr, rend obligatoire, pour nous autres *belagaana* qui voulons sérieusement comprendre leur culture, de nous assurer que nous ne gobons pas les histoires qui sortent uniquement " de la bouche d'un seul ".

Une de leurs sources d'amusement secret est le récit sur la façon dont ils ont égaré le fléau que représentent les prospecteurs d'or, les hommes qui ont investi ces montagnes par nuées, poussés par leur soif de richesses inspirée par les grandes découvertes en Californie et dans les Black Hills. Par exemple les archives, ici, à Wingate, suggèrent que la célèbre " fouille Adams perdue " dont je t'ai parlé antérieurement serait à " deux jours de voyage " du fort, et que le tout aussi célèbre filon du " Veau d'Or " serait également situé à une " journée de cheval aisée " depuis cette position. Parmi les chercheurs d'or, le dogme universellement accepté est que la direction à suivre en partant d'ici est le sud, et qu'il faut franchir les Monts Zuñi. Mon vieil, vieil ami Anson Bai me dit, et je tiens le même renseignement d'autres bouches, que ces deux dépôts d'or ont en fait été découverts dans la direction opposée, au nord du fort du côté de Mesa de los Lobos et de Coyote Canyon. Ils disent que cette fausse indication a été donnée délibérément par différents guides navajo en partie en raison de l'ineffable sens de l'humour de ce peuple et en partie par patriotisme. Ils sont conscients que le pire qui puisse advenir à une tribu est que des Blancs découvrent des gisements d'or sur ses terres. »

Leaphorn relut la lettre, la rangea à sa place et referma la boîte.

– Vous n'avez pas besoin d'une photocopie ?

— Non, merci. Je peux m'en souvenir.
— Vous avez lu, tout à la fin ?
Il fit oui de la tête.

— C'est comme ce qui est arrivé aux tribus de Californie, poursuivit Mme Hano. Pratiquement exterminées. Les Nez Percé aussi, et les peuples qui vivaient au nord dans les Dakotas.

Il se souvint que Mme Hano était zuñi, mariée à un Hopi. Mais s'il ne s'y perdait pas, dans sa famille, une de ses filles avait épousé un Osage *. La découverte du pétrole sur les terres de cette tribu l'avait pratiquement anéantie.

— M. Doherty vous a demandé de lui faire des photocopies de cette lettre. C'est ça ?
— Juste une, précisa-t-elle. Il m'a dit qu'il était très pressé.
— Vous a-t-il dit pourquoi ?

Elle secoua la tête.

— Ça ne me regardait pas et je ne lui ai pas posé la question. Je me suis souvenue que M. McKay avait lui aussi été pressé. Il avait quelqu'un qui l'attendait dans sa voiture.

— Ah bon ? Il vous a dit qui ?
— Non. J'ai remarqué que c'était une femme, et je lui ai proposé de la faire entrer afin que ce soit plus agréable pour elle, mais il m'a répondu qu'elle faisait un petit somme et qu'il ne voulait pas la déranger.

— Une femme ? Jeune ? Vieille ? Indienne ? Blanche ? Est-ce que vous l'avez reconnue ?

Mme Hano rit.

— Des questions. Toujours des questions. Je l'ai à peine entraperçue. Juste assez pour penser que M. McKay était peut-être venu avec son épouse.

Elle posa un regard désabusé sur Leaphorn avant de poursuivre.

— Puis quand M. Denton a tué M. McKay et que la femme de M. Denton est partie, j'ai commencé à me dire que ce n'était peut-être pas l'épouse de M. McKay qui faisait la sieste dans sa voiture.

8

Avant que Leaphorn ne quitte le bâtiment des archives, il accéléra les choses en demandant à Mme Hano de composer le numéro des services de sécurité du fort afin que quelqu'un descende lui ouvrir la grille de la route menant à la zone où les techniciens de TPL convertissaient le carburant pour fusées en pains de plastique et, plus loin, à l'infinité des blockhaus.

Cet appel s'avéra inutile. Le gardien était un policier de Gallup à la retraite qui le reconnut. C'était également un de ceux qui avaient eu droit à plusieurs heures supplémentaires par cette soirée de Halloween, cinq ans auparavant, pour aider les hommes du bureau du shérif du comté de McKinley dans leur recherche vaine à cause de ce qu'il appela « ces fichus gosses avec leurs blagues stupides ».

Et peut-être avait-il raison. On pouvait même remplacer ce peut-être par un probablement. Ce que Leaphorn avait appris dans ces archives avait ébranlé sa confiance. Pour commencer, il semblait s'être trompé sur McKay. En tout cas, ce n'était pas le genre de roi de l'arnaque qu'il avait imaginé. Et un immense doute planait maintenant sur ses certitudes concernant la disparition de l'épouse de Wiley Denton. Peut-être tout le monde avait-il raison sur son compte, à l'exception de ses parents qui possédaient, eux, la seule et vraie raison de l'aimer, sans oublier Denton et lui-même. Peut-être était-il vraiment un romantique, ainsi que Emma et Louisa lui en avaient collé l'étiquette. Peut-être Denton pouvait-il se réclamer de l'amour, ou de l'amour associé à un ego fragile ne pouvant tolérer cette trahison, pour se voiler ainsi la face. Ou peut-être cet ego fragile l'avait-il poussé à un double meurtre quand il avait appris que sa femme l'avait trahi.

Leaphorn longea des kilomètres de bunkers dans l'intention de rafraîchir sa mémoire très rouillée quant à la disposition du fort et de faire naître de nouvelles idées. À la place, il se concentrait sur le réexamen de sa vieille obsession relative au destin de Linda Denton. Si la femme qui s'était trouvée dans la voiture de McKay était Linda, si elle avait accompagné McKay dans le but d'annoncer à Wiley qu'elle le quittait pour un nouvel amant, jeune et beau, un Denton enragé avait très bien pu les abattre tous les deux. Mais dans ce cas il pouvait difficilement s'attendre à ce qu'un juge local, même extrêmement amical, lui inflige une peine minime, s'il plaidait la légitime défense. Un double homicide incluant son épouse, une fille de la région, lui aurait vraisemblablement valu une condamnation à perpétuité. Par conséquent il les avait tués tous les deux mais avait caché le corps de Linda.

Mais non. La gouvernante de Denton était là. C'était elle qui avait appelé la police. Elle l'aurait su.

Néanmoins, les messages parus dans la presse pour supplier Linda de rentrer ressemblaient vraiment beaucoup à une mesure de précaution. Leaphorn reprit toute l'histoire sans trouver un schéma logique faisant de Wiley Denton un double assassin. Finalement, il remonta la pente vers les limites sud où le vieux fort avait été agrandi en rognant sur les contreforts des Monts Zuñi et se gara devant les ruines d'un petit pueblo * préhistorique.

Il était venu là quand il était tout jeune policier. Quelqu'un avait accusé un officier de la base de procéder à des fouilles sur le site, une possible infraction à la loi fédérale protégeant les antiquités. Ce n'était pas du ressort de la Police Tribale Navajo, mais le *Gallup Independent* avait signalé que l'agent Leaphorn venait d'obtenir une thèse de troisième cycle en anthropologie. On l'avait donc envoyé jeter un coup d'œil et il avait indiqué dans son rapport que le site était vraisemblablement un poste avancé datant de l'extrême fin de la période anasazi * et qu'il ne présentait aucun indice de pillage clairement établi. C'en était resté là, mais Leaphorn se souvenait que le sommet de la colline offrait une vue magnifique sur le fort en contrebas, et sur le haut pays de roches rouges de l'autre côté de l'Interstate 40 et de la voie ferrée, au nord. Cet après-midi, il avait besoin de contempler pareille vue pour retrouver le moral.

Il se gara, s'assit sur le mur écroulé de la ruine et tenta d'intégrer ce qu'il avait appris par Mme Hano, dans l'énigme de Linda Denton. Il s'aperçut que le meurtre de McKay n'était plus une affaire classée et que le personnage lui-même était devenu une sorte de mystère. Denton, lui aussi, semblait tenir un rôle différent dans cet étrange puzzle. Et peut-être même le jeune M. Doherty. Cowboy Dashee avait donné l'impression que Denton pourrait s'avérer le suspect de choix dans la théorie échafaudée par le FBI, pour le meurtre de Doherty. Qu'est-ce que les fédéraux pouvaient savoir qu'il ignorait, lui ? Probablement beaucoup de choses.

Le soleil était bas maintenant, étendant l'ombre allongée de la colline sur la route déserte en contrebas, et conférant une forme aux rangées d'énormes structures métalliques semi-cylindriques à demi enterrées qui s'étiraient sur des kilomètres. Il les considéra un moment, regarda les ombres progresser, compta les bunkers de l'une des sections, tenta d'en estimer le nombre et aboutit finalement à un millier environ. Mais cela lui apprit seulement qu'il fallait qu'il en sache davantage sur McKay, Doherty et Denton avant de pouvoir résoudre la question tenace de ce qu'il était advenu d'une jeune femme nommée Linda.

9

La journée de la veille avait été aussi mauvaise pour l'agent Bernadette Manuelito qu'elle l'avait été pour le lieutenant Joe Leaphorn à la retraite. Beaucoup d'agitation, de frustrations et, pour couronner le tout, un coup douloureux porté à la confiance qu'ils avaient en eux.

Bernie avait passé sa journée à tenter de jeter un regard dans chacun des canyons, des arroyos et des washs qui drainent le flanc ouest des Chuska dans la zone définie par le kilométrage maximum que suggérait l'étiquette Zip Lube de Thomas Doherty. Si ces exigences territoriales incluaient une surface de versants montagneux relativement limitée, elles obligeaient à effectuer en voiture beaucoup d'allers et de retours, de montées et de descentes afin de repérer les lits de ruissellement des eaux, qui s'ajoutaient littéralement à des kilomètres de marche. Sur ses jambes de pantalon et sur ses chaussettes, elle avait accumulé un mélange de bardanes et de grappins à peu près identique à celui du regretté Doherty, à l'exception des graines de vigne crève-pneus en forme de têtes de chèvre qu'elle avait vues insérées dans ses semelles en caoutchouc. Elle en conclut que les cours d'eau asséchés qu'elle avait explorés n'offraient pas les points frais et humides par lesquels Doherty était passé. Ou, plus vraisemblablement, que depuis le début son idée était débile et ne tenait pas debout.

Elle aurait pu abandonner sa campagne solitaire en la jugeant vaine si elle n'avait contacté le standard en rentrant chez elle. C'était à nouveau Rudy Nez qui était en poste. Il lui annonça qu'il n'y avait ni appels, ni messages pour elle. Une journée calme, en fait. Deux arrestations pour conduite en état d'ébriété, un appel relatif à des violences matrimoniales, ce genre de choses. À part ça, deux agents fédéraux étaient venus de Window Rock avec le capitaine Nakai pour une réunion chez le capitaine Largo, la radio de la voiture numéro neuf était à nouveau hors service et Elliot avait appelé pour requérir un soutien à Red Valley, puis il avait rappelé pour dire qu'il n'en avait pas besoin. Et le sergent Yazzie, celui de Crownpoint, avait...

– Qu'est-ce qu'ils voulaient, les fédéraux ?

– Comment veux-tu que je le sache ? avait rétorqué Rudy qui paraissait un peu piqué au vif.

Chez les Navajos, pareilles interruptions ne se font pas. On attend que la personne qui parle ait terminé. On ne coupe assurément pas la parole à quelqu'un au milieu d'une phrase.

– Je ne sais pas comment tu pourrais le savoir, Rudy, insista-t-elle. Mais je parie que tu le sais quand même.

– Je pourrais essayer de deviner. Apparemment, ils ont découvert une ou deux pincées de poudre d'or dans le camion de Doherty. Sur le tapis de sol, probablement, ou en dessous, peut-être dans ses chaussures. Et ils veulent que le capitaine Largo nous envoie vérifier auprès des bâtiments administratifs appropriés s'il s'est livré à des prospections.

– Ils n'ont pas précisé où ils l'avaient trouvée, cette poussière d'or ?

– Pas à moi, en tout cas. Je te l'ai déjà dit, ça, non ? Peut-être qu'ils l'ont dit au capitaine Largo. Demande-lui.

Nez était irrité par l'interruption précédente et elle n'obtint plus rien de lui.

Mais elle en savait assez pour assembler les morceaux. Le sergent Chee avait remis au FBI la boîte de Prince Albert avec son contenu sableux. Ce qui correspondait exactement à ce qu'il devait faire. À ce qu'il était obligé de faire, même. S'il avait agi autrement il se serait rendu coupable de dissimulation de preuves dans le cadre d'une enquête criminelle fédérale. Elle se représenta la scène. L'agent du FBI demandant à Chee comment il s'était retrouvé en possession de la boîte. Le sergent Chee répondant que l'agent Manuelito la lui avait remise. L'agent fédéral demandant alors quand cela s'était produit, pourquoi l'agent Manuelito n'avait pas laissé la boîte sur les lieux du crime, si la susdite subordonnée avait pris soin de préserver les empreintes, si la formation qu'elle avait reçue ne lui avait pas appris que de telles empreintes pouvaient être cruciales pour traîner le coupable devant la justice. Elle imagina Chee debout, le visage empourpré, embarrassé et furieux contre elle car elle était la cause de tout ça. Le sergent sortant du bureau, se demandant comment l'agent Manuelito avait bien pu s'y prendre, bon sang, pour agir aussi stupidement. Mais, bien sûr, il était obligé de remettre cette boîte. Il était policier, non ? Que pouvait-il faire d'autre ?

Mais on n'était plus hier, on était aujourd'hui. Au terme d'une nuit agitée passée à revivre une douzaine de variantes de cette scène, elle s'était réveillée en colère, en colère et bien déterminée à tenter de prouver qu'elle n'était pas plus bête qu'eux. Elle allait découvrir le lieu où se trouvait le dénommé Thomas Doherty quand il avait été tué, et si elle n'y parvenait pas, elle démissionnerait et se chercherait un travail terne et ennuyeux de secrétaire, de vendeuse ou de n'importe quoi, mais très loin de Jim Chee.

En conséquence, elle étudiait avec morosité et désespoir la végétation des lits de cours d'eau sur la pente est des Monts Chuska. Le premier petit canyon avait été en tous points semblable au dernier de la veille, mêmes chardons, bardanes, chamisas et ronces des régions sèches. Le deuxième qu'elle inspecta était plus large, apparemment plus prometteur. Elle s'était fait une carte, se disant que si ça marchait pour le Légendaire Lieutenant, ça marcherait peut-être pour elle, et, selon les indications qu'elle y avait portées, cet endroit se trouvait à l'extrême limite de la distance qu'elle avait définie. Il se jetait quelque part en aval dans le wash de Coyote Canyon, lequel drainait les eaux de ruissellement de Remanent Mesa, à moins que ce ne soit celles de Mesa de los Lobos ? Elle n'avait pas encore l'habitude des indications en anglais et en espagnol par lesquelles les cartes signalaient les points de repère sur le terrain. Quoi qu'il en soit, il était plus profond que le précédent, ce qui augmentait les chances d'y trouver les infiltrations d'eau et l'ombre de l'après-midi nécessaires si on souhaitait dénicher aussi l'espèce correspondant aux graines et bardanes qu'avaient croisées les jambes de pantalon et les chaussettes de Doherty.

Au volant de son pick-up vénérable, elle suivit une piste extrêmement marginale jusqu'à ce qu'une dizaine de mètres de cahots particulièrement violents, en franchissant des rochers, lui rappelle l'état douteux de ses pneumatiques. Elle se gara sur le côté et marcha. Elle trouva de l'humidité en un ou deux endroits durant les premiers quatre cents mètres, et quelques traces de pneus de camion qui ne semblaient pas correspondre à ceux de Doherty. Non pas qu'elle les ait regardés de près au moment où elle en avait eu l'occasion, mais parce que le capitaine Largo avait mentionné qu'il s'agissait de Firestone identiques à ceux qu'il avait sur son propre véhicule... qu'elle avait alors inspectés très attentivement.

Après un virage brusque, elle vit un hogan. Il était suffisamment haut sur la pente pour être protégé des torrents soudains, conçu selon la forme octogonale traditionnelle dans cette partie du Pays Navajo, la porte faisant face à l'est comme il est de coutume, le toit constitué de papier goudronné rouge foncé, un tuyau de cheminée d'apparence rouillée dépassant du trou à fumée central ; papier goudronné comme tuyau désormais devenus presque aussi traditionnels que la forme de l'habitation.

Il était près de midi mais il faisait encore très frais dans le lit du canyon et Bernie se plaça sous les rayons du soleil pour se réchauffer pendant qu'elle examinait les lieux : la structure de pierre, un petit abri, un enclos à moutons qui s'effondrait et un lieu d'aisance en planches, près du fond du canyon. La piste qu'elle venait de suivre semblait s'achever en haut de la pente à côté du hogan, mais aucun véhicule ne s'y trouvait actuellement. Pas plus qu'il ne sortait de fumée de la cheminée, suggérant que ni café, ni nourriture ne mijotait pour le déjeuner.

Elle remonta la piste jusqu'au pied de la pente, respecta les conventions imposées par la politesse qui consistent à lancer le bonjour aux habitants et à attendre, à crier de nouveau et à attendre jusqu'à ce que le visiteur ait acquis la certitude, soit qu'il n'y a personne à la maison, soit que, s'il y a des gens, ils n'ont pas envie d'être dérangés.

Ce fut pour elle une déception de trouver ce hogan. Ça semblait réduire les chances que Doherty ait pu découvrir sa poussière d'or en amont d'une résidence habitée, ce qui était visiblement le cas de celle-ci lorsque ses occupants seraient revenus de l'endroit où leurs obligations les avaient appelés. À moins de quinze cents mètres elle trouva une nouvelle infiltration : une grande zone de sol mouillé, en ce point, mais pas de vignes crève-pneus en vue.

Elle n'avait repéré aucune trace de véhicule depuis le hogan. Maintenant le canyon était trop étroit, trop raide et trop rocheux pour tout ce qui était équipé de roues, et elle repéra les premières traces de ce mémorable « été de feu » qui, en 1999, avait dévasté les forêts d'altitude dans l'Ouest montagneux. Les troncs de pins ponderosa tués par les flammes frangeaient la crête au-dessus d'elle. Droit devant, les fûts calcinés d'arbres abattus jonchaient le canyon. À certains endroits, les falaises étaient éclaboussées par les composés chimiques ignifuges lâchés depuis les airs pour circonscrire le brasier. En d'autres endroits où l'incendie avait progressé à travers de denses accumulations de broussailles mortes, la roche était marquée de larges traînées noires. Trois saisons de pluies avaient nettoyé les fonds sableux, mais au-dessus du niveau de ruissellement des eaux, une végétation neuve reprenait ses droits en certains points alors qu'en d'autres on ne percevait que le noir et le gris de la suie et des cendres.

Tout cela constituait de mauvaises nouvelles pour la partie de son cerveau qui cherchait à déterminer les lieux d'un crime. Mais celle qui était botaniste amateur et naturaliste enthousiaste exultait. Elle avait sous les yeux une vitrine de laboratoire qui lui présentait la façon dont la nature peut, en l'espace de trois ans, se relever d'un désastre. Par exemple, elle ne voyait aucun indice montrant que les chamisas qui prospéraient autour du hogan avaient amorcé une quelconque reconquête de la zone brûlée. Les herbes aux trois arêtes étaient de retour, de même que les herbes-aux-serpents, le sorgho, les asters et, hélas, les bardanes. Elle poursuivit sa progression dans le canyon en accélérant, trouvant de nouveaux endroits humides, de nouvelles infiltrations, de nouvelles variétés de plantes, y compris des très jeunes plants de genévriers, de pins pignons et de pins ponderosa. À quelle altitude se trouvait-elle, ici ? Probablement au-dessus de deux mille cent. Au fur et à mesure qu'elle augmentait, il en allait de même des précipitations. À ce niveau, la végétation avait été plus fournie, les résidus de broussailles et d'arbres morts plus denses au fond du canyon, l'incendie plus intense.

Bernie escalada une barrière de gros rochers brisés et s'avança sur une section où le lit de la rivière était plus plat. Du côté du canyon qui se trouvait à l'ombre, elle remarqua une infiltration là où l'humidité luisait encore sur la pierre. En dessous, elle trouva sa première vigne crève-pneus selon la méthode ordinaire : en posant le pied sur ses épines en tête de chèvre. Elle s'assit sur les rochers pour les extraire de ses semelles et, ce faisant, remarqua qu'elle venait de se barbouiller les mains d'une suie comparable à celle qu'elle avait récoltée au camion de Doherty.

Ce fut alors qu'elle vit la chouette. Elle était perchée sur la branche d'un ponderosa abîmé par le feu qui ployait au-dessus du canyon, à une cinquantaine de mètres en amont. Bernie retint sa respiration et fixa l'oiseau. Aucun enfant navajo de sa génération ne grandissait sans entendre dire que la chouette était le symbole du désastre et de la mort. Qu'elle volait la nuit pour tuer ses proies et ne se montrait le jour que pour annoncer un danger. Bernie avait plus ou moins vaincu cette croyance. C'était néanmoins un grand rapace, il la regardait, et quelque chose, dans ce lieu noirci par les flammes, suscitait déjà le malaise. Elle resta donc assise un moment à retourner le regard de l'oiseau immobile et finit par décider de faire comme s'il n'était pas là. Elle en était beaucoup, beaucoup plus proche quand à nouveau il lui causa un élan de frayeur. Elle fit encore halte pour l'étudier et remarqua qu'il n'avait pas l'air tout à fait naturel. Il semblait attaché sur sa branche. En fait, c'était une chouette factice. Le genre que l'on achète et que l'on perche dans les arbres fruitiers afin d'empêcher les oiseaux de cueillir les cerises. Pourquoi la mettre là ? La seule raison qui lui parut plausible consistait à prévenir les Navajos de ne pas pénétrer plus avant.

Un indice supplémentaire, songea-t-elle, montrant que ce devait être le bon canyon. Il le fallait. Mais est-ce que Chee, Largo et tous les autres la croiraient ? Tandis qu'elle se posait la question, elle remarqua une nouvelle anomalie. Le sable devant elle semblait anormalement plat et anormalement divisé en niveaux. Elle se hâta vers l'amont.

Une succession de rondins avaient été enfoncés dans le lit du cours d'eau pour former quatre petits barrages d'inspection, chacun situé à environ trois mètres du précédent, et une trentaine de centimètres plus haut. Visiblement, leur rôle consistait à ralentir le flux de l'eau après les pluies, contraignant le courant à déposer une plus grande quantité de sable. La gravité faisant son œuvre, les premiers éléments à tomber dans le fond seraient les lourdes paillettes d'or. Elle contemplait là des écluses de rétention d'eau servant pour la recherche aurifère et, si elle avait disposé d'un seau et d'une pelle, elle était presque sûre qu'elle aurait pu ramener chez elle suffisamment de sable possédant une riche teneur en or pour payer l'essence qu'elle avait consommée en venant. En fait, de l'endroit où elle se tenait, elle distinguait le trou où, quelques jours plus tôt à peine, Thomas Doherty avait extrait pour son propre usage un peu de ce matériau qu'il avait mis dans sa boîte de Prince Albert.

Et elle allait faire de même : en glisser juste assez dans sa poche de veste pour couper le sifflet aux incrédules, retrouver son statut d'égale parmi les égaux dans l'univers du maintien de l'ordre et de la loi. L'agent Bernadette Manuelito, remplie de cette joie et de cette exubérance qui surgissent lorsqu'une déception désespérante est brutalement remplacée par un succès total, remonta à petites foulées enjouées le fond du canyon sur des jambes fatiguées qui ne l'étaient absolument plus et franchit d'un bond le rondin à demi enterré dans le sable.

Toute sa vie elle allait se demander si c'était la raison pour laquelle la balle l'avait manquée.

10

Il fallut à Bernie une fraction de seconde pour identifier l'association des bruits : le claquement sec d'une balle qui franchissait le mur du son en frôlant sa tête, le brusque heurt de l'impact, quelques mètres plus loin, la détonation du fusil qui avait tiré. L'identification une fois faite, elle se précipita à l'abri des rochers le long de la paroi du canyon.

Elle s'y blottit un moment, reprenant ses esprits et procédant à l'analyse de la situation. Sa retraite éperdue l'avait conduite derrière un grand bloc de roche effondré, un endroit qui avait l'avantage d'être indiscutablement à l'épreuve des balles mais le désavantage de n'offrir aucune voie de repli possible lui garantissant une bonne protection. Elle s'assit le dos contre la roche, dégrafa le rabat de l'étui d'où elle sortit son revolver qu'elle contempla. C'était une arme de service réglementaire dans la police, contenant six balles de calibre trente-huit. Bernie avait réussi les épreuves du stand de tir avec un score élevé, mais elle n'avait pas appris à aimer cet objet : lourd, volumineux et froid, il symbolisait l'unique aspect du métier de policier pour lequel elle ne ressentait aucune attirance. Elle avait consenti des efforts en ce sens, imaginant des situations dans lesquelles elle tirait sur quelqu'un (toujours sur un individu de sexe masculin et d'une agressivité violente) pour défendre une vie innocente. Dans ces interventions, elle n'avait réussi qu'à immobiliser l'agresseur et à le désarmer, sans tenir compte de la politique communément acceptée dans la police qui consistait à ne pas dégainer son arme si l'on n'était pas disposé à s'en servir, et à ne pas tirer si l'on ne tirait pas pour tuer. Mais là elle savait, ou croyait savoir, qu'elle ferait feu si cette situation l'exigeait, et qu'elle viserait pleine cible la personne qui tentait de l'abattre.

De qui pouvait-il s'agir ? D'un homme, évidemment. Bernie ne parvenait pas à se représenter une femme dans le rôle du tireur embusqué. Probablement le même homme qui avait abattu Thomas Doherty dans le dos, et probablement pour la même raison, laquelle serait en rapport avec le gisement d'or. Hostiin Yellow l'avais bien mise en garde : les hommes blancs sont prêts à tuer pour l'or. Elle réfléchit à cet avertissement. Hostiin Yellow lui avait semblé souligner ces paroles avec une force et une emphase exceptionnelles, mais sur le coup elle avait mis cela sur le compte de l'inquiétude d'un oncle qui essaye de convaincre une nièce obstinée. Maintenant elle en venait à penser qu'il avait eu une raison bien informée de penser que ce canyon recherché présentait un danger. Et il avait raison, comme d'habitude. Elle avait un vieil oncle d'une grande sagesse. Dommage que Hostiin Yellow n'ait pas une nièce plus sage qu'elle n'était.

Bernie ne voyait pas ce qu'elle pouvait faire d'autre qu'attendre et écouter. Ce qu'elle fit, tendant l'oreille pour percer le silence, exigeant de ses yeux qu'ils repèrent tout indice de mouvement. Normalement, dans un canyon comme celui-là, il y aurait diverses espèces d'oiseaux occupés à leur récolte automnale de graines et de baies séchées. Mais les flammes qui avaient dévasté celui-ci n'avaient rien laissé d'autre à manger que des cendres. Ce passage rétréci dans la ravine avait dû engendrer un feu d'une chaleur intense, alimenté par des décennies d'accumulation de bois mort. Maintenant que Bernie disposait d'un instant de calme pour y réfléchir, elle déduisit ce qui s'était passé en ce lieu. Les mêmes années sans fin qui avaient déposé, dans les écluses successives, cette poussière d'or postérieure aux précipitations, avaient également déposé tous les vestiges morts qui l'avaient cachée. L'incendie avait réduit ces restes en cendres. Le ruissellement avait nettoyé le lit du cours d'eau de ces cendres. Le vieux secret s'était retrouvé exposé.

Les résidus calcinés avaient perduré à l'endroit où elle s'était réfugiée, trop haut pour y être emportés par le ruissellement, et les plantes sauvages qui prospèrent dans le sillage des incendies de forêts n'avaient guère progressé. À quelques mètres en contrebas, l'humidité provenant d'un suintement dans la roche avait maintenu le sol mouillé. Là, le brun et le gris étaient remplacés par des taches de verdure. Et là, des vignes crève-pneus agrippées au sol avaient progressé, leurs petites graines dures comme la pierre ayant résisté même à une chaleur de cette intensité.

Elle se releva de l'empilement de cendres sur lequel elle était assise, réprima le désir de se glisser jusqu'à cette zone humide pour y chercher les traces des bottes de Doherty qui établiraient de manière indéniable qu'il était venu là, si elles n'apportaient pas la preuve absolue qu'il y avait été tué. Ce désir fut étouffé immédiatement par l'image d'un homme la couchant dans la ligne de mire de son fusil. Elle se rassit. Que faire ?

Elle pouvait attendre sur place. Quand la nuit tomberait, elle pourrait s'esquiver vers l'amont, sortir du canyon (y parviendrait-elle ? Vraisemblablement, mais dans le noir, ce serait périlleux), puis s'éloigner à pied. Cette escalade la mènerait, en quelque sorte et à peu de choses près, au sommet de Mesa de los Lobos. Au sud se trouvait la raffinerie de Iyanbito, mais pour y parvenir il lui faudrait descendre le rempart de falaises au nord des voies ferrées de Santa Fe et de l'Interstate 40. Pas réalisable. À des kilomètres à l'est il y avait la mine d'uranium de Church Rock, si elle était toujours en exploitation. Un terrain accidenté pour franchir la mesa jusque-là, mais c'était à sa portée. À peu près à ce moment-là, une humeur différente s'empara d'elle. La colère.

Qu'est-ce qu'elle fichait à rester assise là comme une trouillarde ? Elle était membre des forces de l'ordre, agent titulaire de la Police Tribale Navajo et adjointe aux services du shérif du comté de San Juan. Quelqu'un lui avait tiré dessus. Tirer sur un représentant de la loi était une infraction relevant d'une peine de prison. Son devoir, clairement, était de procéder à l'arrestation de l'auteur de cette infraction grave, de le ramener au poste et de le coller derrière les barreaux. Pourquoi ne s'était-elle pas munie de son téléphone portable ? Non pas qu'il puisse marcher dans ce canyon. Elle venait de prouver qu'elle méritait davantage que l'absence totale de respect qu'elle rencontrait de la part de Jim Chee, du capitaine Largo, de tout le monde. Quel respect mériterait-elle si elle se contentait de rester assise là à attendre que certains de ces hommes viennent la secourir ? Ou si elle assurait sa propre survie et était obligée de reconnaître qu'elle avait fui devant son devoir ?

Elle se releva, affermit sa prise sur son arme, s'approcha lentement du rebord de ce bloc rocheux et glissa un regard. Elle ne vit rien. N'entendit rien. Elle scruta chacun des endroits où elle pensait que pourrait se dissimuler un tireur. Rien de suspect. L'homme qui lui avait tiré dessus pouvait maintenant être à des kilomètres de distance. Il l'était probablement. De toute façon, qui rêve d'être immortel ? Elle prit une profonde aspiration, s'écarta de la roche protectrice et se précipita jusqu'à l'endroit où poussait la vigne crève-pneus.

Il y avait des empreintes de bottes préservées dans la terre humide, dont certaines écrasaient des vrilles de la plante. Certes, c'était un dessin de semelle répandu, mais il était non moins vrai qu'il s'agissait d'empreintes identiques à celles des bottes de Doherty confiées à sa mémoire. Autre vérité heureuse : le tireur n'avait pas tenté de l'atteindre, cette fois.

Elle s'approcha des petites écluses et, au fond du trou où Doherty avait dû procéder à son prélèvement, elle prit une pleine poignée qu'elle confia à la poche de sa veste. Ceci fait, elle entreprit de marcher très prudemment vers le bas du canyon, se mettant à l'abri chaque fois qu'elle le pouvait et marquant de fréquents arrêts pour écouter et observer. Quand elle atteignit l'endroit d'où elle pouvait distinguer le hogan, elle s'immobilisa plus longtemps. Toujours aucune trace de véhicule. Elle ne vit pas trace de vie non plus. N'entendit rien.

Son camion était exactement là où elle l'avait laissé. Peu après, elle quitta la piste de terre pour l'asphalte de la Route Navajo 9. Elle s'arrêta et resta un moment sans rien faire, surmontant une soudaine crise de tremblement avant de rentrer chez elle.

11

Pour la première fois depuis les affreuses années de la puberté, quand il était élève, Jim Chee tenta de déceler quelle sagesse, s'il y en avait une, était véhiculée par la mythologie navajo quand elle parlait de la « séparation des sexes ». Comme dans l'Ancien ou le Nouveau Testament, la Torah, le Livre de Mormon, les enseignements de Bouddha ou de Mahomet, ou n'importe quel autre texte religieux qu'il avait lu pour les besoins du cours de philosophie des religions à l'université du Nouveau-Mexique, la poésie complexe de la version navajo de la genèse associait des leçons de survie à l'enseignement de la relation avec le Créateur et le cosmos.

Il y avait très longtemps, Hostiin Frank Sam Nakai, le plus âgé de ses oncles * maternels, avait essayé de lui expliquer ce problème des relations sexuelles et des responsabilités respectives, au cours de cette même nuit d'été où il l'avait conduit à Gallup quand il avait obtenu son diplôme de fin d'études secondaires. Vers le crépuscule, il s'était garé dans la partie de Railroad Avenue où sont installés les débits de boissons et les prêteurs sur gages puisque cette leçon initiale du voyage devait porter sur les effets sociaux de l'alcool. Tandis que la soirée s'avançait, Nakai lui avait montré une douzaine d'individus d'apparence normale, mélange de Navajos, de Zuñis, de Blancs, hommes et femmes, et un unique Hopi d'une quarantaine d'années, leur seul point commun étant que Nakai les avait repérés au moment où ils entraient dans l'un ou l'autre des bars de l'avenue. Le Hopi était rapidement ressorti et s'était éloigné dans la rue à grandes enjambées sans aucune modification perceptible. Les étoiles étaient apparues, la brise agréable du soir s'était rafraîchie, un couple de Navajos avait regagné la rue en se disputant à voix haute.

– Remarque bien, lui avait dit Nakai, que tous les deux parlent, et qu'ils parlent fort, mais qu'aucun n'entend l'autre. Souviens-toi de ce que Femme-qui-Change nous a enseigné. Autrefois nous étions capables de dialoguer avec les animaux, mais quand nous sommes devenus complètement humains, ils ont cessé de pouvoir nous comprendre parce que dès lors nous disposions des mots nécessaires pour nous entretenir des choses essentielles. Mais il nous faut apprendre à écouter.

Même dans l'humeur qui était actuellement la sienne, Chee sourit en se remémorant qu'il n'avait pas eu la moindre idée de là où Nakai voulait en venir. Mais au fur et à mesure que la nuit avait succédé à la soirée, et qu'un nombre de plus en plus important de leurs sujets d'étude sortaient dans l'avenue en trébuchant, Nakai avait précisé ses intentions. L'alcool dont ils s'étaient imbibés avait anéanti cette intelligence humaine (le lien qui les mettait en communication avec le Peuple Sacré) et maintenant ils l'avaient entièrement perdue sans avoir conservé l'intelligence animale qu'ils avaient laissée derrière eux.

C'était pendant qu'ils restaient assis à regarder une dispute violente entre un homme et une femme que Nakai lui avait expliqué l'histoire de la Séparation. Le Peuple, lui avait-il raconté, avait vécu au bord d'une rivière, dans le Troisième Monde, les hommes ramenant des cerfs, des cerfs-antilopes, des lapins et des dindons, et les femmes récoltant tubercules, baies et fruits à coque dure pour les repas. Les deux sexes avaient commencé à exprimer leur mécontentement, ayant le sentiment qu'ils faisaient plus que leur part. Les femmes avaient décidé qu'elles vivraient mieux sans les hommes, et les hommes avaient déclaré qu'ils n'avaient pas besoin des femmes. Elles avaient établi leur propre camp sur l'autre rive. Mais chaque sexe avait bientôt découvert que sans l'autre, il n'était que malheureux, alors ils s'étaient réunis.

Chee avait provoqué le récit de Nakai en lui demandant comment il pouvait régler un problème rencontré à l'école avec une fille qui, alors qu'elle l'aimait beaucoup avant, avait changé tout à coup et décidé qu'elle ne voulait plus du tout de lui. À l'époque, ce récit ne lui avait pas donné le sentiment de pouvoir l'aider. Et aujourd'hui, des années plus tard, il ne lui permettait pas de décider de ce qu'il convenait de faire à propos de Bernadette Manuelito. Et il fallait qu'il prenne une décision rapidement.

Plus précisément, il fallait qu'il appelle Bernie pour lui demander si elle revenait au travail. D'abord, il lui dirait : Agent Manuelito, vous allez être en retard à votre poste. Non. D'abord il lui présenterait ses excuses pour s'être comporté en pareil crétin, pour avoir perdu son calme, pour s'être montré grossier. Mais qu'est-ce que cela lui rapporterait ? Où cela le mènerait-il ? Il essaya de l'évaluer et se retrouva à son point de départ : il gardait le souvenir bien trop net de l'expression qu'elle avait eue. Le si joli visage de Bernie à l'ovale si lisse transformé par la colère, le désarroi, et quoi encore ? Le chagrin, peut-être. Ou la douleur et la déception. Il n'aimait pas y repenser.

« Rentrez chez vous et contentez-vous de la boucler », lui avait-il dit. Il l'avait même plutôt crié, en réalité. Et Bernie avait réagi comme s'il l'avait giflée. Comme abasourdie. Le dévisageant comme si elle ne le connaissait pas. Puis elle avait tourné les talons, s'était dirigée vers son bureau et avait commencé à rassembler ses affaires. Et, bien sûr, puisqu'il était un imbécile complet, au lieu de la suivre et de s'excuser, de lui expliquer qu'il s'était énervé et de lui demander de l'aider à trouver comment résoudre le problème, il avait simplement ramassé cette fichue boîte de Prince Albert et quitté la pièce en l'emportant. Il s'était dit qu'il allait avoir une idée en se rendant au bureau du FBI, mais tout ce à quoi il avait pu penser avait été d'aller trouver Leaphorn. De laisser le Légendaire Lieutenant régler le problème à sa place.

Quand il allait appeler Bernadette, ce qu'il ferait d'une minute à l'autre, il ne lui dirait pas qu'il avait transmis la boîte à Leaphorn, et le problème par la même occasion. Deuxièmement, il lui révélerait tout ce qu'il avait réussi à apprendre sur la victime du meurtre. Et ensuite, il lui confierait qu'il pensait savoir où le crime avait été commis. Après, il lui dirait qu'il attendait son retour sur son lieu de travail, il lui rappellerait qu'on ne lui avait octroyé que deux jours de congé et que son service reprenait l'après-midi même.

Il s'empara du téléphone, appuya sur les premiers chiffres correspondant au numéro de la jeune femme, s'interrompit, reposa l'appareil. D'abord, il fallait qu'il organise la façon dont il allait lui relater ses progrès sur la piste de Doherty, la victime du crime.

Ça avait débuté par un autre coup de téléphone qu'il avait redouté de passer. Il avait appelé Jerry Osborne, l'agent responsable des prérogatives du FBI pour la juridiction de Shiprock, et ils s'étaient fixé rendez-vous à Gallup. Osborne était nouveau, il remplaçait l'agent spécial Reynald qui avait été transféré à La Nouvelle-Orléans. Chee s'était vu attribuer la responsabilité (ou le mérite, suivant les points de vue) de la réaffectation de Reynald qui s'était permis des commentaires excessifs lors d'une conversation téléphonique avec le sergent navajo et avait, par la suite, été amené à croire que cette conversation avait été enregistrée sans qu'il en ait donné l'autorisation ni qu'il en ait été averti. À considérer que Chee ait agi de la sorte, c'eût été illégal. Si des poursuites judiciaires avaient été engagées, pareille initiative aurait pu lui coûter son travail, et pareils propos coûter le sien à Reynald. Mais le FBI n'aurait pas échappé au ridicule. Aussi la solution fédérale, éprouvée par l'expérience, avait-elle été appliquée : « On protège nos fesses d'abord. » Reynald avait été discrètement muté dans un endroit où ça ne craignait plus rien, et Chee inscrit sur la liste de ceux qu'il valait mieux éviter dans la mesure du possible. Osborne, cependant, ne lui avait pas témoigné l'hostilité à laquelle il s'était attendu... peut-être parce que le policier navajo avait commencé par s'excuser.

— Comme nous n'avons pas suivi la procédure normale lors de la découverte du cadavre de Doherty, je voulais vous assurer que nous vous apporterons désormais toute l'aide que nous pourrons. Vous savez. Pour nous rattraper.

Chee avait eu le sentiment qu'Osborne laissait cette déclaration flotter en suspens un peu plus longtemps que ne le prescrivait une courtoisie irréprochable, mais peut-être était-ce parce que le policier navajo était arrivé en redoutant des ennuis et non simplement parce que l'agent du FBI se demandait jusqu'à quel point il pouvait lui faire confiance... à condition qu'il le puisse.

— Mais encore ? avait fait Osborne. Qu'est-ce que vous aviez dans l'idée ?

– Aller ici ou là, selon votre demande. Parler à des gens à qui vous voulez parler. Voir si nous pouvons trouver quelqu'un qui a aperçu ce pick-up de couleur bleue à double rangée de sièges sur le trajet entre le lieu du crime et l'endroit où nous l'avons retrouvé.

Osborne avait hoché la tête. Émis un grognement affirmatif.

– Peut-être aussi d'autres manières, avait ajouté Chee. Pour vous dire la vérité, je ne sais quasiment rien sur l'affaire, jusqu'à présent. Avez-vous découvert l'endroit où Doherty a été abattu ? Nous pourrions peut-être vous aider, pour ça.

– Eh bien, ça nous aiderait, oui. Votre subordonnée ne nous a pas laissé grand-chose sur quoi travailler, autour du véhicule.

Ce léger rappel des manquements de la Police Tribale Navajo ayant été mentionné, Osborne s'était livré à un exposé bref et, avait soupçonné Chee, probablement expurgé, de ce qui, pour l'heure, était établi.

L'agent fédéral était jeune et élancé, avec des cheveux bouclés tirant sur le roux, des yeux gris et un teint pâle constellé de ces taches de rousseur que Chee avait trouvées étranges quand il avait intégré un dortoir de l'université du Nouveau-Mexique et s'était retrouvé immergé dans une communauté à la peau claire parsemée de taches de rousseur. Sa chaise légèrement inclinée en arrière, Osborne avait le menton baissé et levait les yeux vers lui sous des sourcils aussi roux que ses cheveux, tout en exposant, à l'aide de tournures prudentes, ce que le Bureau acceptait que la Police Tribale Navajo sache sur la vie et la mort de M. Doherty.

Célibataire divorcé de sexe masculin, âgé de trente et un ans, employé par le Service des Forêts des États-Unis. Neveu du shérif Bart Hegarty, lui-même décédé. Domicilié à Flagstaff. Licence de sciences en géologie, à l'université d'État de l'Arizona, puis étudiant de thèse, dans la même université. Emploi d'été saisonnier au Service des Forêts, dans le cadre du programme de lutte contre les incendies, détenteur d'un compte courant à la branche de Flagstaff de la Bank of America, sans dépôts ni retraits récents de sommes importantes, possesseur de cartes de bibliothèque aussi bien à l'université d'Arizona qu'à Flagstaff, les livres empruntés indiquant un intérêt dans les domaines de la minéralogie, de la prospection et des légendes entourant les mines d'or. La préposée aux ouvrages de référence, à Flag, signalant qu'il avait sollicité son aide pour localiser les dossiers sur microfiches contenant les articles des journaux de Gallup, Farmington et Flagstaff, aux dates où ils avaient relaté l'homicide perpétré contre la personne de McKay.

Osborne avait poursuivi son exposé monotone des éléments biographiques, levé le menton et dirigé sur Chee un regard direct l'invitant à poser des questions.

Ce dernier avait haussé les épaules.

L'agent fédéral avait alors rabaissé le menton.

– Balle non retrouvée, avait-il précisé. Probablement de calibre trente-zéro-six ou trente-trente, coup de feu tiré d'une distance impossible à déterminer, probablement au-delà de vingt mètres, en deçà de cent, projectile entré par le dos, entre les côtes, à quatre centimètres à gauche de la colonne vertébrale, ressorti par le sternum, entraînant des lésions cardiaques mortelles. Décès presque instantané et estimé à vingt ou trente heures avant la découverte du corps. Abrasions sur le côté gauche du visage suggérant qu'il a pu tomber sur des rochers.

Il s'était interrompu à nouveau, faisant ce geste de la main qui indique le terme d'un compte rendu.

– Des rochers, avait repris Chee. Quel genre?

Osborne avait eu l'air surpris.

– Du grès, du schiste, du schiste argileux, du granite? Le médecin légiste a peut-être pu l'établir à partir de fragments trouvés dans les éraflures.

Osborne avait haussé les épaules.

– Le rapport d'autopsie ne précise pas.

Chee avait eu un sourire forcé.

– On dit que les Inuits du cercle arctique possèdent neuf mots pour désigner la neige. Il faut croire que, vivant dans notre monde de pierres, nous faisons pareil avec les roches. On m'a dit que vous venez de l'Indiana. Ce n'est pas aussi rocheux, là-bas.

– D'Indianapolis, avait précisé l'agent fédéral. Et vous avez raison. C'est vous qui gagnez, point de vue rochers.

Pour la première fois, l'expression d'Osborne était devenue amicale et Chee avait pris conscience qu'il le regardait en tant que congénère et non plus comme un adversaire peu coopératif. Il leur venait de Denver. Pour sa part, Chee aurait considéré que cette mutation allait dans le bon sens, mais il doutait qu'un jeune agent du FBI puisse se représenter l'agence de Gallup comme une promotion. En réalité, il avait entendu dire qu'elle figurait sur la liste des « affectations redoutables » avec mutation garantie sous les trois ans. Par ailleurs, n'ayant pas d'amis sur place et ayant probablement laissé sa femme (s'il en avait une) derrière lui pendant qu'il cherchait un logement, il devait se sentir seul. Chee l'avait plaint. L'agent fédéral avait besoin de quelqu'un à qui parler. Il lui avait retourné son sourire.

– Je pense que ça doit être dur, d'apprendre un nouveau territoire, avait-il avancé. Je serais perdu si j'essayais de travailler dans une ville.

Osborne avait ri.

– Ma toute première affaire ici concernait un coup de couteau fatal. Pas de portefeuille. Pas d'identification. Mais comme il lui manquait plusieurs molaires, nous avons vérifié auprès de tous les dentistes pour avoir sa fiche d'identité dentaire. (Une grimace avait accompagné ces mots.) Quand nous l'avons enfin identifié, nous avons découvert qu'il n'avait jamais mis les pieds chez un dentiste de toute sa vie. Ses molaires, il se les était arrachées lui-même. Bon sang, comment on peut bien faire ça ?

– C'est un monde différent, avait répondu Chee.

Il avait décidé de ne pas lui expliquer comment sa grand-mère s'y était prise. Il fallait notamment engourdir la gencive à l'aide d'une concoction à base de tubercules et de baies bouillies, utiliser un petit collet en fil métallique, etc., et c'était trop compliqué pour être abordé dans l'immédiat. Il avait préféré ramener la conversation sur Doherty.

Que pouvait lui dire Osborne sur la théorie qui s'échafaudait en relation avec le crime ? Par exemple, quel était le mobile ? Et était-il exact, comme le prétendait la rumeur, que Doherty tentait de piéger Wiley Denton dans une escroquerie touchant à une mine d'or perdue ?

Osborne avait réfléchi un moment, pris sa décision et répondu :

– Celle-là, je ne l'avais pas encore entendue.

— Elle m'a paru extrêmement peu vraisemblable, avait reconnu Chee. Comme son oncle était le shérif qui a arrêté Denton, il savait forcément ce qui était arrivé à McKay.

Osborne avait eu un sourire forcé.

— Neveu ou pas, à mon avis, quiconque est un peu curieux aurait pu apprendre tout ce qu'il souhaitait sur cette affaire. Les services du shérif n'ont pas l'air de veiller de trop près sur leurs dossiers.

— C'est ce que nous avons déjà entendu dire, avait abondé Chee avec la même petite grimace. Qu'est-ce qu'il s'est passé, cette fois ?

— Eh bien, dans sa voiture, il avait des photocopies de tout un tas de trucs concernant le meurtre de McKay.

— Des documents sensibles ?

— Il faut croire qu'il n'y avait rien de vraiment sensible en l'occurrence. Mes fichiers indiquent que l'enquête a été close à peine ouverte. Denton a abattu McKay, il a avoué, a plaidé la légitime défense dans une affaire d'escroquerie qui avait tourné à la tentative de vol, est passé en procès et a purgé sa peine. (Il avait haussé les épaules.) Affaire bouclée.

— Il nous en faudrait davantage, des comme ça. Mais quels documents Doherty pouvait-il bien vouloir photocopier ?

— Certains des papiers qui provenaient de la mallette de McKay. Des cartes, des croquis, des notes sur des analyses aurifères, des photocopies de pièces provenant de Fort Wingate. (Il avait ri.) Il avait même fait une photocopie d'une carte de visite de la State Farm Insurance, recto et verso. Plutôt bizarre, non ? Nous avons donc appelé l'agent de cette compagnie. Un type du coin, et tout ce que nous avons découvert, c'est qu'en fait McKay n'avait pas signé de contrat d'assurance. Et il y avait des chiffres notés au dos.

— Un numéro de téléphone ? Une adresse ?

— Aucune idée. Ça commençait par un D suivi de trois ou quatre chiffres. Ils avaient sans doute un sens pour McKay.

Chee avait acquiescé.

— Ça ne m'a pas l'air très grave. Pas s'il s'est contenté de faire des photocopies.

Il avait attendu un moment avant d'ajouter :

— Ce serait différent s'ils l'avaient laissé partir avec les originaux.

— Oui, absolument, avait confirmé Osborne.

— Enfin bon. Il faut croire que l'employé chargé des pièces à conviction était un ami de la famille. Et qu'est-ce que ça pouvait bien faire ? Affaire classée, après tout. (Chee avait ri.) Qu'est-ce qu'il a embarqué ? Des trucs de valeur ?

— Pas vraiment. À moins qu'il y ait des gens pour collectionner les boîtes de tabac Prince Albert. Vous vous souvenez de ces boîtes ?

— À peine. Je n'ai jamais fumé la pipe. Pourquoi aurait-il pris ce genre de chose ?

— La théorie est qu'il voulait peut-être le sable qui se trouvait à l'intérieur, pour la même raison que McKay l'y gardait.

Osborne arborait un large sourire, il s'amusait bien. Chee l'avait récompensé par un regard interrogatif et avait perdu quelques instants à soupeser le pour et le contre.

— Comme s'il prétendait, par exemple, qu'il s'agissait de sable mêlé à de la poussière d'or ? S'il voulait l'utiliser pour convaincre Denton qu'il avait trouvé la mine d'or qu'il tentait de lui vendre ? C'est ça ?

— Tout ce que je sais, c'est qu'il y avait du sable dans la boîte et, selon les archives de l'affaire, un peu de ce que l'on appelle des « paillettes d'or » mélangées avec, et que Doherty l'avait avec lui dans son camion. Nous l'avons trouvée par terre. Comme vous le savez, les ambulanciers sont arrivés sur place avant les techniciens de la police scientifique. Ça a été n'importe quoi.

L'expression d'Osborne montrait qu'il n'avait pas l'intention d'en dire plus.

— Encore une chose qui pourrait m'aider. Est-ce que ce qu'on a retrouvé dans son camion, sur ses chaussures et ses habits, vous a indiqué quelque chose ? A-t-on des éléments susceptibles de fournir une idée de l'endroit où il est allé entre le moment où il a quitté Gallup et celui où il a été tué ?

— Pas beaucoup...

Osborne avait consulté sa montre, froncé les sourcils et regardé Chee.

— ... Vous allez me demander sur quel genre de roche il avait marché et je ne peux pas vous aider pour ça. (Il s'était écarté de la table.) Je peux vous dire qu'il a posé les pieds dans le feu de camp de quelqu'un, sur un tas de cendres ou quelque chose d'approchant. Il y avait de la suie plein ses chaussures. Et il y a une question que je voudrais vous poser.

Chee avait hoché la tête.

Osborne l'étudiait. Il s'apprêtait à lui confier quelque chose. Ou à lui demander quelque chose. Puis il avait pris son calepin et en avait feuilleté les pages.

– Ces chiffres vous diront peut-être quelque chose.

– Quels chiffres ?

– Ceux de la carte d'assurance de McKay, que Doherty a photocopiée. Je me suis souvenu que je les avais notés. D2187. Ça vous rappelle quelque chose ? Nous non, et l'agent d'assurances non plus.

– Le D pourrait symboliser Denton, bien sûr. Est-ce que le reste correspond aux quatre derniers chiffres de son numéro de téléphone qui est sur liste rouge ?

– Non. Nous y avons pensé. C'est drôle de noter ça. On s'est demandé si Doherty savait quelque chose, sur McKay, que nous ignorons. Il fallait que ça ait un sens sinon il n'en aurait pas fait une photocopie. Ça paraît bizarre.

Chee aussi trouvait ça bizarre et il avait inscrit le numéro dans son propre calepin. Il soumettrait ce D2187 à Leaphorn. Le Légendaire Lieutenant y reconnaîtrait probablement des coordonnées cartographiques.

Gardant présents à l'esprit ce nombre et les chaussures enduites de suie, Chee avait pris sa voiture pour aller directement du bureau d'Osborne au téléphone payant qui se trouvait devant la Pancake House afin d'appeler le Service des Forêts, de demander à parler à Denny Pacheco et de lui exposer son problème. Il avait besoin que Pacheco vérifie ses vieux registres datant de la saison du grand incendie, qu'il découvre sur quels feux le regretté Thomas Doherty avait travaillé et qu'il rappelle Chee à son bureau de Shiprock.

– Tu veux juste que je laisse tomber les tâches dénuées d'importance auxquelles je travaille en ce moment pour te faire ça tout de suite, hein ? avait réagi Pacheco. Et pourquoi je ferais un truc comme ça ?

— Parce que je suis ton copain, avait répondu Chee. Et que nous essayons de déterminer où était ce gars quand quelqu'un lui a tiré dessus. Il faudrait un feu situé, disons, à moins de quatre-vingts ou cent kilomètres de l'endroit où il a été découvert.

— Et c'était où, ça ?

Chee le lui avait indiqué.

— Alors je fouille dans ces monceaux de papiers pour toi, là, et je t'appelle à ton bureau quand j'ai la réponse ? Et tu t'en souviendras quand j'aurai besoin de faire sauter une contravention. C'est ça ?

— Ce que tu veux, tant que ce n'est pas passible de la prison, avait déclaré Chee qui avait trouvé le message de Pacheco sur son répondeur quand il avait regagné son bureau.

Son ami avait recensé trois incendies pour lesquels le nom de Doherty figurait parmi les intervenants salariés. L'un d'eux était l'immense brasier de Mesa Verde, le second un feu plus petit, au sud des White Mountains, et le troisième un petit départ de flammes dû à la foudre et aussitôt circonscrit dans le lit de ruissellement de Coyote Canyon. Les plus gros étaient trop lointains pour intéresser Chee. Celui qu'avait déclenché la foudre correspondait à une étroite ravine qui drainait le versant nord de Mesa de los Lobos.

— Celui-là s'inscrit largement dans les limites kilométriques que tu as, disait Pacheco. Il y avait des points de chaleur intense causés par des accumulations de bois mort, de débris divers, etc., mais nous sommes arrivés sur place très vite avec des avions transporteurs d'eau et, après, il a plu pour refroidir tout ça. Les points les plus chauds, on les a laissés consumer les amas de combustible et on a juste envoyé un gars sur place pour s'assurer qu'ils ne repartiraient pas. C'était ton ami Doherty.

Chee écouta à nouveau le message. Probablement le bon canyon. Il avait entendu dire que cet incendie, comme celui qui avait dévasté la zone du Parc National de Mesa Verde, avait révélé au grand jour des gravures rupestres intéressantes. Peut-être avait-il également révélé des traces de la légendaire mine du Veau d'Or. Peut-être Doherty les avait-il vues.

Le téléphone sonna. Il décrocha. L'agent Manuelito est en ligne. Sur la trois.

12

Chee prit sa respiration, décrocha, appuya sur le bouton trois et dit :
– Bernie. Je me préparais justement...
– Sergent Chee, fit la voix dont l'intonation lui parut tendue et lasse, c'est Bernadette Manuelito. Est-ce que vous cherchez toujours à savoir où on a tiré sur cet homme ?
– Euh, oui. Mais je crois que nous avons une idée assez précise maintenant. On dirait bien...
– Ça s'est passé dans une ravine par où ruissellent les eaux de pluie de Mesa de los Lobos. À environ trois kilomètres en remontant un petit lit de rivière qui se jette dans Coyote Canyon. Il y a une vieille exploitation minière à ciel ouvert, là-bas...
– Attendez une minute, dit Chee. Qu'est-ce...
Mais Bernie ne voulait pas se laisser interrompre.
– Et on dirait bien que c'est l'endroit où il a prélevé le sable qui contenait de la poussière d'or.
– Bernie. Allez moins vite.
– J'y ai trouvé des traces qui ressemblent beaucoup aux siennes et le même genre de graines qu'il avait sur ses chaussettes et ses chaussures, mais je n'ai pas sécurisé les lieux parce qu'on m'a tiré dessus.
Sur ces mots, elle prit une profonde aspiration. Un moment de silence s'ensuivit.
– On vous a tiré dessus ! s'écria Chee.
– Je crois, confirma-t-elle. Il m'a ratée. C'est pour ça que j'appelais, en fait. Je ne l'ai pas vu et peut-être que ce n'était pas sur moi qu'il tirait, mais je me suis dit que je devais le signaler. Et savoir si j'étais toujours suspendue de mes fonctions.

– Quelqu'un vous a tiré dessus ! Et ça va ? Où êtes-vous ? D'où appelez-vous ?

– Je suis chez moi. Mais vous ne m'avez pas répondu. Est-ce que je suis toujours suspendue ?

– Vous ne l'avez jamais été.

À partir de là, la conversation adopta un rythme relativement normal, avec Chee qui se taisait et l'agent Manuelito qui lui présentait un compte rendu ininterrompu de son après-midi. Après la fin de la communication uniquement, et après qu'il se fut adossé à son siège, choqué et abasourdi, digérant le fait que Bernie Manuelito aurait très bien pu être tuée, il prit conscience qu'il avait oublié de s'excuser.

Il allait devoir relater tout au capitaine Largo, mais celui-ci n'était pas dans son bureau de la journée. Chee redécrocha le téléphone. Il allait appeler Osborne, lui annoncer que le site probable du meurtre de Doherty avait été découvert, lui raconter qu'un des membres de la police navajo avait essuyé un coup de feu sur les lieux, et lui donner les détails. Il allait prendre grand plaisir à s'en acquitter. Mais au milieu du geste amorcé pour composer le numéro, il raccrocha. L'agent Bernadette Manuelito allait venir. Elle avait bien mérité de communiquer son rapport elle-même.

13

La voiture qui vint s'immobiliser sur le parking du McDonald où Joe Leaphorn mangeait un hamburger était la version la plus récente, noire et rutilante, de la Jaguar Vanden Plas... et il se dit que ce devait être la seule de son cru à Gallup. L'homme qui en descendit semblait en contraste total avec le véhicule. Il portait une chemise de tous les jours, à carreaux, un jean fripé et une casquette ornée du logo d'une compagnie de transport routier. Elle ombrageait un visage légèrement asymétrique qui portait l'empreinte du temps et était affublé d'une bouche trop grande.

Wiley Denton. Il avait proposé de retrouver l'ancien policier au McDonald à midi quinze et en franchit le seuil vingt-trois secondes avant l'heure fixée.

Leaphorn se leva et lui fit signe de venir le rejoindre à sa table. Ils échangèrent une poignée de main et s'assirent.

– Je crois que je vous dois des excuses, commença Denton.

– Comment ça ?

– La dernière fois que je vous ai parlé, je veux dire, avant de vous appeler à Window Rock ce matin, je vous ai raccroché au nez. Je vous ai traité de salopard. Je n'aurais pas dû dire ça. J'en suis désolé.

– Ça m'est arrivé plusieurs fois. Avant et depuis.

– Je me souviens que j'étais fou furieux à l'époque. Je ne le disais pas pour vous blesser.

– Rassurez-vous.

– Je l'espère parce que je vais vous demander un service. Je voudrais vous persuader de faire un travail pour moi.

Leaphorn réfléchit un instant, regarda Denton qui épiait sa réaction, et indiqua du bras le comptoir des commandes.

– Vous voulez aller vous chercher quelque chose à manger ?

– Non, répondit Denton en jetant un regard circulaire sur la salle remplie de clients affamés en cette mi-journée. Ce que je préférerais, si vous en avez le temps, c'est que vous veniez chez moi pour que nous puissions discuter entre nous. (Il repoussa sa chaise puis s'arrêta.) À moins que vous ne soyez absolument pas intéressé.

Leaphorn l'était, sans conteste.

– Allons discuter, dit-il.

La maison de Denton et le terrain environnant occupaient un vaste espace sur la pente élevée qui domine Gallup, l'Interstate 40 et la voie ferrée, et, à quatre-vingts kilomètres à l'est, la silhouette du Mont Taylor, la Montagne Turquoise sacrée des Navajos. Leaphorn avait vu quelques résidences plus imposantes, la plupart à Aspen où les richissimes patrons de Silicon Valley et de l'industrie du spectacle s'achetaient des maisons de cinq millions de dollars qu'ils rasaient pour faire place à des demeures de cinquante millions de dollars, mais pour les Four Corners, celle-ci était un manoir. Quand Denton appuya sur le bouton adéquat, la grille s'ouvrit dans un grincement et un sifflement pour leur donner accès à l'allée privée. Un peu après avoir parcouru la moitié de leur arc de cercle, les panneaux s'immobilisèrent.

– Ah, merde, fit Denton en appliquant la paume de sa main brutalement sur le klaxon. J'avais ordonné à George de me réparer cette saleté.

– On dirait qu'elle a besoin d'un peu d'huile, avança Leaphorn.

– Je pense que George a besoin d'un peu d'huile, lui aussi. Il n'est plus bon à grand-chose depuis... ah, depuis le jour où je suis parti purger ma peine.

Un grand personnage au visage étroit, vêtu d'un coupe-vent en nylon rouge, se hâtait à leur rencontre. Leaphorn identifia aussitôt un Navajo possédant les particularités physiques de l'ouest de la Réserve, épaules larges et hanches minces, puis il remarqua que son nez semblait avoir été tordu, que ses traits étaient familiers. Il finit par reconnaître George Billie.

– Vous rentrez tôt, monsieur Denton, dit Billie. J'allais m'occuper de cette grille.

– Ouais, ben ouvre-la-moi d'abord, ordonna Denton. Et après, répare-la.
– D'accord.
Billie avait jeté un regard en direction de Leaphorn, puis il en lança un second et détourna vivement les yeux.
– *Ya eeh teh*, monsieur Billie, le salua Leaphorn. Comment ça va pour vous, par les temps qui courent ?
– Ça va.
Le Navajo plaça son épaule au contact de la grille et poussa pour l'ouvrir. Denton avança.
– Vous vous connaissez, vous et George. Je parie que je peux deviner comment c'est arrivé. Il m'a dit qu'il avait fait des bêtises, quand il était jeune. Qu'il avait été en prison pour diverses choses avant d'arrêter de boire.
Denton appuya sur un autre bouton et l'une des trois portes du garage se releva. Ils y entrèrent avec la voiture.
– Cela fait maintenant plusieurs années qu'il travaille ici. Un employé plus que convenable, et Linda l'aimait bien. Elle le trouvait gentil.
Ce terme fit glousser Denton pendant qu'ils sortaient du garage et pénétraient dans la maison. Il guida Leaphorn à travers le vestibule puis dans un couloir avant de déboucher dans un bureau spacieux.
– Prenez un siège, lui dit-il. Et que diriez-vous d'un verre ?
Leaphorn opta pour un verre d'eau ou du café s'il y en avait.
– Madame Mendoza, cria Denton. Gloria.
Il attendit une réponse, n'en obtint pas et s'engagea à nouveau dans le couloir. Leaphorn inspecta la pièce. Ses vastes vitrages donnaient sur des milliers de kilomètres carrés de vert, de marron clair et de rose aux nuances changeantes sous un ciel rempli de nuages d'automne secs. La vue était splendide mais Leaphorn s'intéressait davantage à la décoration intérieure. Derrière le bureau de Denton, une portion du mur était occupée par des photographies de Mme Linda Denton, une femme blonde aux yeux bleus qui souriait avec timidité, portait des lunettes ovales et était à tous égards aussi belle qu'on le lui avait dit. D'autres clichés, certains en couleurs, d'autres en noir et blanc reproduits à partir de photos d'autrefois, d'autres encore aériens, tous de

tailles et de formes différentes, étaient accrochés sur deux des murs. Denton en personne n'apparaissait que sur un, une version beaucoup plus jeune de lui-même, debout en compagnie de deux autres soldats dans la tenue de camouflage des Bérets Verts, à côté de la porte d'un hélicoptère. L'exploitation des mines d'or constituait le sujet de la majorité des épreuves et, aux yeux de Leaphorn, les exceptions semblaient être des vues de canyons, de sommets ou de falaises où la prospection représentait une possibilité future. Il fit le tour de la pièce, examinant des images de chercheurs d'or du dix-neuvième siècle travaillant à leurs écluses de prospection, souriant à l'objectif dans des bureaux d'analyse de minerais, conduisant des mules chargées ou creusant dans des cours d'eau asséchés. Sur un cliché pris en Arizona il reconnut les Montagnes de la Superstition, sur un autre la Beautiful Mountain de la Nation Navajo et, sur la plus grande de toutes, un agrandissement d'une partie de Mesa de los Lobos qui couvrait un pan de mur. Comme ça se trouvait à l'est de Gallup, ça incluait probablement des zones appartenant aux Navajos, d'autres relevant du Bureau de l'Attribution des Terres, ainsi que des terrains privés. En d'autres termes, ça devait faire partie de la Réserve-aux-Mille-Parcelles *.

Il l'étudiait quand Denton effectua son retour avec deux tasses de café, de la crème, du sucre et un verre d'eau glacée en équilibre sur un plateau qu'il déposa précautionneusement sur une table.

– On a dû vous raconter que je suis un fanatique de la prospection des mines d'or. Ça a été évoqué durant le procès et tout. C'est dans l'exploitation du pétrole et du gaz naturel que j'ai amassé mon argent, mais c'est l'or qui, pour moi, a toujours représenté la passion et le prestige. Même tout gosse.

Leaphorn goûtait son café. Il hocha la tête. Denton ajouta :

– J'ai toujours rêvé de retrouver pour de vrai celle qu'on appelle la mine Adams perdue, au sud d'ici. Ou celle du Suédois malade qui est censée se situer quelque part dans les Montagnes de la Superstition. Ou l'une des autres. J'ai lu tout ce qui les concerne. Et après, j'ai entendu parler de celle du Veau d'Or et je me suis mis à lire des choses dessus. Et c'est celle-là que j'ai décidé de découvrir.

Denton avait pris sa tasse et il arpentait la pièce en la tenant, sans y avoir trempé les lèvres. De sa main libre il désigna les étagères qui couvraient la majeure partie du quatrième mur.

– J'ai réuni tout ce que j'ai pu dénicher dessus, et ça fait un sacré paquet de trucs, poursuivit-il en riant. Surtout des âneries. Des types qui reprennent par écrit les récits à dormir debout retranscrits par d'autres. (Il rit à nouveau.) L'un d'entre eux stipule que si on dit d'un homme que c'est un chercheur d'or, on n'a pas besoin d'ajouter que c'est un menteur.

Il posa sa tasse et s'assit en face de Leaphorn.

– C'est un peu ce que je pensais, acquiesça l'ancien lieutenant. Ça m'a toujours paru bizarre que les filons d'or se perdent aussi facilement dans notre région.

Denton n'apprécia pas trop la remarque.

– Ils ne se sont pas perdus à proprement parler, dit-il sur la défensive. En ce qui concerne la mine Adams, les Apaches ont anéanti tous les prospecteurs. En général, c'est ce genre de chose qui s'est produit. Pratiquement la même histoire aussi pour le Veau d'Or.

– Ouais, fit Leaphorn.

Tôt ou tard, Denton aborderait le sujet pour lequel il l'avait fait venir. Le café était bon, le siège confortable, un élément qui avait pris de l'importance pour lui maintenant que son dos avait découvert l'arthrite. Il avait eu pour intention de prendre la route du nord, dans la journée, afin de passer voir Chee à Shiprock, mais le sergent pouvait attendre. Au bout d'un moment, Denton allait lui dire quelque chose d'intéressant, ce qui lui fournirait l'occasion de poser des questions. Il en avait plusieurs en réserve.

– Il y a une quinzaine d'années, l'un des ouvriers qui travaillait sur une des exploitations proches de la frontière de l'Utah m'a parlé du Veau d'Or. Il était en partie zuñi, en partie blanc et il disait que son grand-père blanc lui parlait de cette mine. Il prétendait que son grand-père avait connu Theodore Mott, le type qui avait trouvé le filon et qui empruntait l'argent pour construire les écluses qui lui permettraient de l'exploiter. Ce type à demi zuñi m'a montré un petit peu de poussière d'or. D'après lui, elle avait été prélevée par lavage dans un arroyo qui se jette au sud des Monts Zuñi.

Denton déboutonna sa poche de chemise et en tira une petite bouteille de la taille des flacons de shampooing que l'on trouve dans les salles de bains d'hôtels.

– La voilà, dit-il en la tendant à Leaphorn. Je l'ai fait analyser. Un tout petit peu plus d'une demi-once, mais ce sont bel et bien des paillettes d'or. Vous remarquerez que certaines de ces minuscules particules tirent sur le rose alors que d'autres sont presque noires. Elles ne prennent l'aspect brillant de l'or qu'une fois lavées et raffinées. (Il rit.) Ce salopard m'a fait payer le prix d'une once entière et ça date de l'époque où on avait l'inflation et où le prix de l'or dépassait les six cents dollars.

Leaphorn agita la bouteille et l'étudia. Il remarqua le rose et le noir, mais l'ensemble ressemblait beaucoup à ce que Jim Chee lui avait montré dans la boîte de tabac Prince Albert qui avait posé tant de problèmes.

– Intéressant, dit-il.

Il rendit l'objet à Denton, l'observa pendant qu'il le rangeait dans sa poche puis la reboutonnait.

– Le prix a beaucoup baissé depuis. On était sous les deux cent cinquante dollars l'once, la dernière fois que j'ai vérifié les cours.

Là-dessus, il posa sa tasse, la reprit, but en regardant son visiteur et attendit. Mais quoi ?

Leaphorn eut un geste qui englobait la pièce.

– D'après ce que je vois là, je n'ai pas l'impression que le prix joue un tel rôle dans l'intérêt que vous portez aux mines d'or. Je me trompe ?

– Vous avez tout à fait raison. Ce n'est pas l'argent. Je veux que l'on parle de moi dans les livres. L'homme qui a résolu le mystère. Wiley Denton. L'homme qui a retrouvé le Veau d'Or. Mon but était de faire en sorte que les gens me prêtent attention.

Il reposa la tasse, leva les mains vers le plafond et rit, écartant cette idée. Mais Leaphorn vit que ce n'était pas de lui qu'il riait. À présent il le regardait, attendant à nouveau ce que l'ancien policier allait dire.

Eh bien, songea celui-ci, nous autres Navajos sommes forts, pour attendre comme ça. L'Imperturbable Navajo, pour reprendre le qualificatif employé par un anthropologue. Il observa la vue par la fenêtre, derrière Denton, le soleil sur les falaises de l'autre côté de l'autoroute et la formation nuageuse à laquelle la lumière rasante conférait une nouvelle forme. Mais sa patience fut vaincue par la curiosité. Denton était-il fragile, mentalement ? Probablement. Qui ne l'était pas, à un degré ou un autre ?

– Monsieur Denton, est-ce que vous allez me dire ce que vous désirez que je fasse pour vous ?

Denton lâcha un soupir.

– Je veux que vous retrouviez ma femme.

Ce n'était pas précisément ce à quoi le Légendaire Lieutenant s'attendait. Mais ce n'était probablement pas non plus précisément ce que Denton voulait. Ce qu'il voulait, soupçonna Leaphorn, c'était se servir de lui comme d'un pipe-line pour savoir où le FBI en était par rapport au meurtre de Doherty. Assurément, il était assez intelligent pour savoir que les fédéraux devaient chercher un lien.

– Comment je pourrais y parvenir, à votre avis ?

– Je ne sais pas. C'est vous le policier. Ou c'est vous qui l'étiez. Les gens me disent que vous êtes très bon pour obtenir des résultats.

Leaphorn ne réagit pas. Il porta son café à ses lèvres.

– Je vous paierai la somme que vous me demanderez. Ça n'a pas d'importance. Cherchez-la seulement le temps qu'il faudra. Et tenez-moi au courant.

Le café avait refroidi. Leaphorn posa sa tasse.

– Est-ce que c'est ici que vous avez tué McKay ? Ici même, dans cette pièce ?

Denton tendit le doigt.

– Là, à côté de la porte du couloir.

– Que j'essaye ou non de retrouver votre femme, cela dépendra de la façon dont vous répondrez à plusieurs questions. Si je m'aperçois que vous essayez de me raconter des histoires, ou que vous pratiquez la rétention d'informations, ça ne m'intéresse plus. Ça rendrait cette recherche impossible. Elle l'est vraisemblablement de toute façon, à moins que vous ne puissiez me fournir des informations utiles.

L'expression de Denton était interrogative.

— Le bruit court que vous cherchez Linda depuis longtemps.
— C'était vrai à une époque. Je n'ai obtenu aucun résultat.
— Et le bruit a couru que je l'avais tuée. Et que j'avais dissimulé son corps. D'après cette rumeur, je m'étais imaginé qu'elle était de mèche avec McKay et j'étais jaloux.
— Ce serait ma première question. Est-ce que vous l'avez tuée ?
— Non. Bon Dieu, non.
— Avez-vous eu la moindre nouvelle venant d'elle, ou sur elle, d'ailleurs, depuis qu'elle a quitté cette maison, ce matin-là ?
— Absolument rien de Linda. Après avoir fait diffuser les annonces, j'ai reçu des lettres et des coups de téléphone. Aucun n'avait quelque chose à m'apprendre. Juste des gens qui essayaient de s'attribuer l'argent de la récompense.
— Des appels ? Comment ça ? Votre numéro est sur liste rouge.
— J'avais fait installer une seconde ligne. C'est ce numéro-là que je mettais dans les annonces. J'avais fait venir un technicien pour qu'il me branche un répondeur-enregistreur sur cette nouvelle ligne. J'ai les bandes, si vous pensez que ça peut vous aider d'écouter l'un ou l'autre de ces fumiers répugnants.
— Ça pourrait. Vous avez aussi gardé les lettres ?
— Dans un dossier.
— Comment Doherty s'est-il procuré votre numéro protégé d'accès ?
— Doherty ? Comment ça ?
— Il l'avait, confirma Leaphorn. Vous a-t-il appelé ?
— Ce n'est pas par moi qu'il l'a eu, et non, il ne m'a pas appelé. Je parie que c'est pour ça que le FBI n'arrête pas de poser des questions sur mon compte à tout le monde.
— Pour ça, et à cause de tout ce qu'il avait en sa possession qui concernait la prospection. Je dirais que, selon eux, il pourrait y avoir un lien entre le meurtre de McKay et le sien.

Cela ne sembla pas surprendre Denton. Il hocha la tête.

— Bon, fit Leaphorn. Ensuite, je veux que vous me racontiez ce jour-là dans sa totalité. Tout ce qui est pertinent. Je sais que vous avez déjà tout dit à la police à l'époque, mais relatez-le-moi dans son intégralité maintenant que vous avez eu plusieurs années pour y réfléchir.

Denton fit ce qui lui était demandé. La discussion, au petit déjeuner, sur ce qu'il convenait de faire à propos des écureuils des terriers qui pillaient les mangeoires à oiseaux de Linda, le plaisir anticipé qu'elle se faisait du repas de midi en compagnie de ses amies dont une, pensait-elle, allait annoncer qu'elle était enceinte. Elle avait prévu de s'arrêter en chemin à la galerie commerciale pour jeter un coup d'œil à des cadeaux possibles. Elle était partie, disant qu'elle serait de retour vers trois heures. Denton avait passé la matinée dans son bureau, sans parvenir à abattre le moindre travail car il était excité par l'information que McKay devait lui apporter : une carte indiquant les coordonnées du Veau d'Or, et les preuves qui établissaient l'authenticité de ses dires.

Arrivé à ce point, Leaphorn l'interrompit.

— Les preuves ? Comment ça ?

— Il m'a dit qu'il allait m'apporter une bourse contenant de la poussière d'or, les photocopies de vieilles lettres envoyées par Theodore Mott à son représentant légal à Denver. Il m'a dit qu'elles décrivaient le site, et son emplacement par rapport à Fort Wingate, en détail. Plus une autre photocopie d'une lettre d'un analyste décrivant treize onces apportées par Mott, et une du rapport d'analyse. Et après il m'a dit qu'il aurait encore d'autres trucs.

— C'est-à-dire ?

Denton rit.

— Eh bien, pour commencer, une photocopie d'un contrat que je devais lui signer et qui lui garantissait cinquante pour cent de toutes les recettes provenant de la mine. Et un lot de photos le représentant en train d'extraire l'or qu'il m'apportait.

Leaphorn l'encouragea de la tête à poursuivre.

— Je devais sceller l'entente en lui remettant cinquante mille dollars en liquide, et lui allait me donner un contrat de partenariat qu'il avait signé et qui concernait un permis d'exploitation déjà déposé par ses soins.

— Vous vous étiez mis d'accord sur tout ça par avance ?

— Absolument. Par téléphone. Deux jours avant. C'était un lundi. Il m'a dit qu'il devait réunir l'ensemble des pièces et qu'il serait ici un peu après midi, le mercredi, pour conclure notre arrangement. Et une fois que nous aurions conclu l'affaire et que nous l'aurions scellée par une poignée de main, il me conduirait là-bas pour me montrer le site.

– Mais vous n'y êtes pas allés.

– Bien sûr que non. J'ai abattu cette vermine et, à la place, c'est en prison que je suis allé.

Il eut un sourire lugubre et poursuivit son récit.

McKay avait appelé vers quatorze heures pour dire qu'il avait pris un peu de retard et qu'il arriverait aux alentours de dix-huit heures. Il avait demandé si Denton avait l'argent chez lui et ce dernier avait répondu qu'il disposait de cinq cents billets de cent dollars, dans une mallette, payables en échange de la carte et des preuves. Un peu après dix-huit heures, McKay avait signalé sa présence à la grille à l'aide de la sonnette, Denton avait appuyé sur le bouton qui commandait l'ouverture ; Mme Mendoza était allée ouvrir la porte et avait escorté McKay jusqu'au bureau. Il avait posé une mallette sur la table et demandé à voir l'argent. Denton s'était emparé de sa propre mallette, l'avait ouverte et lui avait montré les tas de billets qu'il s'était procurés à la banque. McKay avait renversé le contenu sur la table, avait inspecté les liasses avant de les remettre en place. Puis il avait fait jouer la combinaison de sa mallette et en avait sorti une carte et d'autres documents.

Denton s'arrêta, secoua la tête, reprit :

– Un tas de paperasses sans valeur. Je ne sais pas ce qui m'avait pris de croire ce fumier. Je suppose qu'au bout de toutes ces années à vouloir absolument trouver la mine, j'étais prêt à croire n'importe quoi. J'en ai été malade, quand j'ai vu ce qu'il m'avait apporté. (Il secoua à nouveau la tête.) J'en ai eu la nausée.

Leaphorn n'avait pas été présent quand Denton avait comparu devant le juge pour plaider et se voir notifier sa condamnation. Mais il en avait entendu parler par une demi-douzaine d'amis qui y étaient. Ce qu'il venait d'entendre semblait correspondre à l'histoire exposée devant le tribunal quand son défenseur en avait appelé à la clémence. Ça avait cet accent soigneusement répété qu'il avait entendu lors de bien trop nombreux procès criminels.

– Pas la bonne carte ? demanda-t-il.
– C'était une portion de ces cartes du Service des Relevés Géologiques qui fonctionnent par quadrilatères successifs. Elle couvrait une partie des versants sud et est des Monts Zuñi. Il s'était contenté de reporter ses propres marques dessus.
– Vous pensez que ce n'est pas un endroit plausible, pour chercher de l'or ? Mais le demi-Zuñi dont vous m'avez parlé ne vous avait pas dit que la poussière d'or provenait à peu près de là ?
– La même orientation générale, je dirais. Mais bon Dieu, on peut trouver de l'or n'importe où. Même dans l'eau des océans. Il se trouve que je connais personnellement ce coin précis des Monts Zuñi. La majeure partie de la zone qu'il m'avait indiquée appartient au Bureau de l'Attribution des Terres ou au Service des Forêts. Des terres publiques. Il y a des années, j'ai effectué quantité de recherches au sismographe, exactement à l'endroit que couvrait cette carte car j'envisageais de tenter d'en obtenir les droits d'exploitation, pour le pétrole et le gaz. J'ai arpenté en tous sens chacun des arroyos et chacune des petites rivières de ce quadrilatère entier. Je n'ai pas obtenu de résultats sismographiques m'incitant à forer, et je n'ai vu aucune des formations de quartzite que l'on essaye de repérer quand on prospecte en quête d'or.
– Vous n'avez pas trébuché sur la moindre pépite, commenta Leaphorn en regrettant aussitôt ses paroles.
Elles avaient un accent sarcastique et il ne tenait pas à ce que Denton pense qu'il ne prenait pas son récit au sérieux.
Son hôte n'avait rien remarqué.
– Pas les bons sédiments pour les pépites. Quelques grosses paillettes ont été extraites de la mine Adams perdue et de celle du Hollandais aussi, puis analysées, mais d'après ce que nous savons de la mine du Veau d'Or, la source ne devait se composer que de quartzite et d'un mélange fantastiquement riche de veines d'or qui couraient au travers. Quand le quartz se brise et est emporté par l'érosion, l'or se détache en minuscules particules.
Denton eut un geste dédaigneux avant d'ajouter :
– Aussitôt que j'ai vu la carte de McKay, j'ai parfaitement su qu'elle était bidon.

Le souvenir de cette déception le contraignit à se taire. Il but son café froid. Reposa la tasse, tourna vers Leaphorn un regard désabusé.

— Le reste de ses soi-disant preuves étaient les photocopies. Ça donnait l'impression qu'il s'était fait imprimer du papier à en-tête pour leur conférer un air d'authenticité, et les noms étaient corrects. J'étudie ce domaine depuis des années et je les connais, tous ces noms. Mais, bon Dieu, j'aurais pu rassembler moi-même un ensemble de documents bien plus probants. N'importe qui en aurait été capable.

Il observa Leaphorn, puis ses mains, Leaphorn à nouveau et resta assis là, sans rien dire, l'air vieux, vaincu et épuisé.

— Et après ? Vous lui avez dit que c'était hors de question ?

— Je lui ai dit d'aller se faire voir. Je lui ai dit de foutre le camp de chez moi et d'emporter ses cochonneries. Et il m'a accusé de ne pas être un homme de parole. Il m'a dit qu'il m'avait révélé l'emplacement du Veau d'Or et qu'il ne partirait pas tant que je n'aurais pas signé son contrat, et qu'en plus, il emportait les cinquante mille dollars. Après, on a échangé une ou deux insultes puis il a sorti un pistolet de la poche de sa veste et il s'apprêtait à me tirer dessus. Alors j'ai dit que je m'en foutais. Que j'allais le lui signer, son papier, qu'il n'avait qu'à prendre le fric et partir. J'ai plongé la main dans le tiroir de mon bureau comme pour y prendre un stylo mais j'en ai sorti mon pistolet et j'ai tiré. Normalement je n'y range pas d'arme, mais avec tout cet argent liquide dans la maison, ça m'avait plutôt semblé une bonne idée.

Une autre longue pause au cours de laquelle il parut se remémorer cet instant, ou bien, pensa Leaphorn, décider de ce qu'il allait ajouter et de ce qu'il allait taire. Puis il secoua la tête.

— J'ai crié à Mme Mendoza de venir, mais elle avait entendu le coup de feu et elle arrivait déjà. J'ai vérifié si McKay était mort. Elle a composé le 911 et a expliqué aux policiers ce qui s'était passé. L'ambulance est arrivée, ainsi que les adjoints au shérif. Et c'est pratiquement tout.

Il se leva, le regard posé sur Leaphorn.

— Alors, qu'est-ce que vous en pensez ? Vous allez me donner un coup de main ?

– Il faut que nous complétions quelques zones d'ombre avant que je prenne ma décision. Je veux que vous répondiez à plusieurs questions.

– Mais encore ?

– Mais encore, où se trouvait votre femme pendant tout cela ? Elle vous avait dit qu'elle rentrait après son déjeuner.

– Je ne sais pas où elle était. Je me suis dit qu'elle s'était peut-être arrêtée en chemin pour faire des courses, mais d'ordinaire elle me prévenait quand c'était le cas.

– Avait-elle emporté quelque chose en partant ? Un grand sac à main, de quoi ranger des choses si elle avait prévu de ne pas rentrer, euh, disons, de la nuit ?

Denton respira à fond.

– Ça a été la dernière fois que j'ai vu Linda, et j'ai tout repris en détail, dans ma tête, un nombre incalculable de fois. C'était une journée assez fraîche, avec du vent, et elle portait une jupe qui avait l'air d'être en tweed et une veste, elle avait son petit sac à main et un de ces petits lecteurs de cassettes audio. Je lui en avais fait cadeau pour son anniversaire. Comment on les appelle ? Ils ont des écouteurs pour qu'on puisse écouter de la musique ou ce qu'on veut en marchant.

– Elle n'avait qu'un sac à main ordinaire ?

– Rien d'autre.

– Elle conduisait elle-même ?

– Ouais. Elle avait une petite Honda. La même que quand on s'est mariés. Quand on m'a placé en détention dans l'attente des auditions, j'ai appelé Mme Mendoza ou George Billie tous les jours pour voir s'ils avaient des nouvelles, et George m'a dit qu'on avait retrouvé sa Honda sur le parking du centre commercial. Il a pris ses dispositions pour que quelqu'un la ramène chez nous.

– Rien à l'intérieur ?

Denton haussa les épaules.

– Les trucs habituels, c'est tout. Cartes routières dans le vide-poche, lunettes de soleil, paquet de mouchoirs en papier, les trucs normaux. (Il eut une mimique ironique.) J'ai demandé à George, pour le lecteur de cassettes. J'ai pensé qu'il se l'était peut-être approprié, pour vous dire la vérité. Un petit gadget qui n'était pas franchement donné. J'en avais vu une publicité dans un de ces catalogues de galeries marchandes d'aéroports. Je crois que c'était un Cutting Edge, ou un Sharper Edge. Quelque chose comme ça. Très *high tech*. On pouvait écouter des disques compacts avec, en plus des cassettes. Linda était très disques compacts. Elle adorait la musique.

— George ne l'a pas volé ?

— Il m'a affirmé que non. Ça l'a foutu en rogne quand je lui ai posé la question. Il m'a répondu que Linda ne l'aurait pas emporté si elle n'avait pas eu l'intention de l'écouter. Ce n'était pas faux, je crois. Elle avait un auto-radio dans la voiture, mais il ne passait pas ses compacts.

— Il n'a refait surface nulle part ?

— J'ai fait vérifier auprès des dépôts-ventes. Rien.

— Vous m'avez dit que McKay vous avait appelé. Pour vous avertir qu'il serait en retard. Vous ne figurez pas dans l'annuaire et on m'a appris que vous ne donnez jamais votre numéro de téléphone à personne.

— Il l'avait eu par Linda.

Cette déclaration entraîna un long silence.

— Quand ? Ce jour-là ?

— Non. Non. Le jour où ils ont fait connaissance, au café. On a dû vous dire qu'elle était vraiment très gentille avec tout le monde, quand elle y travaillait. (Il eut un rire dépourvu de joie.) Moi y compris. Enfin bon, elle l'a entendu parler de prospection et de recherche de vieilles mines d'or, et elle lui a dit que je m'y intéressais beaucoup. Et il lui a dit qu'il aimerait comparer ses notes avec moi, ce sur quoi elle lui a proposé de m'appeler pour en parler.

— Votre unique numéro ?

— Ça l'était. Mais après ma mise en détention, quand j'ai découvert qu'elle n'était pas rentrée et que j'ai commencé à diffuser des messages lui demandant d'appeler, j'ai fait installer l'autre ligne.

Il tendit le doigt :

— C'est le téléphone qui est là, sur la petite table.

— Y avait-il quelqu'un avec McKay quand il est arrivé ?

— Juste lui.

– Personne n'était dans sa voiture, avec lui?

Denton dévisagea Leaphorn.

– Je ne l'ai pas vu arriver. Il a utilisé le bouton d'appel à la grille, et j'ai appuyé sur celui qui est dans la maison, pour lui ouvrir. Après, c'est Mme Mendoza qui l'a fait entrer quand il a sonné à la porte.

Il se tourna et cria dans le couloir :

– Gloria, vous voulez bien nous apporter du café?

Puis il se tourna vers son visiteur en fronçant les sourcils.

– Où voulez-vous en venir? Vous croyez qu'il avait un complice?

– Vous êtes sûr du contraire?

– Euh, non. Pas sûr. Impossible d'avoir une certitude. Mais pourquoi il en aurait eu un? Vous pensez que Linda aurait pu travailler avec lui?

– McKay s'était rendu à Fort Wingate, cet après-midi-là. Il y avait une femme dans sa voiture avec lui.

Denton parut stupéfait.

– Qui? Où avez-vous entendu dire ça?

– L'employée du bureau des archives n'a fait que l'apercevoir. Quand elle a suggéré à McKay de la faire entrer, il lui a répondu que c'était sa femme et qu'elle dormait.

– Vous croyez que c'était Linda?

– Je n'ai aucune idée de qui c'était. Je me contente de poser des questions. J'essaye de reconstituer un puzzle alors qu'il me manque des morceaux. À l'origine, c'est au café que Linda a rencontré McKay? C'est ça? Il lui a parlé des légendes sur les mines d'or. Elle lui a confié l'intérêt que vous leur portiez et lui a donné votre numéro. Ça n'a pas éveillé de soupçons de votre part?

– Jamais. Absolument jamais, bon Dieu.

– Durant ces journées qui ont suivi le coup de feu, alors que vous vous demandiez ce qu'elle était devenue, il aurait été naturel d'y penser quand vous étiez...

– Non, monsieur, le coupa Denton. Ça n'aurait pas été naturel. Pas pour moi, absolument pas. Je la connaissais. Elle m'aimait. Quoi qu'elle ait pu faire, ç'aurait été avec la conviction que ça pouvait m'aider.

– Et quand vous étiez en prison... Pas un appel. Pas une carte postale. Rien. Il est difficile de croire...
– Monsieur Leaphorn...

Sa voix était tendue à se rompre. Il s'avança vers le mur donnant sur l'extérieur et s'immobilisa, le regard fixé au-dehors.

– ... Est-ce que vous avez déjà aimé ? Les gens parlent les uns sur les autres, et comme vous êtes en quelque sorte devenu quelqu'un de légendaire, on a beaucoup parlé de vous. Il paraît que vous étiez vraiment amoureux de votre épouse.

– C'est vrai.

– Dans ce cas, vous pouvez peut-être comprendre. Si j'arrive à trouver la manière pour m'exprimer.

Une longue histoire, en définitive. Denton se peignit sous les traits d'un vieux célibataire, fils unique d'un prédicateur qui changeait trop souvent d'adresse pour laisser à son garçon la possibilité de se faire des amis, même s'il avait été doué pour ça. Étant timide, et laid, il n'avait jamais vraiment eu de petite amie, pas le genre de petite amie, en tout cas, avec laquelle on souhaite nouer des relations durables. Le temps que la chance lui sourie dans ses affaires de baux d'exploitation, il avait pris son parti de rester vieux garçon toute sa vie. Il raconta que quand il avait vu Linda qui servait les clients du café-restaurant où il déjeunait souvent, il était solidement ancré dans ses convictions de solitaire. Mais elle était belle, agréable et sympathique, elle ne semblait jamais remarquer qu'il était moche et, petit à petit, ils avaient appris à se connaître. Il apprit qu'elle avait vécu au Wyoming avant que ses parents ne viennent s'installer au Nouveau-Mexique et, par une journée neigeuse où personne ne déjeunait au café, elle lui raconta qu'ils avaient été isolés par la neige chez eux, près de Cody, et il lui révéla qu'il avait passé deux jours à essayer de ne pas mourir de froid dans son pick-up truck resté bloqué sur un lieu de forage.

– Je n'ai absolument aucune idée de la façon dont ça s'est fait, bon Dieu, mais on a fini par devenir très bons amis. Elle me posait des questions, m'incitait à parler de mes tentatives pour forer un puits de prospection, des erreurs que j'avais commises dans le choix de l'endroit, de l'émotion ressentie en voyant un grand puits donner enfin dans l'extrême-nord du Texas alors que je n'avais plus un sou en poche. Ce genre de chose. À l'époque, elle suivait des cours à temps partiel, à l'antenne locale de l'université du Nouveau-Mexique, et elle rencontrait des difficultés avec un cours de géologie. Je l'ai aidée à s'en sortir et avant qu'il se soit passé beaucoup de temps, il a bien fallu que je regarde les choses en face. Même si c'était de la folie, j'étais amoureux d'elle.

Denton marqua une pause puis répéta ces mots.

– Même si c'était de la folie. Moi qui étais suffisamment vieux pour être son père, j'étais amoureux d'elle. Je n'ai jamais cessé de l'aimer et je ne cesserai jamais.

Il se tourna pour regarder Leaphorn.

– Vous pouvez comprendre ça ?
– Parfaitement, assura l'ancien policier.

Lui-même n'avait jamais cessé d'aimer Emma... même maintenant, alors qu'elle était morte depuis toutes ces années. Et il ne cesserait jamais.

– Dans ce cas, je vais vous dire quelque chose qui est encore plus dur à comprendre. Il s'est avéré que c'était réciproque. Elle m'aimait, elle aussi. C'est incroyable, non ?
– Comment l'avez-vous su ?
– Par toutes sortes de petites choses.

Il réfléchit, hocha la tête, décida de se montrer plus précis.

– Vous devez penser que je suis terriblement facile à berner, puisque j'ai laissé cette histoire avec McKay aller aussi loin. Mais ce n'était pas normal, ça. Bon Dieu, c'était parce que je tiens tellement à posséder cette mine du Veau d'Or et que je n'en pouvais vraiment plus de ne pas réussir à la trouver que j'ai bêtement arrêté de réfléchir. Mais on ne s'enrichit pas avec les droits d'exploitation du sous-sol sans faire preuve de méfiance, et si on n'a pas ça au début, on l'acquiert sacrément vite. On laisse la confiance qu'on place chez les autres à la maison, enfermée dans un placard. L'idée de base, c'est que tout le monde essaye de vous plumer, par conséquent on passe son temps à ouvrir l'œil et à tendre l'oreille pour détecter les signes. Ça vous arrive de jouer ?
– Tous les Navajos jouent. Mais je ne m'y suis jamais beaucoup risqué.

– Les joueurs parlent des « signes révélateurs ». Ces petites choses qu'un joueur peut faire et qui vous renseignent. Enfin... (Du bras il désigna tout ce qui les environnait.) Tout ça vous montre que j'étais doué, pour détecter ces signes. Et quand l'argent a commencé à rentrer, et que les gens ont vu que c'était le cas, j'ai dû m'entraîner sur d'autres clients. Ceux qui voulaient s'attaquer à moi pour s'attribuer une part du gâteau.

– Et vous avez cru que Linda était du nombre.

– Bien sûr. Pas vous, si vous aviez mon physique ? Et donc, j'étais à l'affût de ses moindres gestes et de ses moindres paroles. Et à la fin...

Il s'interrompit. Leva les bras au ciel.

– ... Qu'est-ce que je pourrais vous dire pour que vous me croyiez ? Je ne parvenais pas à le croire moi-même, mais j'ai bien dû finir par l'admettre. C'était de la folie, mais elle m'aimait. Alors je lui ai demandé pourquoi. Vu que j'étais beaucoup trop vieux et laid. Et elle m'a répondu...

Denton détourna les yeux, gêné par ce qu'il allait dire.

– ... Elle m'a répondu que c'était à cause de ce que j'avais fait avant. De la façon dont j'avais vécu. De ce que j'avais traversé. Elle m'a répondu que pour elle, j'étais quelqu'un de vraiment solide et que les hommes qu'elle avait approchés jusqu'alors n'étaient en réalité que des gamins. Vous pouvez comprendre cette façon de penser ?

– Bien sûr. Mais est-ce que vous essayez de me faire croire qu'après ce qui s'était passé avec McKay, et après sa complète disparition, vous n'avez entretenu aucun doute ?

– Jamais. Pas une seule...

Puis il se tut, ferma les yeux.

– ... Bien sûr que si. Assis dans la prison, là-bas, la nuit qui a suivi mon arrestation. Et elle n'appelait pas. Elle n'était pas rentrée. Et mon avocat ne parvenait pas à déterminer où elle était. Si j'avais pu imaginer une manière de m'y prendre, je me serais tué.

– Et maintenant ? Toutes ces annonces que vous avez publiées, la demande que vous me faites de la retrouver ? Est-ce que vous pensez qu'elle était complice de McKay ?

Denton haussa les épaules.

— Merde, j'en sais rien. Je me suis épuisé à tenter de comprendre. Mois après mois après mois. Je n'ai jamais abouti à une conclusion. Au bout d'un certain temps, ça m'est devenu complètement égal. Peut-être que oui. Elle était toute jeune, vous savez. Elle ne savait rien de la façon dont le monde fonctionne. Perdue dans sa musique et dans ses rêves. Je me moque de ce qu'elle a fait. Je l'aime toujours.

Denton commença à ajouter quelque chose mais se retint. Il demeura un moment sans bouger, fixant son visiteur, attendant une réaction. Puis il dit :

— Est-ce que tout ça a un sens, pour vous ?
— Oui. Et ça en avait un pour William Shakespeare.
— Shakespeare...
— Il a écrit des pièces de théâtre il y a trois ou quatre cents ans.
— Oh, oui, bien sûr.
— Il a fallu que je rédige un essai sur un de ses drames, il y a une quarantaine d'années, quand j'étais à la fac. *Othello*. Une jeune femme nommée Desdémone tombe amoureuse d'un vieux guerrier brutal. Il essaye d'expliquer ça un peu comme vous venez de le faire et il dit...

Il se tut, regrettant de s'être lancé là-dedans.

Mais Denton était intéressé.

— Il dit quoi ?
— Il dit, euh : « Elle m'aima pour les dangers que j'avais encourus, et je l'aimais qu'elle en eût pris pitié. » C'est à peu près ça.
— Ça correspond assez bien à Linda et à moi, je dirais. Et elle se termine comment, cette histoire ?
— Ce n'est pas une fin très heureuse, répondit Leaphorn.

14

L'agent Bernadette Manuelito avait consacré une partie de son congé de « disgrâce », mais pas de « suspension », à effectuer le tri dans ses papiers d'imposition, rédigeant une réponse au désaccord notifié par le Trésor public concernant sa déclaration du 15 avril. Peut-être cela expliquait-il son attitude négative tandis qu'elle observait la masse de fonctionnaires actuellement rassemblés au bâtiment administratif de Coyote Canyon. Le sergent Chee l'avait surprise à marmonner quelque chose et assumait son rôle de mentor, ce qui ne faisait rien pour améliorer l'humeur de la jeune femme.

– C'est une loi politique, lui dit-il. Comme pour la physique. Quand une agence fédérale met son nez quelque part, le nombre d'employés du secteur public qui se retrouvent impliqués est multiplié par cinq, le nombre d'heures nécessaires pour régler le problème par dix et les chances de parvenir à un résultat concret doivent être divisées par trois.

Bernie répondit à cette analyse par un haussement d'épaules ambigu. La journée avait été longue, plus fatigante pour elle que d'ordinaire parce qu'elle s'efforçait de déterminer quelle attitude elle devait adopter à l'égard du sergent Chee. Au début, il était passé du statut d'ami à celui de petit ami potentiel puis de chef arrogant. Au fil de la journée, une modification s'était opérée, allant dans le sens du chef plutôt sympa. Cette amélioration de la cote de popularité de Chee avait été favorisée par la facilité avec laquelle il avait accepté de jouer un rôle de comparse, la plaçant en première ligne comme source d'informations destinées à l'agent fédéral chargé de l'enquête. Une cote qui avait reçu un nouveau coup de pouce important quand Osborne s'était interrogé à haute voix sur la façon dont Doherty avait bien pu s'y prendre pour découvrir l'emplacement de la mine. Chee avait alors expliqué qu'officiant dans l'équipe de nettoyage post-incendie, il avait été assigné à cet endroit après que le feu eut dévasté la ravine. Comment le sergent avait-il pu l'apprendre ? Seulement si ses propres recherches s'étaient concentrées sur ce canyon. Mais si tel avait été le cas, il n'en avait pas dit un mot. Il lui avait laissé tout le mérite.

Après qu'elle eut orienté Osborne et ses experts des services techniques sur la zone calcinée où elle avait (probablement) été prise pour cible, et qu'elle lui eut montré où elle avait vu ce qui lui semblait correspondre aux empreintes de pas de la victime, cette partie du canyon avait été interdite d'accès par les bandes de plastique jaune qui isolent les lieux d'un crime. Chee et elle, maintenant que leur utilité avait atteint ses limites, avaient reçu le conseil de s'en aller ailleurs vaquer à leurs affaires courantes pendant que les scientifiques reniflaient l'air, déchiffraient le sable et en déduisaient ce qui s'était déroulé en cet endroit. Mais le temps qu'ils atteignent le bâtiment administratif, sur le chemin du retour, un membre de la police de l'État du Nouveau-Mexique leur avait fait signe de s'arrêter, leur avait annoncé que l'agent Osborne voulait les voir et les avait réorientés vers le hogan situé près de l'entrée du canyon.

Cette fois, il était bel et bien habité. De la fumée, associée à l'arôme du pin pignon qui se consume, émergeait de son tuyau de poêle. La piste qui partait à l'assaut de la pente était bloquée par trois véhicules : une voiture du shérif du comté de McKinley, une conduite intérieure Ford arborant la couleur noire du FBI et un pick-up Chevy vénérable. Dans l'adjoint au sourire crispé qui se tenait devant la porte en planches de l'habitation, Bernie reconnut un jeune homme qui lui avait fait des avances au printemps précédent alors qu'ils étaient tous les deux affectés à la Fête Navajo, et elle lui dit, « Bonjour, George », au moment où il leur faisait signe de pénétrer à l'intérieur.

L'intégralité de la fumée produite par le poêle du hogan ne s'était pas échappée par le tuyau d'évacuation. Trois hommes les attendaient dans la brume aromatique : l'agent Osborne, un homme jeune en veste de jean, debout à ses côtés près de la porte, et un personnage âgé, cheveux gris relevés en un petit chignon traditionnel, assis sur un banc, à la table de l'habitation.

— Nous éprouvons quelques difficultés à obtenir des informations de la part de M. Peshlakai, expliqua l'agent Osborne à Chee.

Et, ayant prononcé ces mots, il réserva à Bernie Manuelito un hochement de tête du genre : « Oh, oui, j'avais oublié. »

— Quel genre d'informations souhaitez-vous ? demanda Chee qui hocha la tête à destination du vieillard en lui souriant.

— Nous avons trouvé la balle qui a été tirée sur l'agent Manuelito, expliqua Osborne. Elle a ricoché sur un rocher et est en suffisamment bon état pour que nous puissions établir une comparaison.

Avant de poursuivre, il désigna du doigt un sac en plastique servant à préserver les éléments de preuves, appuyé contre le mur.

— Il possède une vieille carabine Savage trente-trente, le bon calibre, etc., pour correspondre à la balle que nous avons découverte, mais le vieux bonhomme ne semble pas avoir envie d'en parler.

Chee jeta un regard sur Peshlakai que la description d'Osborne paraissait amuser légèrement.

— Il ne sait pas que vous comprenez l'anglais, lui dit-il en navajo après un nouveau salut de la tête.

Peshlakai effaça les prémices d'un sourire, adopta une expression sombre et déclara :

— C'est vrai.

— Je vous présente l'agent Harjo, Ralph Harjo, qui est mon interprète, reprit Osborne. Il travaille au Service du maintien de l'ordre qui dépend du Bureau des Affaires Indiennes. Il est navajo.

— Heureux de faire votre connaissance, dit Chee avant de passer à la langue navajo. Je suis né au Dineh à la Parole Lente, pour le Dineh de l'Eau Amère. On m'appelle Jim Chee.

— Ralph Harjo, fit l'autre d'un air un peu penaud tandis qu'ils se serraient la main. Mon père était potawatomi * et ma mère a grandi du côté de Burnt Water. Il me semble l'avoir entendue dire qu'elle était du Clan de la Maison Debout.

— Hostiin Peshlakai a peut-être été élevé loin d'ici, dans l'ouest de la réserve. La langue qu'on parle là-bas est un peu différente. Beaucoup de mots paiute * y sont mêlés, et il y a des choses qui se prononcent différemment.

— Il est possible que ça explique en partie mon problème, concéda Harjo. Mais il n'est pas très réceptif aux questions. Il veut me parler de quelque chose qui s'est produit il y a très longtemps. Je crois qu'il s'agit de religion. Nous sommes partis dans l'Oregon, quand j'étais petit. Je ne possède pas le vocabulaire qui correspond à ça.

« En fait, ce que nous voulons vraiment, pour l'essentiel, c'est qu'il reconnaisse s'il a oui ou non tiré sur l'agent Manuelito. Et pourquoi. Nous n'allons pas aborder le meurtre de Doherty pour l'instant. Nous ne tenons pas à inquiéter le vieux monsieur à ce sujet avant d'avoir obtenu un mandat de perquisition et de voir ce que nous pouvons trouver ici.

— Et la carabine ? demanda Chee en désignant de la tête le sac posé contre le mur.

— Je lui ai demandé, dit Harjo. Il m'a dit que je pouvais la prendre. Et la ramener avant le début de la saison de la chasse.

— Ça semble rendre les choses conformes à la loi, reconnut Chee. Bon, pour cet interrogatoire, il va falloir que vous vous armiez de patience.

La séance débuta, bien sûr, par Chee annonçant à monsieur Peshlakai qui il était, non pas selon la coutume *belagaana*, en lui précisant ce qu'il faisait pour gagner de l'argent, mais en lui indiquant comment il s'inscrivait dans l'ordre social du Dineh. Il identifia le clan maternel « auquel » il était né et le clan paternel « pour lequel » il était né. Il mentionna divers membres de sa famille, surtout le regretté Frank Sam Nakai qui avait été un shaman d'une réputation considérable. En ayant terminé, il prêta l'oreille à l'énumération que lui fit monsieur Peshlakai de ses propres clans et de ses proches. Ensuite seulement, le sergent expliqua quelle place il occupait dans le monde des *belagaana* et déclara qu'il était de son devoir d'apprendre qui avait tiré un coup de feu sur l'agent Bernadette Manuelito. Tout ce que monsieur Peshlakai pourrait lui dire à cet égard serait apprécié.

Cette demande engendra un silence qui dura peut-être deux minutes pendant que le vieil homme réfléchissait à sa réponse. Puis il fit signe à Chee et à ses autres visiteurs et leur demanda s'ils désiraient qu'il leur serve du café.

Un signe favorable, songea Chee. M. Peshlakai avait quelque chose à leur dire.

— Du café, ce serait bien, répondit-il.

Le vieux monsieur se leva, récupéra sur l'étagère, derrière lui, un lot de tasses dépareillées, les aligna sur le bord du poêle, posa un bocal de Nescafé instantané à côté, ausculta d'un doigt prudent la casserole d'eau qui fumait à proximité avant de la pousser sur un endroit plus chaud.

— Pas tout à fait prête, dit-il en retrouvant à la fois son siège et le silence.

Osborne fronça les sourcils.

— C'est quoi, l'histoire, là ?

— Il s'agit de tradition, expliqua Chee. Si vous vous apprêtez à entretenir une conversation sérieuse dans la maison d'un gentleman, il commence par vous proposer du café.

— Dites-lui que nous n'avons pas le temps de faire du café. Dites-lui que nous voulons seulement qu'il réponde à quelques questions simples.

— Je ne crois pas qu'elles vont susciter des réponses simples, objecta Chee.

— Ah, merde, s'écria Osborne qui parut sur le point d'ajouter des paroles de colère mais se retint. J'ai deux ou trois coups de téléphone à passer. Venez me chercher quand il sera disposé à coopérer.

Sur ces mots, il franchit le seuil et disparut.

Le silence persista jusqu'à ce que Peshlakai touche la casserole, juge que la chaleur était suffisante, prélève du café instantané avec une cuiller pour le déposer dans chaque tasse, les remplisse d'eau bouillante, les donne à la ronde, s'asseye et regarde Chee.

Celui-ci goûta le breuvage dans lequel la saveur du Nescafé se mêlait harmonieusement aux minéraux, alcalins et autres, dont s'enrichissait l'eau de Peshlakai. Un goût qui lui rappela l'agréable souvenir de sa jeunesse sous le hogan, et il adressa un hochement de tête approbateur à leur hôte.

— Mon grand-père, commença-t-il, comme vous l'avez entendu, quand cette femme qui m'accompagne est venue dans ce canyon, hier, pour remplir son devoir de policier pour le

Dineh, un coup de fusil a été tiré et la balle a failli l'atteindre. Nous sommes venus ici pour voir ce que vous pouvez nous apprendre là-dessus. Avez-vous entendu le coup de feu ? Avez-vous vu la personne qui a tiré ?

Peshlakai trempa les lèvres dans son café, réfléchit à ces questions.

Chee jeta un coup d'œil autour de lui. Harjo s'appuyait contre le mur avec l'air de quelqu'un qui ne se sent pas concerné. Bernadette était assise sur le banc proche de la porte, les yeux rivés sur lui. Il détourna le regard.

– On dit, commença Peshlakai en utilisant la formule traditionnelle des Navajos servant à marquer la distance entre le locuteur et toute revendication personnelle au savoir, que quand les gens entrent sur la propriété d'un tiers, ils doivent d'abord demander la permission à ce tiers. Cette personne (il désigna Bernie d'un signe de tête) ne m'a pas demandé si elle pouvait venir sur ma propriété.

– On dit, répliqua Chee, que notre Mère la Terre n'est la propriété de personne. Affirmez-vous que vous êtes propriétaire de ce canyon ?

– Ces terres me sont attribuées pour le pacage de mes bêtes, expliqua le vieux monsieur qui avait pris un air penaud. Vous pouvez aller consulter les papiers au bâtiment administratif. J'ai le droit de les protéger.

– Avez-vous cru que l'agent Manuelito était un voleur qui venait vous dévaliser ? Est-ce vous qui lui avez tiré dessus ?

Peshlakai réfléchit.

– Ce que j'ai ici, dit-il en englobant d'un geste du bras tout le hogan, cette femme peut l'avoir dans sa totalité. Il n'y a rien qui ait une quelconque valeur. Je ne tirerais pas sur elle pour le protéger.

Ce fut au tour de Chee de garder le silence. Il se disait que Peshlakai allait avoir des précisions à ajouter, ce qui fut le cas.

– Il y a des choses sacrées qui doivent être protégées.

Chee hocha la tête :

– À une époque, j'ai cru que je pourrais devenir *yataali* *, et mon oncle, Hostiin Frank Sam Nakai, m'a enseigné pendant des années la Voie * de Dieu-qui-Parle, et la Voie de la Bénédiction.

Mais avant que ce ne soit achevé, Hostiin Nakai est décédé. (Chee haussa les épaules.) Alors je suis toujours policier, mais il m'a enseigné une partie de la sagesse que Femme-qui-Change nous a transmise.

Peshlakai souriait désormais.

– Un grand chanteur de chants guérisseurs, dit-il. Je le connaissais. Il n'a jamais adhéré à l'Association des *Medicine Men*.

– Non, confirma Chee.

Peshlakai semblait beaucoup trop traditionaliste pour accepter d'entendre dire que Hostiin Nakai avait envisagé cette adhésion à l'AMM, mais qu'il avait bien trop à faire pour se rendre aux réunions.

– S'il avait été là, dit Peshlakai en recréant d'un geste des mains le canyon à l'extérieur, il aurait fait ce que j'essaye de faire.

Puis il baissa les yeux sur ses mains en réfléchissant.

Ça y est, ça va être maintenant, pensa Chee. Il est en train de décider comment il va me raconter ça et il va commencer au tout début. Il lança un regard vers Bernie qui avait également senti venir le long, long récit, et qui adoptait une position plus confortable sur le banc. Harjo, moins rompu aux coutumes de son peuple, chercha Chee du regard et leva des sourcils interrogateurs.

– J'ai compris une partie de ce qu'il disait, fit-il. Mais est-ce qu'il a répondu à votre question, à un moment ou à un autre ? Est-ce que c'est lui qui a tiré ?

– Non, il n'a pas encore répondu.

– Ma mère m'a enseigné que si on insiste en posant la même question à un Navajo traditionaliste, la quatrième fois qu'on lui demande il est obligé de vous donner la réponse.

– C'est la tradition, confirma Chee. Parfois...

Mais Hostiin Peshlakai était maintenant prêt à parler.

– On dit que Femme-qui-Change avait presque achevé son travail ici. Elle était prête à suivre la lumière vers l'Ouest et à vivre avec le Soleil de l'autre côté de l'océan. Mais avant de le faire, elle a parcouru tout Dinetah. Elle a commencé à l'est et, au sommet de la Montagne Turquoise, elle a laissé les empreintes de ses pas et des silex bleus ont poussé partout où elle avait posé le pied.

À peu près à cet endroit, la voix de Peshlakai adopta la cadence du conteur, relatant les voyages que la grande Fondatrice-des-Lois données au Peuple Navajo avait effectués d'une montagne sacrée à l'autre.

L'agent Bernadette Manuelito avait déjà entendu ce récit intégral, même si certains détails variaient, et elle s'aperçut qu'elle était plus intéressée par les réactions des auditeurs que par l'histoire racontée. La connaissance qu'avait Ralph Harjo de la terminologie mythologico-religieuse en langue navajo était de toute évidence bien éloignée du seuil requis, et il avait perdu le fil du discours de Peshlakai. Harjo, remarqua-t-elle, s'intéressait maintenant davantage à elle qu'au suspect. Il lui jeta un regard, lui adressa une mimique du style « C'est un mauvais moment à passer », sourit et envoya les autres signaux que Bernie, en jeune et jolie femme qu'elle était, recevait souvent de la part des jeunes gens. Le sergent Chee, en revanche, était complètement et absolument absorbé par les paroles de Peshlakai.

Pour le moment, le shaman établissait le lien entre les visites de Femme-qui-Change en différents endroits et les minéraux ou les plantes dont elle les avait dotés, abordant un domaine qui touchait à l'intérêt que Bernie portait à la botanique. Il approchait également de son domaine personnel, plus spécifiquement, Mesa de los Lobos.

Peshlakai racontait que Femme-qui-Change et Fille Mirage étaient toutes deux venues ici et, de la main, il désigna le haut du canyon, le haut de la pente. Et ces grands *yei*, ces grands esprits, avaient laissé dans leur sillage, afin que le Dineh puisse connaître la guérison, puisse retrouver l'harmonie * cosmique de la Voie Navajo, les matériaux nécessaires pour deux rites guérisseurs. C'étaient la Voie du Vent et le Chant de la Nuit. Ici nos oncles (les entités spirituelles des plantes) avaient laissé les graines d'une longue liste d'herbes et de plantes (dont Bernie ne reconnut que quelques-unes sous leur nom navajo) requises pour obtenir la conclusion correcte de l'un de ces rites, ou des deux.

Quelque part au cours de cette énumération, l'agent Osborne se présenta sur le seuil du hogan et regarda à l'intérieur, son

téléphone portable toujours à la main. Il fit signe à Harjo. Ils échangèrent des paroles. Harjo haussa les épaules. Osborne entra, tapa sur l'épaule de Chee. Peshlakai se tut, l'observa.
— Qu'est-ce qu'il a répondu à la question ? Il a avoué ? Nié ? Qu'est-ce que vous avez appris ?
— Pas encore. Nous y arrivons. Hostiin Peshlakai explique les motivations. Pourquoi ce canyon doit être protégé.
Osborne consulta sa montre.
— Ah, merde, fit-il. Dites à M. Peshlakai que je suis pressé. Demandez-lui seulement s'il a tiré sur l'agent Manuelito ici présente.
Chee prit un air songeur.
— Harjo, ordonna Osborne. Demandez-lui s'il a tiré sur l'agent Manuelito.
— Monsieur Peshlakai, fit Harjo en montrant Bernie du doigt. Avez-vous tiré avec votre carabine sur la femme qui est ici ?
Peshlakai parut décontenancé. Il haussa les épaules.
Bernie s'aperçut qu'elle souhaitait l'entendre répondre par la négative. Elle n'était pas parvenue à se représenter ce vieil homme frêle dans le rôle du tireur embusqué tentant de la tuer. Le fait qu'il mentionne le Chant de la Nuit avait fait ressurgir un grand, un très grand souvenir de la dernière nuit de cette cérémonie. Elle avait onze ans à l'époque, elle était en CM2 et elle y assistait avec son cousin Harold et sept autres enfants, les garçons ne portant qu'une étoffe ceinte autour des reins et frissonnant dans le froid de novembre, les filles vêtues de leurs plus belles robes de cérémonie et de toutes les parures d'argent qu'elles avaient pu emprunter, tremblant d'émoi et d'excitation. Le Chanteur qui secouait une flasque contenant le pollen * sacré, qui lui en saupoudrait les épaules, qui regardait au-dessus d'elle en direction des étoiles tout en chantant sa prière. Et puis était arrivé le grand moment si prenant qui signifiait le passage d'un enfant à la plénitude de la condition humaine, les silhouettes de Grand-Père des Monstres et de Femme Silex Blanc qui apparaissaient à la lueur des flammes, qui les inspectaient les uns après les autres puis qui retiraient leurs terrifiants masques *yei* pour se révéler dans leur forme humaine, comme eux. Femme Silex Blanc était en fait sa tante paternelle. Elle avait

glissé son masque sur la tête de Bernie, lui permettant de voir, à travers les trous des yeux, le monde tel que le voyait le Peuple Sacré.

– Monsieur Peshlakai, répéta Harjo, avez-vous...

Chee leva la main.

– Laissez-moi faire, dit-il.

Cela surprit Bernie qui avait analysé la façon dont son supérieur s'en était tiré jusque-là et qui lui octroyait une excellente note. Pourquoi cette interruption soudaine, et impolie ?

Chee inclina la tête en direction d'Osborne.

– Cet agent souhaite que vous lui disiez si vous avez tenté de tuer cette jeune femme.

Peshlakai n'éprouva aucune difficulté à répondre à cette question.

– Non, dit-il.

– Je vais vous reposer la question. Avez-vous essayé de la tuer ?

Peshlakai secoua la tête.

– Non.

– Il n'est pas nécessaire que je vous rappelle ce que l'on nous enseigne concernant la vérité, insista Chee. Vous l'avez enseigné à beaucoup d'autres. M. Harjo vous a posé la question une fois, maintenant je vais vous la poser pour la quatrième fois. Avez-vous tenté de tuer cette femme ?

Peshlakai dit non une fois de plus, d'une voix assez forte, et il fit suivre sa réponse d'un très léger sourire.

Chee se tourna vers Osborne.

– Il nie.

– Enfin, dit l'agent fédéral. Nous avons une réponse officielle, pour ce qu'elle vaut.

Il consulta à nouveau sa montre, dit : « Mer-ci-beau-coup » à Peshlakai et baissa la tête pour franchir la porte du hogan avec Harjo sur les talons.

Chee et l'agent Manuelito restèrent suffisamment longtemps pour prendre congé poliment. Sur le seuil, elle se tourna et regarda le vieil homme.

– Je n'ai jamais pensé que vous aviez essayé de me tuer, dit-elle.

Le trajet pour quitter le canyon et dépasser le bâtiment administratif se déroula essentiellement dans le silence. Quand ils atteignirent la Route Navajo 9 et qu'ils prirent en direction de Gallup, à l'ouest, Bernie décréta qu'il fallait qu'elle sache.
– Qu'est-ce que vous avez fabriqué, là, chez lui ?
– Comment ça ?
– Je parle navajo. Vous ne lui avez jamais vraiment posé la question d'Osborne. Savoir s'il m'avait tiré dessus. Vous avez tourné la question autrement.
Chee haussa les épaules.
– C'est du pareil au même.
– Mon œil, oui. Il pouvait nier qu'il a essayé de me tuer. Il ne pouvait pas nier qu'il m'a tiré dessus.
Chee rit.
– Comme vous le dirait notre ancien président, tout dépend de la définition que l'on donne aux mots.
– Ce n'est pas drôle. Et si je ne suis pas suspendue de mes fonctions, si je travaille toujours sur cette affaire, je pense que vous devriez me dire ce que vous trafiquiez durant cet entretien.

Ces mots entraînèrent un long silence. Un tout nouveau 4x4 Chrysler rouge arriva derrière eux dans un rugissement de moteur, bien au-dessus de la limite de vitesse, remarqua les marques identifiant leur véhicule comme appartenant à la police et ralentit brusquement. Chee lui fit signe de passer.
– J'ai le droit de savoir, insista l'agent Manuelito. Vous ne croyez pas ? Réfléchissez-y.
– J'y réfléchis. Et je suppose que vous avez raison. Je lui ai adressé une question à laquelle il pouvait répondre non sans mentir parce que j'ai pensé que ça n'avait pas d'importance qu'il vous ait tiré dessus ou pas. Je suis pratiquement sûr que oui. Ce qui importe, c'est *pourquoi* il a tiré. Il a dû chercher à vous effrayer. À vous inciter à partir de ce canyon. Pourquoi ? Que cache ce vieux monsieur ? Quel est le secret ? D'après ce qu'il a dit, il protège un lieu sacré. Vous l'avez entendu. Quelque part là-haut, il y a une réserve de plantes ou de minéraux dont les shamans ont besoin pour le Chant de la Nuit. Ils en ont besoin pour leurs bourses * à *medicine*.

Bernie réfléchit à l'ensemble, se souvenant de sa frayeur intense quand elle était blottie derrière le pan de grès, hors de vue du tireur embusqué. Elle se sentait un peu vexée par le manque d'importance que le sergent Chee attachait au fait qu'on l'ait prise pour cible... même si ce n'était que pour lui faire peur. Quel effet ça lui aurait fait, à lui, de se cacher derrière cet écran de roches en attendant d'être tué ? Mais elle comprenait son point de vue. Il croyait Peshlakai impliqué dans le meurtre de Doherty, la véritable raison de leur présence ici. Il avait établi une sorte de complicité « entre confrères au sein de la fraternité des shamans », avait eu une attitude amicale. Il reviendrait très bientôt au hogan de Peshlakai pour avoir une conversation à cœur ouvert.

— Sergent, est-ce qu'il est dans votre intention de vous débarrasser de l'agent Osborne ? De résoudre le crime par vos propres moyens ?

Chee lui lança un regard, agacé par la question de même que par le ton employé.

— Allons, Bernadette. Bien sûr que non.

Elle attendit quelques instants, fit ·

— Oh.

Percevant l'accent de doute contenu dans cette exclamation, Chee fronça les sourcils en fixant le pare-brise.

— Je pense que Hostiin Peshlakai détient des renseignements utiles. Mais je ne crois pas qu'il va en parler à un tiers à moins qu'il ait la certitude de pouvoir lui faire confiance. Je suis persuadé qu'il s'agira de cette fichue histoire de mine d'or, et ce n'est pas à un *belagaana* qu'il va accorder sa confiance si la découverte de l'or s'inscrit dans le tableau.

Il interrompit son développement par un petit rire désabusé.

— Et d'ailleurs, il n'y a pas beaucoup de Navajos qui le feraient.

15

L'adjoint du shérif Ozzie Price était presque aussi âgé que Joe Leaphorn, il le connaissait depuis très, très longtemps et il se souciait plus de la façon dont il vivait sa retraite que de la raison pour laquelle l'ancien lieutenant voulait inspecter les objets ayant un rapport avec le meurtre de McKay.

— Si je me souviens bien, vous n'avez jamais été tellement passionné par la pêche, ni par la chasse non plus, dit-il en sortant le panier de plastique bleu de son étagère, dans le réduit où les services du shérif rangeaient les pièces à conviction. Et vous ne jouez pas au golf à ma connaissance. Comment occupez-vous votre temps ?

— Comme en ce moment, il faut croire. Je m'intéresse à toutes sortes de choses.

— Moi, je ne vois pas grand-chose d'intéressant dans le meurtre de McKay.

Il posa le panier sur la table réservée au tri, s'assit sur une chaise en dessous de la fenêtre et s'appuya contre le mur avant d'ajouter :

— Si je me souviens bien, Denton s'est fichu en rogne contre un arnaqueur, il lui a tiré dessus, il a reconnu les faits et il s'en est tiré avec les circonstances atténuantes, légitime défense. Je me trompe ?

— Non.

Leaphorn prit dans le panier un pantalon plié qu'il posa sur la table. Puis vinrent une chemise, raidie et tachée de sang coagulé, une ceinture avec une grosse boucle incrustée de turquoise, une paire de bottes donnant l'impression d'avoir coûté cher et une veste de cuir. Il examina cette dernière de plus près.

— Ça représente une jolie somme, une veste comme ça, commenta Price.

— Il n'y a pas de sang dessus. Pas de trace de balle, apparemment. Ni sur le devant, ni dans le dos.

— Elle était posée sur le dossier d'une chaise, quand je suis arrivé. Il ne la portait pas.

— C'est vrai ?

Leaphorn se remémora le récit que Denton lui avait fait du meurtre. McKay l'avait bel et bien eue sur le dos, en réalité. Il en avait sorti le pistolet. Il vérifia les poches.

— C'est vous qui vous en êtes occupé ?

— On était en sous-effectifs, ce soir-là. Il avait fallu qu'on envoie une voiture à Fort Wingate. Pour une blague douteuse de Halloween, en fin de compte. Enfin bon, moi, je suis allé chez Denton. (Il secoua la tête.) Ben mon vieux. Tu parles d'un château.

— L'arme de McKay, vous l'avez toujours ?

— Les armes à feu, on ne les range pas dans le même placard.

Il prit son trousseau de clefs, ouvrit un petit coffre à l'autre bout de la pièce et revint avec un revolver calibre trente-huit au pontet duquel était attachée une étiquette identificatrice. Leaphorn l'inséra dans la poche de la veste. Il y entra, mais pas facilement, et cela engendra une bosse proéminente.

— C'est là qu'il le mettait ? demanda Price.

— D'après ce que raconte Denton.

Price eut l'air dubitatif.

— Ce n'est pas une façon de traiter une aussi jolie veste, dit-il. Ma femme me tuerait, si je faisais ça.

Leaphorn laissa sous-vêtements et chaussettes dans le panier. Il ajouta un feutre au tas posé sur la table, puis s'empara d'une mince mallette noire, en inspecta les poches extérieures qu'il trouva vides et ouvrit la fermeture éclair de la section centrale. Il en sortit deux sacs en plastique à fermeture hermétique, une carte pliée, un tas de papiers et un tout petit cadenas avec une clef minuscule engagée dans la serrure. Il le montra à Ozzie Price.

— La mallette était fermée à clef, à votre arrivée ?

— Ouais, et au début, on n'a pas réussi à trouver la clef. Quand les gars des relevés ont été sur place, ils l'ont trouvée dans la petite poche qu'ont certains pantalons, à l'intérieur de la poche normale. Vous voyez ce que je veux dire ?

Leaphorn hocha la tête. Un de ses jeans était doté de cette agaçante petite poche. Les pièces de dix *cents* et autres objets de taille réduite avaient tendance à s'y égarer. Il montra les sacs du doigt, leva les sourcils en signe d'interrogation.

– Le petit, c'est des trucs prélevés sur les meubles et aspirés sur le tapis. Ce genre de choses. (Il rit.) C'est pas qu'on en ait vraiment besoin quand l'auteur du coup de feu est là et qu'il vous tend son arme en disant que c'est lui. Mais les spécialistes suivent toujours les procédures établies. Ils pensent peut-être qu'ils vont avoir de la chance, que ça va être une énigme et que les relevés scientifiques vont servir à quelque chose. Et ce sac-là, le plus gros, contient ce qu'il y avait dans la mallette, en plus des papiers.

Leaphorn mit la carte de côté et étudia les autres documents : essentiellement ce qui semblait être des photocopies de vieilles lettres, certaines rédigées selon une écriture pattes de mouche négligée et signées par Mott, d'autres figurant sur le papier à en-tête d'un cabinet juridique de San Francisco. Il y avait également un rapport d'analyse d'aspect officiel qui, aux yeux inexpérimentés de Leaphorn, semblait confirmer la forte teneur en or d'un échantillon de sable. Il garda pour la fin un formulaire de contrat d'un seul feuillet. Il correspondait également à la description faite par Denton de ce que McKay avait apporté, octroyant à ce dernier cinquante pour cent de toutes les sommes provenant de l'exploitation de la mine « sise sur le susdit terrain du Veau d'Or ». Au bas figurait la signature « Marvin F. McKay », mais l'espace réservé à celle de Denton était resté vierge.

– Un sacré marché, commenta Price. Il remettait à Denton une carte lui indiquant l'endroit où naissent les arcs-en-ciel et l'autre devait lui promettre cinquante pour cent de rien.

– Et cinquante mille dollars en liquide.

– Ouais, en plus d'une balle de calibre trente-huit dans la poitrine. Vous croyez que le jeune Doherty voulait tenter le même genre d'opération ?

Leaphorn haussa les épaules.

– Qu'est-ce qui vous le fait penser ?

– Je ne sais pas. Mais il est venu ici discuter avec des vieux amis de l'époque où son oncle était shérif, et après il a voulu savoir s'il pouvait jeter un coup d'œil sur ça. Et après son départ, j'ai remarqué qu'une vieille boîte de tabac Prince Albert avait disparu. Je me suis dit qu'il était peut-être à la recherche d'objets souvenirs ou allez savoir quoi. Mais ce qui l'intéressait surtout, c'était cette carte.

Leaphorn la déplia, la scruta puis se tourna vers Price.

– Elle se trouvait dans la mallette quand vous l'avez récupérée ? Quand vous avez eu la clef et que vous l'avez ouverte ?

La question surprit l'adjoint.

– Absolument, dit-il.

– Pas d'autres cartes là-bas ? Sur le bureau ? À un autre endroit où ils auraient pu les consulter ?

– Il y en avait sur les murs. Beaucoup. C'est quoi, le problème ?

– Je ne sais pas. De temps en temps, il m'arrive de me rendre compte que je ne suis pas aussi malin que je le croyais.

La carte dépliée sur la table, devant lui, ne correspondait assurément pas à celle que, selon Denton, McKay lui avait apportée. C'était bien un exemplaire d'une carte du Service des Relevés Géologiques effectués par quadrilatères, ainsi que Denton l'avait expliqué. Mais celle-ci ne représentait pas une partie de la section quadrangulaire sud-est des Monts Zuñi. Elle se situait très au nord des Zuñi. Il y avait un point identifié comme étant le « Compt. d'éch. Standing Rock », plus Hosta Butte et Smith Lake, autant d'endroits qui se trouvaient à des kilomètres au nord-est de Gallup, pas au sud-est. Mais l'intérêt de Leaphorn se concentra sur le bas de la carte. Là, une ligne irrégulière représentait le versant nord de Mesa de los Lobos, et d'autres lignes comparables étaient identifiées comme représentant Hard Ground Wash et Coyote Canyon Wash. Il suivit cette dernière jusque sur Mesa de los Lobos. Près de son point de départ, il y avait un X entouré d'un cercle et les minuscules initiales « v.o. »

Leaphorn se livra à une nouvelle petite vérification sur la carte, confirmant ce qu'il savait déjà. Elle datait de 1940. À l'exception des quelques marques que McKay semblait avoir rajoutées en rouge, elle était identique au volume relié de semblables relevés qu'il rangeait dans son bureau, couvrant chaque quadrilatère des quatre angles jointifs des quatre États. Il la replia, la remit sur la pile de papiers, rangea le tout avec soin dans la mallette.

Ensuite, il passa attentivement en revue les poches et les revers de pantalon de McKay, inspecta la poche de sa chemise tachée de sang, le bout des manches et le col, examina les bottes et la ceinture, sans rien trouver. Il remit l'ensemble dans le panier sous le regard observateur de Price, laissant le chapeau dehors. Il fit courir son doigt le long du ruban intérieur, ne trouva rien là non plus, déposa le couvre-chef sur le tas.

— Pour une affaire classée comme celle-là, j'ai été surpris quand on m'a répondu que vous aviez encore tous ces objets en dépôt. Il faut croire qu'aucun de ses proches n'est venu les réclamer.

— Hé ben, en général, on s'en serait séparé une fois écoulé le délai légal, mais on a reçu un appel provenant d'une femme. Elle était ce ce que vous appelleriez sa concubine, je suppose. Elle a demandé comment elle pouvait établir son droit légal sur ces objets, et je lui ai répondu que je n'en étais pas sûr et qu'elle devrait se renseigner auprès de son avocat.

— Elle n'est pas venue les chercher ?

— Elle ne nous a pas non plus donné son nom. On n'a plus jamais entendu parler d'elle. En fait, le seul qui ait témoigné un quelconque intérêt pour les affaires de McKay, c'est Doherty. Il est venu et il a voulu les voir. Il a dit qu'il s'intéressait à la prospection et qu'il avait eu vent de ce que McKay complotait. Ça n'a posé de problème à personne vu qu'il était de la famille de l'ancien shérif et que tout le monde le connaissait.

Il consulta sa montre :

— Vous avez à peu près fini, là ?

— On m'a dit qu'il avait fait des photocopies de la carte et d'autres trucs.

— Je l'ai laissé utiliser notre machine. Il a photocopié la carte, un paquet de lettres etc., il a même photocopié la carte de visite d'un représentant.

— En quoi ça pouvait lui servir ?

— Il ne nous l'a pas dit mais je me souviens qu'il y avait quelque chose d'écrit dessus. Elle est là, quelque part.

Il plongea la main dans le tas d'où il sortit une carte de visite. D'un côté figuraient le nom et l'adresse d'un agent d'assurance et, au dos, l'inscription « D2187 ».

– Une idée sur sa signification éventuelle ? demanda Price.

Leaphorn secoua la tête.

– Je vous remercie, Ozzie, de votre temps et de votre patience.

– Vous ne laissez vraiment rien au hasard, commenta Price.

– J'ai lu un livre de Raymond Chandler, il y a très longtemps. Les responsables de la police scientifique et technique avaient fini de passer au peigne fin la chambre d'hôtel, la victime, ils avaient tout passé au crible. Après le départ de la police, Chandler montre son détective privé qui regarde sous le postiche du mort.

– Jamais lu, fit Price.

16

Leaphorn essayait d'expliquer au professeur Bourebonette le problème complexe posé par les cartes.

– J'aurais dû le savoir, qu'il y avait une histoire de carte, si tu t'investissais dans cette affaire.

Pour une fois, Louisa n'avait aucune autre obligation, pas de tâches universitaires à l'université d'Arizona Nord, ni aucune raison de ne pas effectuer avec lui le trajet à destination d'une cafétéria de Shiprock où il avait rendez-vous avec le sergent Chee.

– Ceci mis à part, dit-il, tu vois une raison qu'il pourrait avoir de me mentir ?

– Ce n'est pas sûr qu'il ait menti. McKay avait peut-être deux cartes dans sa mallette. Il lui a montré celle dont il t'a parlé. Denton l'a gardée. Et après avoir tué McKay, il l'a cachée quelque part avant l'arrivée de la police.

Ils réfléchirent tous deux un moment.

– C'est possible, reconnut Leaphorn.

– Mais peu vraisemblable, compléta-t-elle. Est-ce que tu peux imaginer quelle raison il aurait pu avoir d'apporter deux cartes ? Toi, tu pourrais très bien en apporter deux. D'ailleurs, tu en as probablement deux, là.

Leaphorn rit.

– En réalité, aujourd'hui, j'en ai trois.

Il sortit du vide-poche celle du Pays Indien éditée par l'Association automobile américaine et, de la boîte à gants, deux pages photocopiées dans le volume où étaient reliées les cartes quadrangulaires du Service des Relevés Géologiques.

Ils n'étaient pas parvenus à résoudre l'énigme posée par la mauvaise carte de Denton, ni à expliquer pourquoi il avait menti à propos de la veste de McKay, à condition, bien sûr, qu'il ait menti, pas plus qu'à régler plusieurs autres points qui embêtaient Leaphorn. Mais Louisa avait tranché de manière claire et nette quant à la relation entre Linda et Wiley. Oui, Wiley était amoureux de Linda, et vice versa. Elle n'avait pas le moindre doute à ce sujet.

La voiture de patrouille de Jim Chee était garée devant la cafétéria et le sergent occupait une table d'angle dans l'établissement. Il se leva pour les saluer.

— Je vous dois un grand service, si un jour je peux vous en rendre un, dit-il à Leaphorn. Osborne n'a pas eu l'air d'avoir la moindre plainte à formuler.

Le Légendaire Lieutenant hocha la tête.

— S'agirait-il d'une chose que je ne suis pas censée savoir? demanda Louisa.

— Comment court-circuiter la bureaucratie envahissante, c'est tout, répondit Leaphorn.

— Et vous, sergent Chee? insista-t-elle. Êtes-vous prêt à me le dire?

— Un élément de preuve s'était égaré. Je n'étais pas sûr de la façon de m'en dépatouiller et j'ai demandé conseil au lieutenant Leaphorn. Il a résolu le problème à ma place.

Louisa rit.

— Et sans transgresser aucun règlement au passage, en tout cas pas de manière visible. C'est ça?

— Disons simplement que nul n'a eu à en souffrir, conclut Leaphorn.

L'agent Bernadette Manuelito se hâtait vers leur table, l'air agité, et se déclara confuse de son retard. Leaphorn recula une chaise pour qu'elle s'assoie, la présenta à Louisa, lui dit qu'il était heureux qu'elle ait pu se joindre à eux.

— Le sergent Chee m'a demandé de venir. Il m'a dit que vous vous intéressez au meurtre de Doherty.

— Je crois que c'est précisément ce dont nous étions en train de parler, remarqua Louisa. D'un élément qui a incité Joe à s'impliquer dans cette affaire.

Le professeur Bourebonette avait assez d'expérience, elle avait assisté à suffisamment de réunions universitaires réunissant des *prima donna* susceptibles pour sentir aussitôt qu'elle aurait mieux fait de se cantonner aux sourires et aux hochements de tête.

Le visage de l'agent Manuelito exprimait un intérêt d'une excessive ardeur. Leaphorn et Chee paraissaient juste gênés.

– Mais je comprends que nul n'a eu à en souffrir, ajouta le professeur.

– Je n'ai fait que simplifier les choses, dit Chee.

– Ça concernait un objet qui pouvait servir d'indice, ajouta Leaphorn dans une tentative pour limiter les dégâts. Jim voulait le remettre à son emplacement en évitant tout un tas de paperasses superflues.

– Oh, fit Louisa. D'accord.

Et elle remarqua que l'agent Manuelito était penchée en avant, le visage cramoisi, que Jim Chee paraissait exceptionnellement tendu et qu'il était temps de changer de sujet.

– À propos, dit-elle, un de nos professeurs d'histoire est spécialiste de l'avancée de la frontière vers l'Ouest, au dix-neuvième siècle, et j'ai commis l'erreur de lui demander s'il avait entendu parler de la légende de la mine du Veau d'Or, ce qui a déclenché la conférence universitaire standard de cinquante minutes.

– Hé, fit Chee, j'aimerais bien que vous m'en parliez.

– Si j'ai bien compris, les faits établis sont qu'un des intendants de Fort Wingate, un employé civil du nom de Theodore Mott, a été chargé, accompagné de quatre soldats, de convoyer des vivres vers le campement où on bâtissait Fort Defiance. Les quatre soldats étaient détachés pour rejoindre l'unité de cavalerie de ce fort. Mott est rentré seul et a démissionné de ses fonctions. Il y a des documents qui en attestent, dans les archives de l'armée. La partie intéressante, c'est qu'on raconte qu'il aurait découvert un filon d'or pendant ce voyage.

Elle s'interrompit. Bernie se pencha à nouveau en avant.

– Continuez, dit Chee. La partie intéressante, ça va être maintenant.

– La légende veut que Mott soit revenu avec un sac rempli de poussière d'or. D'une valeur de plusieurs milliers de dollars, une somme colossale à l'époque. On lui attribue une histoire selon laquelle il aurait été obligé d'effectuer un détour, en se rendant à Fort Defiance, pour éviter un groupe de Navajos qui semblaient animés d'intentions hostiles. C'était le début de l'été, après un hiver pluvieux, et l'hiver neigeux figure aussi dans les archives. Ils ont installé leur campement pour la nuit dans un canyon qui charriait des eaux de ruissellement. Mott s'est livré à des essais de prospection à l'aide d'une poêle à frire, et ce qu'il a vu dans le sable lui a plu. Sur le chemin du retour, seul cette fois, il s'y est arrêté à nouveau et, si on l'en croit, il a récolté son sac d'or entre le lever du soleil et la nuit, et plus il remontait dans le canyon, plus le sable était riche. Quand il s'est réveillé le lendemain matin, six Navajos l'entouraient. Il a raconté que leur chef était un shaman et que, même si aucun d'eux ne parlait anglais, il connaissait, lui, suffisamment de mots dans leur langue pour comprendre que le shaman lui annonçait que ce canyon était un lieu sacré, qu'il brisait un tabou par sa présence et que s'il revenait ils le tueraient.

Le serveur était là, attendant pour leur tendre les menus et prendre leur commande en boissons. Louisa patienta le temps que tous quatre aient fait ce que l'on attendait d'eux.

Bernie se pencha, ouvrit la bouche.

– J'aimerais connaître..., commença-t-elle.

– Oui, compléta Chee. Que s'est-il passé ensuite ? Est-ce qu'il est parti ?

– Il y a une sorte de référence très vague, dans les archives militaires de Fort Wingate, concernant une demande, déposée par Mott, pour bénéficier d'une escorte de soldats en vue d'une expédition, et l'indication que cette requête a été rejetée. Mais apparemment il a réussi à convaincre trois autres hommes de l'accompagner et ils sont partis avec des bêtes de bât, disant aux gens qu'ils allaient prospecter au sud, dans les Monts Zuñi. Plus tard, l'un des hommes est revenu à Fort Wingate. Il y a déposé un lot de lettres que Mott avait écrites afin que des gens du fort les postent et, d'après ce récit, le messager a apporté une quantité substantielle de poussière d'or au bureau des analyses, il a acheté des provisions et est reparti. (Elle leva les mains.) Et c'est tout. Plus personne n'a revu Mott ni aucun de ses associés.

– Ça ressemble un peu à l'histoire de la mine Adams perdue, dit Leaphorn.

– Tué par nous, les sauvages, commenta Chee.
– J'aimerais avoir plus de détails sur cette boîte de tabac, intervint Bernie.
– Euh, ben..., commença Chee.
Un silence s'ensuivit.
Leaphorn se racla la gorge.
– Il semble qu'une boîte de tabac ait été prise sur les lieux où le corps de M. Doherty a été découvert, expliqua-t-il. Par la suite, le policier qui l'avait en sa possession a découvert que le sable, à l'intérieur, contenait un peu de poussière d'or et a signalé sa découverte. Le sergent Chee m'a demandé de l'aider à imaginer un moyen de remettre cette boîte à son emplacement et de faire en sorte que les agents du FBI la trouvent.
Il se tut un instant, jeta un regard nerveux dans la direction de Bernie, s'éclaircit la gorge.
– Ce qui a été fait. Nul n'a eu à en souffrir. Pas de quoi fouetter un chat.
À nouveau le silence pesa sur la tablée.
– J'ai toujours adoré le trajet, quand on vient de Gallup, avança Louisa. Quand on dépasse cette vieille cheminée volcanique, à l'est de la route, Joe me raconte toujours des histoires assurant que c'était un lieu où se réunissaient les porteurs-de-peaux. Un endroit où ils tenaient leurs cérémonies d'initiation.
– Une femme d'une extrême patience, fit Leaphorn avec un petit mouvement de tête en direction de Louisa. Je crois que depuis le temps, elle doit toutes les connaître par cœur.
– J'en ai entendu plusieurs moi aussi, dit Chee qui était heureux de s'associer à cette retraite précipitée loin de la débâcle de la boîte Prince Albert. En réalité, il n'est pas exclu que j'en aie moi-même inventé quelques-unes.
Le garçon apparut, leur apportant quatre cafés, puis il prit leur commande de nourriture.
– Eh bien, lieutenant, se hâta de poursuivre Chee pour maintenir la conversation loin des boîtes de tabac et des blessures d'amour-propre, vous m'avez dit que vous voulez découvrir s'il existe un lien entre l'affaire Doherty et McKay. Moi, je vois celui de la poussière d'or. Sans oublier que Doherty possédait le numéro de téléphone de Denton qui figure sur liste rouge. Mais

je pense que vous avez déjà tout à fait conscience de ces deux points.

— J'en avais entendu parler. C'est sans doute ce qui m'a intéressé, au départ. Et maintenant, il serait bon que je vous indique où je me situe. Denton m'a demandé d'effectuer un travail pour lui. Il veut que je voie si je peux découvrir ce qu'il est advenu de sa femme. Que je la trouve si elle est trouvable.

Chee parut surpris.

— Vous pensez que c'est possible? Après tout ce temps? Il y a deux théories qui courent sur Mme Denton. La première c'est qu'elle est morte, et l'autre, qu'elle ne tient pas à ce qu'on la trouve.

— Je n'ai pas pu lui laisser d'espoir. Et je lui ai dit que je n'essaierais même pas s'il ne m'exposait pas tous les tenants et aboutissants. Mais je me suis toujours demandé ce qui était arrivé à cette femme.

— Est-ce qu'il vous les a exposés, « tous les tenants et aboutissants » ?

Leaphorn rit.

— En réalité, non. Il semble m'avoir menti sur ce que McKay tentait de lui vendre, déjà. Et il semble avoir menti un peu sur ce qui s'est passé quand il l'a tué.

— Mais encore?

— Sur le marché qu'ils devaient conclure? Hé bien...

Il plongea la main dans la poche intérieure de sa veste d'où il tira un rouleau de papier qu'il étala sur la table, révélant deux cartes.

— Des cartes, fit Chee avec un grand sourire. Pourquoi cela ne me surprend-il pas le moins du monde?

— Eh bien, fit Leaphorn qui semblait légèrement sur la défensive, toute l'histoire tourne autour de cartes, non?

— Absolument, reconnut Chee. Mes excuses.

— McKay a dit à Denton que l'emplacement de cette mine dite du Veau d'Or se trouvait sur celle-là... à peu près ici...

À l'aide de sa fourchette, il indiqua un endroit sur le versant sud-est des Monts Zuñi.

— ... Denton m'a affirmé qu'il savait pertinemment que ça ne pouvait pas être là. Il m'a dit qu'il connaît personnellement la géologie de cette zone. Qu'il l'a parcourue à pied en tous sens. Par conséquent, il a donné l'ordre à McKay de vider les lieux. Ils se sont querellés, McKay a sorti un pistolet de la poche de sa veste, il a récupéré sa mallette et pris celle contenant l'argent que Denton avait préparé pour le payer et il a dit qu'il partait en emportant les deux. Pendant ce temps, Denton a pris son propre pistolet dans le tiroir de son bureau et il l'a abattu. C'est ce qu'il raconte.

Chee hocha la tête.

— Ça ressemble à ce qui s'est dit lors de l'audience où il a été condamné.

— Tout à fait. Mais ce n'est pas la carte que McKay avait et qui était sous clef dans sa mallette quand la police est arrivée pour procéder aux constatations. Et ce qu'il raconte sur McKay qui aurait sorti son pistolet de la poche de sa veste ne tient pas. Un gros revolver bombé, des poches de veste étroites. D'autant qu'il n'avait pas la veste sur le dos quand Denton l'a tué. Pas de trous dedans, pas de sang, et elle était accrochée sur le dossier d'une chaise.

Il étaya ce résumé des faits en détaillant l'exploration à laquelle il s'était livré sur le panier contenant les pièces à conviction et en relatant sa conversation avec Price. Durant tout ce temps, l'agent Manuelito resta penchée en avant, scrutant la seconde des cartes apportées par Leaphorn. Leurs yeux se croisèrent.

— Je crois que c'est ici que M. Doherty a été tué, dit-elle. Je crois que c'est d'ici que provenait l'or qui se trouvait dans la boîte de Prince Albert.

— Je pense que vous avez raison, confirma Leaphorn. Au moins sur le premier point. Mais c'était peut-être McKay qui l'avait ramassé à cet endroit. Pas Doherty.

Bernie posait sur Chee un regard étrange mais indéchiffrable aux yeux de Leaphorn.

— Est-ce que vous savez qui est le policier qui l'a trouvée ? interrogea-t-elle.

— Price ne me l'a pas dit.

Chee, qui étudiait la carte de Mesa de los Lobos, ressentit le besoin urgent de s'éloigner du sujet de la boîte en fer-blanc.

– À propos du panier contenant les pièces à conviction de l'affaire McKay, Osborne m'a dit que Doherty en a peut-être extrait une carte de visite sur laquelle était inscrit un numéro. Il m'a demandé si ce numéro avait un sens pour moi. Ce n'était pas le cas, sauf pour le « D » qui constituait peut-être une référence à Denton. Et vous tous, ça vous dit quelque chose ? C'était « D2187 ».

– La fin de son numéro de téléphone, de sa plaque d'immatriculation, de son numéro de sécurité sociale ? proposa Bernie.

Personne d'autre n'avait de suggestion.

– Beaucoup plus important, reprit Chee. L'agent Manuelito (il lui adressa un signe de tête accompagné d'un sourire) a pratiquement établi que ce Coyote Canyon qui draine les eaux de pluie de Mesa de los Lobos correspond au lieu où Doherty a été tué. Il avait lutté contre l'incendie qui y a sévi, il y a deux ans, durant cet été-catastrophe : il était employé par l'une des équipes de lutte anti-incendies du Bureau de l'Attribution des Terres. Les flammes ont consumé les broussailles et mis à jour d'anciennes écluses de prospection. Bernie a trouvé ses empreintes sur place et un endroit où il semble avoir prélevé du sable dans une des retenues d'eau. Et pendant qu'elle était là-bas, quelqu'un lui a tiré dessus.

– On vous a tiré dessus ? s'enquit Leaphorn.

– Oh ! Oh ! se récria le professeur Bourebonette. On a essayé de vous tuer !

– Mais bon, il m'a ratée, fit Bernie qui paraissait agitée.

– Et, insista Chee, le FBI a envoyé son équipe de techniciens qui a retrouvé la balle. Ils la comparent avec un trente-trente qui appartient à Hostiin Peshlakai. Un vieux monsieur qui habite près de l'entrée du canyon.

– Je le connais de nom, dit Leaphorn. Il a exécuté un Chant de la Nuit pour l'une des tantes d'Emma, il y a des années de cela. Il fait aussi figure de suspect, pour le meurtre de Doherty ?

– Probablement. L'interprète d'Osborne est un peu limité, en navajo traditionnel, alors ils m'ont demandé de diriger l'entretien. (Chee rit.) Osborne était pressé. Il voulait des réponses par oui ou par non, et vous pouvez imaginer ce que ça a donné. En tout cas, Peshlakai a fini par dire qu'il n'avait pas essayé de tuer Bernie.

Leaphorn analysa un moment cette information.
- Il n'a pas essayé de la tuer, dit-il. A-t-il nié qu'il avait essayé de lui faire peur afin qu'elle parte ?
- Cette question-là, je ne la lui ai pas posée.

Leaphorn but ce qui lui restait de café tout en regardant Chee.
- Qu'est-ce que vous en pensez ?

Le sergent haussa les épaules.
- Ce n'est pas un bien grand mystère. Peshlakai dit qu'il y a un endroit, en remontant le canyon, qui constitue l'unique origine pour certains des minéraux et des plantes dont les *yataali* ont besoin pour plusieurs cérémonies. Comme le Yeibichai *. Qu'il exécute. Je pense qu'il essaie d'empêcher les *belagaana* de détruire ce lieu sacré. Bernie a assisté à l'entretien. Elle est d'accord avec moi.

Chee précisa certains détails théologiques et mythiques contenus dans la déclaration de Peshlakai, lesquels furent alors commentés. Bernie mentionna la chouette factice qui gardait le canyon du haut de son arbre. Louisa ajouta des éléments provenant de ses connaissances anthropologico-sociologiques sur le rôle des rapaces nocturnes comme signes avant-coureurs de la mort et des désastres chez les tribus du Sud-Ouest. Leurs plats arrivèrent.

Quand ils en furent à leur second café, Leaphorn aborda les questions qu'il était venu poser.
- Il est possible que je me retrouve dans une position un peu inconfortable. Je veux dire que si je commence à creuser vraiment sérieusement pour le compte de Denton, en recherchant sa femme, je vais avoir besoin de savoir si le FBI décrète qu'il fait figure de suspect numéro un, pour le meurtre de Doherty. Je ne veux pas leur mettre des bâtons dans les roues. Flanquer la pagaille. Qu'en pensez-vous ?
- Ils ne me disent pas tout, répondit Chee. Il faudrait qu'ils y aient un intérêt. Doherty était en possession du numéro de téléphone de Denton. Il avait pris cette boîte en fer parmi les pièces à conviction relatives à l'assassinat de McKay et, d'après ce que j'ai entendu dire, il avait l'air de marcher sur les traces de McKay. Il s'intéressait aux mêmes légendes concernant les vieilles mines. Mais à ma connaissance, ils ne disposent d'absolument rien, à l'exception de présomptions.

– Est-ce que cela vous ennuie si je vous appelle de temps en temps pour vous demander si une enquête de style criminel se prépare sur Denton ?

– Lieutenant, ce n'était même pas la peine de me poser la question. Bien sûr que cela ne m'ennuie pas. Si je sais quoi que ce soit, je vous en tiendrai informé. Le problème, c'est qu'il se peut que je n'en sache rien. On pourrait se renvoyer le service. Si vous apprenez quelque chose, vous me le dites.

– Encore une question. Est-ce que vous pensez que cette mine du Veau d'Or, soit elle soit autre chose, se trouve dans Coyote Canyon ?

– Je ne crois pas à ces mines légendaires, répondit Chee. Quand j'étais gosse, je me disais qu'un jour je me mettrais en quête de la mine Adams perdue, ou peut-être de celle du Hollandais perdu, et parfois, quand j'allais fouiner dans le lit des arroyos, je creusais dans le sable mouillé et je faisais comme si je cherchais des paillettes d'or. Mais non. J'ai grandi. Peshlakai a dit qu'il y avait des dépôts de quartzite là-haut, et il y a probablement un peu de poussière d'or qui est emporté vers l'aval quand il nous arrive d'avoir un été bien arrosé. Peut-être que lors d'une de ces années pluvieuses il y en a eu assez qui a été entraîné dans le canyon pour donner naissance à cette légende.

– Vous n'avez donc pas envie de la trouver ?

Chee rit.

– L'or engendre des problèmes. Ce n'est pas ce que je recherche.

17

Malheureusement pour Joe Leaphorn, Denton avait dépensé beaucoup d'argent pour son équipement d'enregistrement des conversations téléphoniques. C'était du matériel tout récent, installé par un technicien, et il disposait donc de sonneries et signaux sonores ultra-modernes ainsi que d'un manuel d'instructions de vingt-quatre pages écrit dans ce langage opaque que les spécialistes utilisent pour exclure de leur science les non-initiés. Leaphorn avait entassé les bandes de répondeur accumulées dans un ordre chronologique inverse précis, perdu un quart d'heure en tentatives pour écouter la première et fini par appeler Mme Mendoza. Elle lui montra comment insérer la bande correctement dans la fente adéquate, quels boutons enfoncer pour revenir en arrière, ré-écouter, régler le volume et ainsi de suite.

Ceci fait, il mit les écouteurs et s'immergea dans le monde étrange des gens qui lisent les petites annonces : les esseulés, les solitaires, les sans amour, ceux qui sont en colère, ceux qui souhaitent apporter leur aide, les prédateurs. Le premier correspondant qui se manifesta à son oreille s'inscrivait dans cette dernière catégorie.

– J'ai lu votre annonce dans l'*Arizona Republic*, disait-il. Je crois savoir où se trouve votre épouse. J'étais chez Denny's pour déjeuner et il y avait une femme à la table voisine. Jolie fille, mais elle avait l'air, comment dire, vraiment nerveuse et stressée, elle parlait à quelqu'un sur son portable. De temps en temps, elle pleurait. À un moment elle a dit qu'elle avait fui un homme nommé Wiley. La personne à qui elle parlait, elle lui annonçait qu'elle voulait rentrer mais qu'elle avait peur que ce Wiley ne veuille pas d'elle, et elle lui indiquait où elle logeait.

C'était ici, à Phoenix. Sous un autre nom, elle lui a dit. J'ai noté tout ça, l'adresse ainsi que le nom de famille qu'elle associait à Linda. Je vous les dirais bien tout de suite, mais je suis complètement raide et j'ai besoin d'une petite contribution financière pour ça, là. Je vais vous donner le numéro auquel vous pouvez me contacter. Appelez-moi à trois heures précises, n'importe quel jour de la semaine.

Il faisait suivre ce message d'un numéro de téléphone et raccrochait.

Leaphorn vérifia la première annotation dans le registre que Denton rangeait à côté du téléphone.

Appel 1. Haley a découvert que le numéro de téléphone correspond au Centre des Congrès de Phoenix. Le type a décroché à la deuxième sonnerie à trois heures précises. Il m'a dit qu'il savait exactement où se trouvait Linda. Que si j'envoyais mille dollars à sa boîte postale, il me rappellerait, me fournirait son adresse, la surveillerait jusqu'à ce que j'arrive. La description ne correspond pas à Linda. Haley dit qu'un homme est arrivé dix minutes avant mon appel. Il a attendu, a décroché, est reparti. Il l'a suivi jusqu'au parc des caravanes qui se trouve sur la sortie sud. Haley s'est renseigné auprès de sources qu'il connaît à la police de Phoenix. Individu libéré sous condition.

Leaphorn posa les écouteurs et se mit en quête de Wiley Denton. Il trouva Mme Mendoza qui manipulait le mixeur dans la cuisine. Elle pensait que Denton était « parti quelque part ». Il avait pris sa voiture quelques minutes auparavant. Mme Mendoza était-elle au courant, pour le répondeur et le registre recensant les appels ? Pas vraiment, lui répondit-elle, mais elle se rinça les mains, les essuya et le suivit dans la chambre vide où le matériel d'écoute était installé.

— Il a commencé à faire ça pendant qu'il était en prison, expliqua-t-elle. Il nous demandait de lui apporter les bandes. Il disposait d'un lecteur, il prenait des notes et il indiquait à George ce qu'il voulait qu'il fasse.

— Qui est ce Haley dont il parle dans sa première annotation ?

– L'avocat de M. Denton avait conclu un accord avec une compagnie de sécurité. Enquêtes et Surveillances Haley. Quel que soit l'employé que cette société faisait travailler pour lui, il les appelle tous Haley.
– Ça a dû lui coûter une fortune.
– L'argent.

Elle eut un bruit de mépris, secoua la tête et feuilleta rapidement le registre, expliquant le système appliqué pour dater les appels, les codes et les abréviations utilisés. Leaphorn la remercia et se remit au travail.

L'appel suivant était une protestation contre la faible somme promise en récompense dans le *Boston Herald* et laissait un numéro à rappeler si Denton était prêt à la doubler. Il était suivi de celui d'une femme dont la motivation était la haine et non la cupidité. Elle ignorait où se trouvait Linda, mais elle savait qu'elle ne reviendrait jamais. Elle s'était enfuie parce que son mari la maltraitait. Maintenant elle était libre, heureuse enfin.

Leaphorn passa sur la fin de ce message et commença à écouter un personnage qui se disait certain que Linda avait été enlevée par des extra-terrestres. Il adopta ensuite une politique lui permettant de gagner du temps en jugeant rapidement si le correspondant avait la moindre information intéressante à communiquer ou non.

Au bout d'environ deux heures, il conclut que son idée n'était pas bonne. Tout ce qu'il apprenait concernait le caractère bizarre de cette frange de la population qui répond aux petites annonces. Ils étaient très peu à exprimer de la compassion à l'égard d'un homme qui avait, pour une raison ou une autre, perdu la femme qu'il chérissait. Mais la plupart des appels avaient pour motivation l'appât du gain, une sorte de trouble de l'imagination, de délire, ou de pure méchanceté.

Puis vint un appel d'un genre différent. Une voix de femme, inquiète et triste.

– Vous devez être Wiley Denton, disait-elle, et je voudrais pouvoir vous aider à retrouver Linda, mais ça m'est impossible. Je voulais juste que vous ne pensiez pas qu'elle vous a trompé. J'ai entendu des gens colporter ça, qu'elle était de mèche avec Marvin, mais ce n'est pas vrai. Pas du tout. J'en suis absolument sûre. Avant, je discutais souvent avec elle, au restaurant où elle travaillait avant de vous épouser. C'était une jeune femme adorable. Je prie pour que vous la retrouviez.

Leaphorn écouta à nouveau ce message. Et encore. Puis il retira le casque. Il écouterait d'autres appels plus tard. Peut-être tous. Mais dans l'immédiat, il voulait trouver cette femme à la voix triste.

18

Wiley Denton était maintenant revenu de sa destination inconnue, mais il ne fut pas d'une grande aide.
– Qui ça ? demanda-t-il.
Puis, quand Leaphorn lui expliqua, il fit un bruit méprisant et dit :
– Oh, ouais. Elle. Ça devait être la petite amie de McKay, mais elle ne savait rien du tout. Ou si elle savait quelque chose, elle ne voulait pas l'admettre.
– Vous l'avez retrouvée et vous lui avez parlé ?
Denton n'était pas de bonne humeur.
– J'étais toujours en détention à ce moment-là, vous vous souvenez ? Alors j'ai demandé à mon avocat d'aller la voir. En tout cas il m'a facturé son temps, et tout ce qu'elle a accepté de lui dire c'était qu'au fond de son cœur, Marvin était quelqu'un de bien, qu'il aimait seulement se faire de l'argent sans se fatiguer et qu'il ne courait pas après Linda.
– Vous avez conservé son adresse ?
– Elle est dans le dossier, je pense. Mais merde, si c'est ce que vous avez trouvé de plus intéressant jusqu'à maintenant, je dirais que vous perdez votre temps.
Néanmoins, il fournit le nom et l'adresse. Elle s'appelait Peggy McKay et habitait une des rangées de très petites maisons en parpaings construites dans les années 1920 quand Gallup était un centre ferroviaire et charbonnier en pleine expansion.
– Peut-être y habite-t-elle toujours, dit-il. Mais j'en doute. Ce genre de femme, ça bouge beaucoup.
La personne qui se présenta à la porte en réponse au coup qu'il venait de frapper était plus jeune qu'il ne s'y était attendu, ce qui lui fit penser que Denton ne s'était peut-être pas trompé.

– Oui, dit-elle en souriant. Que puis-je faire pour vous ?

– Je m'appelle Joe Leaphorn. Et je suis à la recherche de Mme Linda Denton.

Le sourire disparut et tout à coup elle eut à tous égards l'air assez âgée pour être la veuve de McKay. Elle recula d'un demi-pas sur le seuil.

– Oh. Oh. Linda Denton. Mais je ne sais rien qui pourrait vous aider, pour ça.

– J'ai écouté ce que vous avez dit à M. Denton, quand vous lui avez téléphoné. C'était gentil de votre part de l'appeler et il a le même sentiment que vous à ce sujet. Qu'il n'y avait rien entre elle et M. McKay. Mais il lui est impossible d'abandonner l'idée qu'il peut parvenir à la retrouver en fin de compte. Il m'a demandé de l'aider et j'ai dit que je ferais ce que je pouvais. Maintenant j'essaie de m'assurer que je comprends bien ce qui s'est passé ce jour-là.

Elle porta une main à son visage.

– Oh, oui. Moi aussi, je voudrais bien comprendre.

– Est-ce que je pourrais vous poser quelques questions ? Juste sur ce jour-là ?

Elle hocha la tête, lui fit signe d'entrer, l'invita à s'intaller dans un fauteuil confortable et poussiéreux, à côté du poste de télévision, lui demanda s'il souhaitait un verre d'eau puis s'assit sur le canapé et attendit en fixant son regard sur lui et en tordant ses mains sur ses cuisses.

– Je suis policier à la retraite. Je suppose que je continue à réfléchir comme quand j'étais en exercice. Ce que j'espère, c'est vous convaincre de vous remémorer ce jour afin de le recréer pour moi, dans la mesure du possible.

Mme McKay détourna le regard, contempla la pièce.

– Tout est en désordre, dit-elle. Je viens de rentrer de l'hôpital.

Tout était effectivement en désordre. Chaque surface plane était envahie de tas désordonnés. Les endroits usés de la moquette étaient d'une certaine façon camouflés par des décolorations qu'il supposa dues à des taches de café, à des miettes écrasées et à des fragments divers provenant d'une chose ou d'une autre ; et l'angle proche du canapé accueillait une haute pile de vieux journaux, de magazines, de publicités commerciales, etc.

– De l'hôpital ? Quelqu'un de votre famille est malade ?
– J'y travaille. Je suis secrétaire médicale. Je tiens les dossiers des patients, je tape les rapports. Je travaillais, ce jour-là. J'essayais...

Elle repoussa une mèche de cheveux noirs, se cacha le visage dans les mains, aspira profondément en frissonnant.

– Excusez-moi, dit-elle.
– Je suis désolé.
– Il n'y a pas de quoi, c'était juste le souvenir. Ce jour-là, j'essayais de rattraper tout mon retard parce qu'on devait partir en week-end à San Diego. Marvin avait l'intention de finaliser un accord sur lequel il travaillait avec M. Denton, d'empocher l'argent que M. Denton lui payait, et on avait des réservations pour l'Amtrak l'après-midi suivant. On devait aller nager, voir Sea World, enfin, le parc d'attractions des poissons... et je crois que plus que tout, c'était le voyage en train que j'attendais avec impatience...

Elle lui adressa un sourire un peu gêné.

– ... J'ai beau avoir mon âge, je n'avais jamais pris le train. Bien sûr, on en voit passer tous les jours, ici, à Gallup, et quand on était bloqué au passage à niveau parce qu'il y en avait un qui arrivait, je faisais des signes aux gens dans les wagons panoramiques et Marvin me disait : « Peggy, dès que cette affaire sera conclue, on partira en congé en prenant l'Amtrak. » La veille au soir, quand il est rentré, il m'a annoncé qu'à son avis, cette fois c'était bon. Il avait tous les éléments qu'il voulait et M. Denton avait exprimé son accord. Alors je me suis organisée pour prendre une partie de mes congés.

Sur ces mots, elle marqua une pause. Leaphorn se dit qu'elle se remémorait les plans faits ce jour-là, qu'elle organisait ses pensées. Elle soupira, secoua la tête.

– Il m'a appelée, je crois que c'était à peu près au milieu de la matinée. Il m'a dit qu'il ne pourrait pas être en ville pour déjeuner. Qu'il mettait le point final aux derniers éléments encore en suspens. Il avait l'air très content. Exubérant. Il m'a dit qu'il venait de parler avec Denton, que ce dernier avait l'argent qu'il devait lui remettre chez lui, et qu'il allait passer le chercher.

– Est-ce qu'il vous a dit d'où il appelait ?
– Non. Mais je me souviens qu'il a précisé qu'il devait d'abord faire un crochet par Fort Wingate.
– Vous a-t-il dit ce qu'il allait y faire ?
Elle fit non de la tête.
– Vous a-t-il signalé qu'il était avec quelqu'un ?
– Non.
– Pouvez-vous vous souvenir d'autres choses qu'il ait pu vous dire lors de ces appels ?
Elle fronça les sourcils en réfléchissant.
– Eh bien, dans le premier, il m'a dit que Denton avait eu tout un tas d'exigences. Il voulait que Marvin lui donne pratiquement toutes les indications sur l'endroit où se trouvait la concentration aurifère, et Marvin lui a répondu qu'il n'en était pas question. Pas tant qu'ils n'auraient pas conclu l'accord. Il m'a dit ensuite que Denton voulait seulement connaître la zone approximative. Dans quelle direction c'était par rapport à Fort Wingate. Ce genre de truc. Marvin lui a dit que c'était au nord. Et Denton a demandé : « Au nord de l'Interstate 40 ? » Alors Marvin lui a dit oui. Que quand il arriverait chez lui, il lui donnerait tous les détails, il lui montrerait même des photos de la série d'écluses servant à l'exploitation de la poussière d'or dans le lit du canyon.
– Des photos, reprit Leaphorn. Est-ce que vous les aviez vues ?
Elle hocha la tête.
– Elles n'étaient pas très bonnes. On ne voyait pas grand-chose. Juste de vieux rondins pourris à moitié enterrés dans le sable et un bouquet d'arbres au fond. Marvin n'était pas terrible, comme photographe.
– Est-ce que votre mari vous a jamais dit où cette mine perdue se trouvait ?
– Je suppose que oui, d'une manière un peu générale. Un jour où je lui posais la question, il m'a demandé si je me souvenais de la fois où on était allé à la vente aux enchères de couvertures, à Crownpoint, et où on avait pris cette route qui bifurque en direction de l'est, quand on est sur la 666, et je lui ai dit que je m'en souvenais. Il m'a dit que c'était là-haut, à l'écart, sur la droite quand on est à peu près à mi-chemin de Crownpoint.

– En prenant à l'est sur la Route Navajo 9 ?
– Oui, je crois que c'est celle-là. Si nous avions une carte, je pourrais vous le confirmer sans problème.

Pour une fois, il n'en avait pas. Mais il n'en avait pas besoin.

– Est-ce que M. McKay avait ces photos sur lui quand il est allé voir Denton ?
– Je pense. Il avait rangé plein de documents dans sa mallette avant de partir, ce matin-là. Et...

Elle se tut, baissa les yeux, se passa la main sur le visage.

– ... Et quand j'ai appris ce qui s'était passé, après que le shérif soit venu en parler avec moi, j'ai cherché dans ses affaires et les photos n'y étaient plus.

– Que vous a-t-il dit dans son deuxième appel ?
– Eh bien, il m'a dit qu'il serait peut-être un peu en retard, fit-elle en se forçant à sourire. Plutôt ironique, non ? Après il m'a dit qu'il était un peu préoccupé à cause de ces questions que Denton lui avait posées. Comme s'il essayait d'obtenir les renseignements qu'il voulait, sans les payer. Il m'a dit que juste au cas où Denton préparerait un coup tordu, un truc en douce, il prenait ses précautions de son côté. Il m'a dit de ne pas retarder le dîner à cause de lui. S'il arrivait tard, on irait manger dehors.

– Est-ce qu'il a précisé en quoi consistaient ces précautions ?

Elle secoua la tête.

– Je crois qu'il a appelé ça « juste une petite assurance au cas où, un plan de repli ».

– Pas de détails ?
– Non. Il m'a dit qu'il fallait qu'il y aille.

Leaphorn choisit de laisser le silence s'appesantir. Les Navajos sont éduqués à respecter des silences de politesse, mais depuis bien longtemps il savait que cela engendre un malaise chez la majorité des *belagaana*. Ce fut le cas pour Peggy McKay.

– Et il a ajouté qu'il me verrait d'ici quelques heures. Qu'il m'aimait.

Leaphorn se contenta de hocher la tête.

– Tout le monde croit que c'était un escroc, je le sais bien, et sans doute que vu la façon dont les lois sont rédigées, c'était parfois le cas. Mais c'était seulement sa manière à lui de gagner sa vie, et il le faisait toujours de telle sorte que les gens n'en souffrent jamais gravement.

– Pour vous, est-ce que ce qu'il vendait à M. Denton correspondait à ce que celui-ci voulait acheter ?
– Vous voulez parler de l'emplacement de la mine, celle qu'on appelle le Veau d'Or, c'est ça ?
– Oui.
– Personnellement, je n'ai jamais beaucoup cru à ces histoires de trésors, répondit-elle. Mais oui. Marvin avait beaucoup travaillé sur cette affaire du Veau d'Or. Cela faisait plus d'un an. Je crois qu'il lui vendait tout ce dont il pouvait avoir besoin pour la trouver. Allez savoir quoi exactement. Oui, je le crois.
– Est-ce que vous pensez qu'il a braqué un pistolet sur Denton ?
– Non. Denton l'a inventé, ça.
– La police a retrouvé le pistolet.
– Marvin n'en possédait pas. Il n'en a jamais eu. Il n'aimait pas les armes. Il disait que quand on faisait le même genre de travail que lui, il fallait être cinglé pour porter une arme.
– Vous l'avez dit aux enquêteurs ?
– Bien sûr. Ils ont semblé considérer que c'était le genre de déclaration à laquelle on pouvait s'attendre de la part d'une épouse. Et plus tard, quand le procès a eu lieu, je l'ai répété au procureur. Il m'a répondu que la trace de ce pistolet n'existait nulle part, dans aucune archive, et qu'il leur avait été impossible d'en retrouver l'origine.
– Oui, confirma Leaphorn. C'est souvent le cas.
– Pour eux, ça semblait être un fait acquis que je mentais. L'affaire était close. Marvin avait un casier judiciaire. Il était mort. Et M. Denton reconnaissait qu'il l'avait tué. Pourquoi se casser la tête ?

Leaphorn se dit qu'elle venait probablement de résumer la situation à la perfection. Mais il se borna à acquiescer. Il réorganisait ce que Peggy McKay venait de lui dire. Il se disait que la mort de Marvin McKay ressemblait terriblement à un assassinat prémédité et soigneusement préparé. Ce qui lui laissait deux énigmes à résoudre. Celle avec laquelle il était venu : Linda Denton manquait toujours à l'appel, sans aucune explication valable. Et une nouvelle. À moins d'envisager la folie, il ne voyait pas la moindre raison que Denton aurait pu avoir de tuer Marvin McKay.

19

– Je sais que tu n'as jamais eu de grands penchants pour la méthodologie des universitaires, dit Louisa à Leaphorn, mais bon sang, ça ne te paraît pas logique, quand tu essayes de résoudre un problème, de réunir toutes les informations disponibles ?

Son incapacité à trouver une bonne réponse à cette question avait incité le Légendaire Lieutenant à appeler Jim Chee à son bureau de Shiprock. Le sergent se rendait à une réunion au quartier général de la Police Tribale Navajo, à Window Rock, lui annonça la secrétaire, mais elle allait demander au standardiste de le contacter et de lui dire de rappeler son ancien supérieur. Et les choses se passèrent ainsi. Leaphorn expliqua à Chee qu'il commençait à avoir des doutes sérieux sur le rôle joué par Wiley Denton dans la mort de McKay. Il lui demanda s'il avait des éléments nouveaux qui puissent étayer l'idée d'un lien entre les homicides de McKay et de Doherty.

– Pas moi, répondit Chee. Mais je pense qu'Osborne a très bien pu mettre un certain nombre de choses bout à bout. Et il se peut que nous soyons sur le point de commettre une erreur. Est-ce que nous pourrions nous voir pour en parler ?

– Quelle erreur ?

– Le Bureau a déposé une demande de mandat pour aller perquisitionner chez Peshlakai.

– Une mauvaise idée ?

– Je ne me représente pas Peshlakai tuant qui que ce soit. Mais quand on investit trop de temps sur un suspect, on a tendance à être obnubilé par lui. Je suis en avance, de toute façon. Est-ce que ça vous convient, si je m'arrête chez vous avant d'aller me présenter au bureau ?

– Le café sera sur le feu.
– Préparez aussi une tasse pour l'agent Manuelito. L'homicide de Doherty lui revient de droit. (Il rit.) À mon avis, en tout cas. Nous serons là dans environ quarante-cinq minutes.
– L'agent Manuelito est avec vous ?
– Oui, confirma Chee sans fournir d'explication.

Pour Leaphorn, au terme d'une demi-existence passée dans les rangs de la Police Tribale Navajo, et donc couturé de cicatrices comme il l'était par des années de contacts avec différentes agences fédérales chargées du maintien de l'ordre, aucune explication n'était nécessaire. L'agent Manuelito avait été désignée par les fédéraux pour leur servir de bouc émissaire attitré dans le cadre du meurtre difficile de Doherty. Le fait qu'elle ait fait n'importe quoi sur les lieux supposés du crime n'avait pas été rattrapé par sa découverte du véritable endroit où il s'était produit. La réunion à laquelle Chee était convoqué avait probablement été provoquée par un bureaucrate chargé du maintien de l'ordre au sein du Bureau des Affaires Indiennes, et réunirait l'enquêteur dépêché par ce service, un membre du FBI, quelqu'un qui se situait tout en haut de l'échelle au sein de l'administration judiciaire de la Nation Navajo, en plus de diverses autres personnes, et Chee avait amené Bernie avec lui pour qu'elle puisse se défendre et expliquer comment elle avait découvert le lieu où la victime avait, semblait-il, véritablement été abattue.

Le temps que la voiture de Chee se range sur l'allée, Louisa avait mis la table de la cuisine pour quatre personnes. Les vieilles et énormes tasses de Leaphorn avaient retrouvé leur place sur l'étagère, remplacées par des petites tasses sur des soucoupes, et chacun des quatre emplacements préparés par ses soins était doté d'une serviette, d'une cuiller et d'une assiette à petits gateaux.

Louisa se rendait à Towaoc, sur la Réserve Indienne de Ute Mountain où elle espérait rencontrer un vieux monsieur ute, prétendument dépositaire d'un récit, qu'il tenait de son arrière-grand-père maternel, sur les affrontements entre Utes et groupes de guerriers comanche dans les années 1840, et elle s'était arrêtée en chemin.

– Mais cela peut attendre, avait-elle dit. Si ça ne te dérange pas, je vais rester dans le coin, histoire de découvrir ce que devient ton mystérieux homicide.

– Ce n'est pas le mien, avait répondu Leaphorn.

Il n'avait pas su trouver un moyen de lui faire comprendre qu'il vaudrait peut-être mieux qu'elle parte vaquer à ses tâches universitaires en laissant les meurtres aux policiers. D'autant qu'il n'en était plus un.

Quand les vrais policiers arrivèrent, d'ailleurs, ils n'en parurent pas gênés. En réalité, Bernadette eut l'air contente. Elle et Louisa s'entendaient bien et le professeur Bourebonette l'accueillit en la serrant dans ses bras. Mais Chee avait une réunion qui l'attendait. Il regarda sa montre, puis Leaphorn.

– J'ai discuté avec Mme Marvin McKay, dit ce dernier en allant droit au but, et elle m'a dit plusieurs choses qui ne manquent pas d'intérêt. Premièrement. D'après elle, McKay n'avait pas de pistolet. Il n'en a jamais eu. Il disait toujours qu'il fallait être cinglé pour être armé.

Chee hocha la tête. Attendit. Sachant que Leaphorn ne serait pas surpris de le voir douter.

– Le pistolet que la police a trouvé par terre à côté du cadavre de McKay était un revolver de calibre trente-huit. Un Colt vieux et lourd avec un canon d'une longueur moyenne. Trop gros pour tenir dans une poche de pantalon. Je l'ai glissé dans la poche de sa veste... un vêtement en cuir, onéreux. C'est tout juste si j'ai pu le faire rentrer en forçant. Et c'était dur de l'en retirer. Denton m'a déclaré que McKay a sorti l'arme de sa poche de veste au moment où il se préparait à partir, emportant la mallette qui contenait l'argent en plus de la sienne. Pas facile à faire, mais réalisable, je suppose.

Il jeta un regard à Chee, le trouva apparemment plus intéressé, moins sceptique.

– On en arrive au point numéro deux. Pas de trou dans la veste. Pas de sang dessus. Et pas de veste sur le corps de McKay quand les forces de l'ordre sont arrivées. Elle était drapée sur le dossier d'un siège. Ce qui paraît indiquer clairement que Denton n'a pas tiré au moment où McKay partait.

Il regarda à nouveau Chee, puis Bernie. Tous deux acquiescèrent.

— Je me retrouve à me demander pourquoi Denton m'a menti à ce sujet. Ce qui nous amène à considérer plusieurs autres éléments.

Il exposa ce que Mme McKay lui avait raconté à propos de l'appel de son mari, les questions de Denton concernant l'emplacement de la mine et la description uniquement vague que McKay lui avait fournie. Ce qui conduisit Leaphorn à l'étrange énigme des deux cartes.

— Si nous en croyons Mme McKay, son mari a affirmé à Denton qu'il lui vendait une carte avec le site d'une mine sur Mesa de los Lobos. Mais Denton m'a déclaré qu'il a essayé de lui vendre un emplacement situé à l'extrémité sud-est des Monts Zuñi. Je ne vois pas quelle raison elle aurait de mentir là-dessus. Et Denton ? Vous voyez quel intérêt il aurait à m'égarer, pour ça ? Vous avez une idée là-dessus ? Ou sur le reste ?

Chee rompit le silence prolongé.

— Si nous considérons que le meurtre de McKay était un homicide avec préméditation, j'ai le sentiment que cela rend un lien avec celui de Doherty beaucoup plus plausible. Je me trompe ?

— Ce serait possible si nous parvenions à trouver le mobile de l'un ou de l'autre, intervint Bernie.

— À qui appartiennent ces terres ? interrogea Louisa.

Elle se leva et s'approcha de la cafetière.

— Est-ce que vous avez découvert quoi que ce soit qui établisse un lien entre McKay et Doherty par le passé ? demanda Chee. Quelque chose qui puisse justifier qu'il aille inspecter les effets personnels de McKay au bureau du shérif, et qui soit différent de cette histoire de Veau d'Or ?

— Pas à ma connaissance. Pour vous dire la vérité, jusqu'à maintenant, je n'ai pas beaucoup réfléchi au meurtre de Doherty. Jusqu'au moment où je me suis demandé s'il pourrait fournir une explication à cette étrange affaire de Denton et de ses fichues cartes.

Louisa revenait avec la cafetière de Leaphorn. Elle versa une tasse à chacun.

— L'un ou l'autre d'entre vous est-il allé vérifier qui est propriétaire de ces terres autour desquelles tourne toute cette histoire de carte ?

– À mon avis, elles doivent pouvoir appartenir à peu près à n'importe qui, lui répondit Leaphorn. Elles s'inscrivent dans les Mille Parcelles. Certaines sont réservées à la tribu navajo et peuvent être cédées par bail. D'autres ont été attribuée aux chemins de fer puis revendues à des propriétaires variés. D'autres encore dépendent du Bureau de l'Attribution des Terres et celles-là sont vraisemblablement louées à des fins d'élevage. Il y en a peut-être une petite portion qui appartient au Service des Forêts, mais j'en doute.

– Vous savez, intervint Bernie, je crois que la question du professeur Bourebonette est excellente.

– Oui, reconnut Leaphorn. Cela pourrait nous apprendre quelque chose.

– Je vais m'en occuper, déclara Louisa.

Leaphorn étouffa un rire.

– Louisa a travaillé dans l'immobilier à une époque. Un court moment, quand elle était étudiante.

L'expression de l'universitaire montra qu'elle n'appréciait pas le ton de la remarque.

– Quand j'étais étudiante, mais aussi en dernière année, et quand j'étais assistante d'université, et maître assistante, précisa-t-elle. Je faisais ce qu'il faut pour gagner sa vie de manière à peu près décente quand on est dans l'univers des études supérieures. J'étais chargée de vérifier les titres de propriété, de m'occuper des crédits, et je touchais un peu à l'estimation des prix. Par conséquent, oui, je sais comment trouver le détenteur d'un titre de propriété.

– Parfait, dit Chee. Ça ne peut pas nous faire de mal de le savoir.

– Une autre question que je veux soulever, ajouta Leaphorn qui était très désireux de changer de sujet. Voir si vous avez des suggestions. Selon Mme McKay, son mari s'était gardé « juste une petite assurance au cas où, un plan de repli », si jamais Denton avait l'intention de l'escroquer. Quelqu'un aurait des idées là-dessus ?

Ils en débattirent tout en buvant leur café. Mais personne ne trouva une réponse qui paraisse acceptable aux yeux de Leaphorn.

– Et finalement, qu'est-ce que vous dites de celle-ci ? Comment l'individu qui a tué Doherty s'est-il débrouillé pour rentrer chez lui ? Je doute que le vieux Hostiin Peshlakai ait pu franchir à pied la distance séparant la frontière de l'Arizona de son hogan. Et je doute que Wiley Denton soit un grand marcheur. Si vous êtes d'accord avec ce que je viens de dire, qui était le complice et comment tout cela s'est-il organisé ? (Il se tourna vers Chee.) Si l'agent Osborne s'apprête à faire de Peshlakai son suspect officiel, comment a-t-il résolu cet écueil ?

Chee rit.

— Je me suis moi-même posé la question. Si les fédéraux disposent d'une réponse, ils ne m'en ont pas fait part.

— Hostiin Peshlakai possédait un téléphone portable, intervint Bernie.

— Quoi ! s'exclama Chee. Comment le savez-vous ?

— Il était dans une boîte de bottes, sur une étagère, avec un certain nombre de ses objets cérémoniels.

Chee parut pris de honte, secoua la tête.

— J'ai bien remarqué cette boîte, avoua-t-il. Ses récipients à pollen, sa bourse à *medicine*, d'autres objets. Mais il faut croire que je n'ai pas bien regardé.

— Enfin bon, dit Leaphorn, voilà qui pourrait résoudre le problème en ce qui concerne Peshlakai. Peut-être s'est-il éloigné du camion de deux ou trois kilomètres avant de contacter un ami pour qu'il vienne le chercher.

Il réfléchit un moment puis ajouta :

— Ou quelque chose d'approchant.

— Mais je me demande combien ils sont, parmi les amis de Peshlakai, à avoir un téléphone, objecta Bernie.

— Si on retourne les choses, proposa Chee, Denton se sert de son portable pour appeler George Billie, le Navajo qui travaille pour lui.

— Ou alors, fit Leaphorn en riant, Denton s'en sert peut-être pour appeler Peshlakai et tout arranger. Qu'est-ce que vous en diriez, pour établir un lien entre vos deux homicides ?

— Ça marcherait impeccablement, dit Bernie. Il ne nous resterait plus qu'à trouver un mobile qui fonctionne à la fois pour un magnat blanc, hyperriche, travaillant dans l'exploitation des gisements de pétrole, et un shaman navajo d'une pauvreté absolue.

20

D'un point de vue purement technique, ce n'était pas la journée de congé du sergent Chee, mais il l'avait inscrite comme jour de repos dans le registre parce qu'il ne voulait pas qu'un de ses supérieurs hiérarchiques exige de savoir à quoi il l'avait consacrée. Son intention avait été de s'en servir pour éliminer tous les doutes qu'il pouvait avoir sur l'innocence de Hostiin Peshlakai. Son instinct de Navajo traditionaliste lui soufflait que le vieil homme n'était pas coupable du meurtre de Thomas Doherty, pas plus que de n'importe quel autre. Néanmoins son instinct de policier était en conflit avec cette idée. Il désirait résoudre le problème et avait imaginé une façon de s'y prendre. Son raisonnement était le suivant.

Si, comme il en avait la certitude presque absolue, Peshlakai était un *medicine-man* navajo profondément croyant et éduqué dans les règles, il évitait la violence. Mais si les circonstances l'y avaient poussé, s'il avait tué quelqu'un, il devait être assailli par la culpabilité, sachant qu'il avait violé les lois établies par différents membres du Peuple Sacré. Par conséquent, il serait en quête d'une cérémonie destinée à le guérir de la maladie causée en enfreignant ces tabous. Les shamans ne peuvent pas se guérir eux-mêmes.

La première étape, décida-t-il, consistait à poser la question directement à l'intéressé. Il appela le siège du FBI à Gallup, demanda à parler à Osborne et voulut savoir s'il avait vu que Peshlakai disposait d'un téléphone portable dans son hogan. Osborne l'avait remarqué. S'était-il procuré le numéro pour vérifier les appels que le shaman avait passés ? C'était en cours. Chee s'enquit de ce numéro.

– Vous voulez l'appeler ? interrogea Osborne. À quel sujet ?

— Pour une question d'ordre médical. Je veux lui demander quel rite guérisseur il me recommanderait. Vous savez, pour m'être retrouvé mêlé à cette affaire de meurtre.

Un moment de silence s'ensuivit pendant qu'Osborne essayait d'analyser cette information.

— Je suis encore nouveau ici, dit-il. Vous avez un traitement spécial pour ces choses-là ? Comme s'il s'agissait d'un infarctus ou d'un truc de ce genre ?

— Je pense que l'analogie serait meilleure avec un traitement psychiatrique. L'important, c'est que les événements qui sont générateurs de stress génèrent une rupture d'harmonie entre l'individu et son environnement.

Chee regrettait de s'être aventuré sur ce terrain. Il se racla la gorge avant de poursuivre.

— Par exemple, si vous avez...

— Bon, d'accord. Je vous reposerai la question à un autre moment.

Et il lui dicta le numéro de téléphone.

Chee le composa, n'obtint pas de réponse, se dit que de toute façon ce n'était pas une si bonne idée que ça de poser la question à Peshlakai. Il allait adopter une approche moins directe. Il contacta deux chanteurs jouissant d'une grande considération, dont l'un était membre de l'Association Navajo de *Medicine* Traditionnelle et l'autre un traditionaliste qui considérait l'ANMT comme trop moderne et libérale. Tous deux établirent une liste comprenant une version de la Voie de la Fourmi Rouge, la Voie de la Grande Étoile et celle de l'Élévation comme choix prioritaires si le malade avait été exposé à une mort violente ou au cadavre de la victime d'un meurtre. Cela correspondait à ce que Chee avait appris au cours de ses propres tentatives pour devenir chanteur. L'étape suivante consistait à trouver un *yataali* qui exécutait encore ces chants, des cérémonies qui impliquaient une intervention auprès des *yei* qui avaient quitté le Monde de la Surface de la Terre pour retourner à l'existence précédant la formation complète de l'humanité.

Une succession de coups de téléphone à des anciens lui procura le nom de quatre shamans qui exécutaient un ou plusieurs de ces rites rarement utilisés. Peshlakai lui-même était du nombre, car il chantait parfois la Voie de la Grande Étoile. Il y avait aussi Frank Sam Nakai, l'oncle maternel de Chee, qui l'avait guidé dans son apprentissage pour devenir *yataali* et était récemment décédé d'un cancer. Sur les deux qui restaient, Ashton Hoski lui sembla être celui que Peshlakai aurait choisi. Comme lui, ce *yataali* était trop traditionaliste pour demeurer dans l'Association des *Medicine-Men*. Il connaissait la Voie de l'Élévation et celle de la Grande Étoile, et il habitait près de Nakaibito, à moins de quatre-vingts kilomètres à l'ouest de l'endroit où vivait Peshlakai. Le dernier postulant habitait loin, très loin à l'ouest près de Rose Well, sur le mauvais versant du Plateau de Coconino. Il était peu vraisemblable que Peshlakai le connaisse.

Chee se mit donc en route pour Nakaibito afin de rendre visite à Hostiin Ashton Hoski et d'obtenir la confirmation de l'innocence de Hostiin James Peshlakai. Il avait passé toute la matinée en recherches téléphoniques et sauta le déjeuner. Au comptoir d'échanges de Nakaibito, il prit un sandwich jambon-fromage dans la glacière, l'apporta à la caisse et paya.

– Je suis à la recherche d'Ashton Hoski. On dit qu'il est *yataali*.

L'homme qui tenait le comptoir lui rendit sa monnaie. Grand-Père Hoski, lui expliqua-t-il, n'allait sûrement pas être chez lui aujourd'hui. À son avis, il devait s'occuper de ceux de ses moutons qui broutaient près de la tour de surveillance des incendies de Tho-Ni-Tsa qui appartenait au Service des Forêts.

Bonne inspiration. Le vieux pick-up Dodge dont la description lui avait été communiquée au comptoir d'échanges était garé à l'ombre d'un bouquet de pins au bord de la piste. Il n'y avait personne à l'intérieur mais un thermos et un sac qui pouvait contenir un pique-nique se trouvaient sur le siège. Chee sélectionna un rocher confortable et bien ombragé où il s'assit pour patienter en se livrant à quelques réflexions.

En grimpant la pente des Monts Chuska pour atteindre l'altitude où poussent trembles et épicéas, il avait pris conscience que son initiative n'allait pas sans tiraillements de doute mêlés d'un certain sentiment de culpabilité. Ce qui avait entraîné l'espoir non avoué que Hostiin Hoski serait introuvable et qu'ainsi lui serait épargné le rôle déshonorant consistant à s'assurer du bien-fondé de sa foi dans un shaman en mentant plus ou moins à un autre. Il retourna ces notions en tous sens durant quelques minutes, n'y trouva aucun réconfort et orienta ses pensées vers un domaine plus agréable. À savoir Bernadette Manuelito. Bernie lui avait touché le bras, la veille, au moment où ils repartaient de chez Leaphorn.

— Sergent Chee, avait-elle dit avant de se taire.

Et il était resté là, la main sur la poignée de sa voiture, scrutant son visage en s'interrogeant sur son expression et sur ce qu'elle s'apprêtait à lui dire. Elle avait baissé les yeux, pris sa respiration, puis l'avait regardé à nouveau.

— Je veux vous remercier pour ce que vous avez fait. Je veux dire, pour la boîte de tabac. Vous n'étiez pas obligé de faire ça pour moi, et j'aurais pu vous causer de sérieux ennuis.

Chee se souvenait qu'il avait été gêné, qu'il avait même rougi avant de hausser les épaules.

— Écoutez, je ne voulais pas que vous soyez suspendue de vos fonctions. Et de toute façon, c'est le lieutenant Leaphorn qui a remis la boîte sur les lieux du crime. Pas moi.

— Je crois aussi que je devrais vous présenter mes excuses, avait-elle ajouté. J'ai considéré comme un fait acquis que vous vous étiez contenté de rendre la boîte à l'agent Osborne en lui expliquant ce qui s'était passé. Ce qui était ni plus ni moins votre devoir, mais devoir ou pas, dans une certaine mesure je m'en sentais blessée. Ce n'était tout simplement pas juste de ma part envers vous. Ça a été extrêmement gentil à vous de faire ça pour moi.

Et tout en prononçant ces paroles, elle avait récompensé Jim Chee par le sourire le plus chaleureux et le plus affectueux qu'il ait jamais reçu dans son souvenir. Il lui avait répondu une idiotie quelconque, probablement « Oh, bon », puis il lui avait tenu sa portière et ça avait été la fin de l'épisode.

Sauf que ça n'avait été la fin de rien du tout. Pendant qu'ils roulaient en direction de Gallup et des bureaux du FBI, sur Coal Avenue, il s'était rappelé la première fois qu'une femme lui avait dit qu'il était « gentil ». Ça avait été Mary Landon avec son teint clair, ses yeux bleus et ses cheveux semblables à de la soie dorée. Il avait été pratiquement sûr qu'elle l'aimait tandis qu'elle vivait son aventure d'institutrice à peine issue de formation, devant les élèves de l'école primaire de Crownpoint. Mais pas aussi longtemps qu'il persistait à demeurer navajo, pas comme père de ses enfants, là-bas, dans le Wisconsin. Mary avait été la première, et Janet Pete la dernière. Et cela remontait à bien longtemps, quand ils échafaudaient des plans de mariage et avant qu'il n'affronte finalement, et à contrecœur, cette vérité que Janet le voyait tel qu'il serait quand elle l'aurait remodelé en un équivalent d'elle-même : une des merveilleuses composantes de l'élite habitant dans les États du Maryland et de Virginie qui ceinturaient la capitale. Elle avait vu en lui un diamant brut qu'elle avait trouvé dans l'Ouest et qui, une fois légèrement poli, deviendrait un pur joyau dans l'Est urbain, distingué et prestigieux, qui était le sien.

Et Bernadette Manuelito avait prononcé ce qui, pour lui, semblait être devenu le mot magique. Il pensa à elle. Le paysage qui s'étalait en contrebas de la tour de guet de Tho-Ni-Tsa, par cette fraîche journée de fin d'été, s'étirait presque à l'infini. Les verts vifs des trembles d'altitude, des sapins et des épicéas, cédaient la place aux teintes plus sombres des zones moins hautes où prédominaient genévriers et pins pignons. Cela se fondait rapidement dans l'immensité marron clair des pâtures. Des ombres se formaient le long des falaises escarpées de Chaco Mesa et, au sud, se dressait la silhouette bleue des San Mateo, surmontée par la flèche de Tsoodzil, la Montagne Turquoise sacrée qui veillait sur les limites sud de Dine' Bike'yah.

« Le cœur de notre pays », avait dit Bernie. « Notre Terre Sacrée. Notre Dine'tah. » Il en garderait à jamais le souvenir.

Ça avait été par un jour d'été semblable à celui-ci, avec des escadrons de cumulus qui dérivaient dans le ciel et traînaient leurs ombres derrière eux sur la vallée. Bernie était toute nouvelle dans la police navajo et il lui faisait visiter leur zone d'intervention, lui indiquant l'endroit où vivait un trafiquant d'alcool de Toadlena, le secteur d'habitation d'une famille soupçonnée de voler du bétail, certains des lieux où le relief engendrait des poches empêchant de capter les ondes de communication ainsi que ceux, favorables, où même leurs vieilles radios pouvaient établir le contact avec Shiprock ou Window Rock. Il avait fait halte à côté de la route de terre qui monte au pic Chuska afin de signaler sa position. Bernie était descendue pour prélever une autre de ces capsules de plantes qui la fascinaient. Il l'avait rejointe, se dégourdissant les jambes et décontractant les muscles de son dos en se disant qu'il n'était plus tout à fait aussi jeune qu'il l'avait été, se disant que Janet Pete était ce jour-là au tribunal à Farmington et qu'ils devaient se retrouver pour dîner le soir. Puis il s'était aperçu qu'il comparait la joie avec laquelle Bernie contemplait un paysage qui n'avait que beauté et pauvreté à offrir avec la façon dont Janet aurait réagi.

En y repensant, il prit conscience que cela avait peut-être marqué le moment où il avait commencé à se demander si la beauté et le style de la jeune et brillante avocate pouvaient suffire à combler le gouffre culturel qui les séparait.

Il méditait là-dessus quand il perçut le tintement des clochettes de moutons, et le troupeau commença à engloutir le bosquet d'épicéas au-dessus de lui. Un instant plus tard apparut un homme mince aux cheveux gris accompagné d'un chien de berger. L'homme se dirigea vers lui pendant que son chien dépassait le troupeau en courant et le guidait vers une prairie située en contrebas.

Chee se leva, s'identifia en énumérant son clan et ses proches, attendit que l'homme aux cheveux gris se présente comme étant Ashton Hoski.

– On dit que vous êtes *yataali* et que vous pouvez exécuter la Voie de l'Élévation et aussi la Voie de la Grande Étoile.

– C'est exact, confirma Hostiin Hoski en riant. Des années s'écoulent sans qu'il y ait jamais de demande pour l'une ou pour l'autre. Je me prends à penser que les membres du Dineh ont appris à ne pas céder à la violence. Que je peux oublier ces chants. Mais là, je recommence à avoir des malades. Éprouvez-vous le besoin d'organiser cette cérémonie pour quelqu'un ? Pour vous-même ?

– Ça pourrait s'avérer nécessaire, répondit Chee. Est-ce que vous avez déjà un patient pour lequel vous vous préparez ?

Hoski hocha la tête.

– Oui. Probablement en octobre. Dès que dormira le tonnerre.

Chee eut une prémonition qui le rendit mal à l'aise. Il hésita.
— Je sais qui vous êtes, reprit Hoski. Vous êtes un policier. Je vous ai vu aux informations à la télé. Au procès de cet homme qui avait tué son beau-frère, et encore la semaine dernière lors de cette collision de plein fouet qui a eu lieu sur le Highway 666. Je parierais que vous avez la même maladie du fantôme, exactement du même fantôme, que l'homme pour qui je vais exécuter ce chant.
— Oui, reconnut Chee. C'est un métier qui oblige à trop côtoyer la mort.
— Vous êtes-vous trouvé à proximité du cadavre de l'homme qui a été tué par balle dans la région de Coyote Canyon ? Ça rendrait les choses très faciles. Ce serait le même homme.

Chee déglutit. Il n'avait aucune envie de poser la question suivante. Il était pratiquement sûr qu'il n'avait aucune envie d'en connaître la réponse. Ni de savoir ce qu'il devrait faire si elle était conforme à ses craintes.
— Qui est votre autre patient ? demanda-t-il.
— Je pense que vous le connaissez peut-être de nom, répondit Hoski. Hostiin James Peshlakai.

21

D'ordinaire, le sergent Chee aimait bien conduire, mais le trajet entre la prairie d'altitude où broutaient les moutons de Hostiin Hoski et les bureaux du FBI dans Coal Avenue, à Gallup, s'était déroulé dans un état de profonde morosité. Il avait fait comprendre à Osborne que selon lui, Hostiin James Peshlakai ne représentait pas un suspect prometteur pour l'assassinat de Doherty, et maintenant son sens du devoir, de l'honneur, quel que soit le terme qu'il souhaitait lui attribuer, exigeait qu'il exprime l'opinion opposée. Non pas qu'il juge l'agent fédéral susceptible d'accorder le moindre poids à ce qu'il pensait ni, à plus forte raison, au fait que Peshlakai ait pris ses dispositions afin d'organiser une Voie de la Grande Étoile pour son propre usage. Mais il était représentant de la loi. Son devoir l'exigeait. Pourquoi n'avait-il pas eu l'intelligence de ne pas s'en mêler?

Il était capable de régler cette difficulté, bien sûr. Il allait simplement exposer ce qu'il avait découvert, tenter d'en expliquer les implications, essayer de ne pas remarquer que l'intérêt exprimé par l'agent fédéral, si jamais il en exprimait, n'était que pure politesse, puis oublier tout ça... exactement comme Osborne allait le faire.

Mais un autre problème qui avait surgi lors de ce voyage ne disparaîtrait pas, lui. Il acceptait enfin d'affronter cette réalité : il était en train de tomber amoureux de l'agent Bernadette Manuelito.

Ça, aussi, c'était une question d'honneur. Il était le supérieur de Bernie ce qui, selon son propre code moral, la rendait inaccessible. Par ailleurs, il ignorait si Bernie partageait les mêmes sentiments. Elle l'aimait bien, ou tout au moins elle en donnait l'impression comme cela arrive parfois chez les gens qui travaillent sous les ordres de quelqu'un. Elle lui avait appliqué le qualificatif de « gentil », avec un ton et un regard visiblement sincères, y compris d'après ses propres critères de jugement hésitants. Ce qu'il avait fait pour elle avait certes été un peu risqué, même après que le soutien apporté par Leaphorn eut éliminé une grande partie de ces risques. Par conséquent il était on ne peut plus naturel qu'une femme bien élevée exprime ses remerciements. Alors comment pouvait-il déterminer où il en était ? En lui faisant la cour, ou en essayant. Mais comment pouvait-il s'y prendre aussi longtemps qu'il resterait celui qui, chaque jour, lui ordonnait ce qu'elle devait faire ? Il n'en avait pas idée. Et que se passerait-il s'il le faisait ?

Il se gara dans la rue juste avant d'arriver au siège du FBI, appuya sur la sonnerie, déclina son identité et fut introduit dans la place. Il franchit le détecteur de métaux et dépassa la rangée de boxes où des agents remplissaient leurs tâches administratives, puis trouva Osborne qui l'attendait dans une salle d'auditions. Ils procédèrent à l'échange de salutations ordinaires.

— Alors, fit Osborne, quoi de neuf ?

— J'ai dû changer d'avis concernant James Peshlakai. Je pense que vous allez vouloir y regarder de plus près, en ce qui le concerne.

— Pourquoi ? Il s'est passé quelque chose ?

— Vous vous souvenez de ce que j'ai commencé à vous dire à propos d'un rite guérisseur que les traditionalistes organisent lorsqu'ils ont été en contact avec la mort, des cadavres ou la violence ? Eh bien, j'ai vérifié. Peshlakai en a commandé un.

Assis derrière son bureau, Osborne étudiait Chee. Il hocha la tête.

— Il a contacté un chanteur et a pris ses dispositions le jour même où le corps de Doherty a été découvert. Le matin.

Le visage d'Osborne était indéchiffrable.

— S'agit-il de la cérémonie appelée la Voie de la Grande Étoile ? demanda-t-il. C'est bien celle-là ?

Un court silence durant lequel Chee encaissa ce qu'il venait d'entendre.

— Euh, oui, dit-il. C'est bien celle-là.

— Il nous a dit qu'il fallait qu'il soit sorti de prison en octobre pour la faire.

— Sorti ? Vous êtes allé l'arrêter ?
— Nous avons obtenu un mandat. Nous avons fouillé son habitation et son camion. Le véhicule semble irréprochable, pour le moment en tout cas, mais il y avait du sang séché sur une chemise. Il a essayé de la laver, mais ce n'est pas facile de faire partir du sang. Il y en avait aussi sur un pantalon. Ça ne correspond pas au type sanguin de Peshlakai, mais c'est le même que celui de Doherty. Les techniciens de l'équipe scientifique procèdent en ce moment à des comparaisons d'ADN.

Chee avait pris une chaise en face d'Osborne. Il se leva, hésita. Se rassit. Il se faisait l'impression d'un idiot. Et pourtant, il avait quand même le sentiment que quelque chose clochait là-dedans. Un point, spécifiquement : personne n'est davantage conditionné à éviter la violence que ceux qui consacrent des années et des années à apprendre les rites guérisseurs du Dineh.

— Je suppose qu'il est détenu dans la prison du comté ? s'enquit-il. J'aimerais m'entretenir avec lui.
— Pourquoi pas, fit Osborne. J'espère que vous aurez davantage de chance que nous.
— Est-ce qu'il a réclamé un avocat ?
— Nous lui avons signalé que le tribunal allait lui en attribuer un d'office. Son seul commentaire a été que tout cela était très mal. Que ce n'était pas bon d'en parler.
— C'est tout ?
— Quasiment. Sauf que nous avons retrouvé une autre balle dans le sable, sur cet ancien site de prospection d'or. Le calibre correspond au fusil de Peshlakai, mais nous ne disposons pas encore du rapport du laboratoire. Et ensuite il nous a dit qu'il fallait qu'il soit remis en liberté pour son chant, si c'est le nom que vous employez pour ça.
— Cette balle peut très bien avoir été tirée sur n'importe quoi, objecta Chee.
— Absolument. On essaie en ce moment d'y trouver des traces de sang, d'os ou de tissu.
— Avez-vous appris des choses, sur le téléphone portable ?

Osborne réfléchit un instant. Il ouvrit son tiroir, en sortit un crayon dont il tapota le dessus du meuble.

— Le téléphone portable ? Que voulez-vous dire ?

– Ça m'a surpris qu'il en ait un. Est-ce que vous savez où il se l'est procuré ? Et pourquoi ?
– Le pourquoi me paraît évident. Il n'y a pas de lignes normales, là-bas.
– Je voulais dire, qui pouvait-il bien appeler avec ? Qui pouvait-il connaître qui dispose d'un numéro de téléphone ? Ce genre de chose. Je suppose que vous avez vérifié son relevé de communications.

Osborne recommença à tapoter avec le crayon, l'air pensif.

Chee grimaça un sourire.

– Laissez-moi deviner ce à quoi vous pensez. Vous vous souvenez que lorsque vous êtes arrivé en poste ici, on vous a prévenu que l'un de vos prédécesseurs avait eu des ennuis parce qu'il m'avait dit des choses qu'il n'aurait peut-être pas dû me dire, et les gens ont généralement cru que j'avais enregistré cette communication, en violation de la loi et de l'éthique... ou que, au minimum, j'avais fait croire que je l'avais enregistrée. Par conséquent, vous vous méfiez. Je ne vous en tiens pas rigueur. Une partie de cette histoire est vraie, ou elle l'est en partie. Mais la situation présente est différente. Nous sommes dans le même camp, cette fois, pour commencer. Par ailleurs, je n'ai aucun moyen d'enregistrer cette conversation.

Osborne arborait à son tour un sourire forcé.

– Puisque vous n'êtes pas porteur d'un magnétophone dissimulé, je reconnais que j'ai entendu parler de cette histoire et que j'ai également entendu dire que vous aviez raison. Nous avions arrêté le mauvais suspect. Mais cette fois-ci, on dirait que nous tenons le bon. Et si ce n'est pas le cas, si l'ADN ne correspond pas et que nous ne trouvons pas d'autre preuve, il sera libre comme l'air.

Il rouvrit son tiroir, y remisa le crayon.

– Alors quelle est votre question ?
– Qui Peshlakai a-t-il appelé sur ce portable ?
– Pas grand monde. Cela fait à peu près deux ans qu'il l'a et dans tout ce temps, il n'y a eu que trente-sept appels recensés. La plupart à sa fille, à Keams Canyon. À deux ou trois autres membres de sa famille, à un médecin de Gallup.
– Et pas d'appels à destination de Wiley Denton ?

Osborne parut songeur.
– De Denton ? Ah ça, pourquoi M. Peshlakai téléphonerait-il à M. Denton ?
– Je ne sais pas, pour appeler un taxi, par exemple, fit Chee en ravalant une once de ressentiment devant ce petit jeu. Peut-être désirait-il qu'on le reconduise chez lui ?
– Mais d'où ?
– Pourquoi pas de l'endroit où il avait laissé le corps de M. Doherty dans le pick-up truck de M. Doherty ?
Osborne rit.
– Je crois que ça serait jouable. Pourquoi faut-il que tous les policiers aient des cheminements de pensée aussi semblables ?
– Pourquoi ne pas me le dire, tout simplement ?
– Je ne sais pas. Oui, Peshlakai a appelé M. Denton un total de treize fois. Deux de ces appels ont été les tout premiers facturés sur cet appareil et les appels douze et treize ont été enregistrés le jour où Doherty a été tué.

Chee réfléchit à cette information en se souvenant de la conversation avec Bernie, Leaphorn et le professeur Bourebonette chez l'ancien lieutenant. Il secoua la tête. Comme l'avait dit Bernie, tout ce qui leur manquait désormais était un mobile qui puisse être commun à un shaman traditionaliste et à un Blanc riche dont la femme a disparu et qui est obsédé par la découverte d'une mine d'or légendaire.

Le personnel du centre de détention du comté de McKinley connaissait bien évidemment Chee, mais cela ne lui fut d'aucun secours. La machine bureaucratique avait travaillé plus vite que d'habitude. Une femme nommée Eleanor Knoblock avait été assignée à la défense de Hostiin Peshlakai, et Ms[1] Knoblock avait signé un ordre formel interdisant à quiconque d'interroger son client sans lui en avoir référé auparavant et de lui parler en dehors de sa présence. Chee nota le numéro de téléphone de l'avocate, mais décida d'en rester là pour la journée. Il avait déjà amplement atteint son quota d'erreurs et avait suffisamment de problèmes à régler.

---

1. Ms (« miz ») : abréviation neutre remplaçant Mrs et Miss afin d'abolir la discrimination entre femme mariée et célibataire. (*N.d.T.*)

22

Lorsque son téléphone sonnait, Joe Leaphorn laissait généralement tomber tout ce qu'il faisait et se précipitait pour répondre, une habitude qui, soupçonnait-il, était probablement répandue chez les veufs qui se sentaient seuls et dont l'unique conversation s'échangeait avec leur poste de télévision. Le fait que le professeur Louisa Bourebonette adopte sa chambre d'amis comme base de départ pour ses recherches sur l'histoire orale avait contribué à atténuer un peu ce problème et, ce matin, il voulait réfléchir au lieu de parler. La solution de l'énigme laissée par Linda Denton et l'étrange et illogique problème concernant les relations de Wiley Denton avec les cartes qui recensaient les mines d'or dansaient à la limite de son champ de perception : presque visibles, mais ne cessant de s'éloigner en sautillant.

Le téléphone sonna à nouveau, et encore. Il lui vint à l'esprit que la veille, Louisa avait emporté son magnétophone à Mexican Hat pour aller enregistrer les souvenirs d'un éleveur mormon d'un âge avancé. Elle était rentrée longtemps après qu'il se fut couché pour dormir, et ce fichu téléphone n'allait pas manquer de la réveiller. Il décrocha.

— Allô, dit-il d'une voix bougonne.

— Jim Chee à l'appareil, lieutenant. Est-ce que vous avez le temps d'entendre mon rapport ?

— Jim, il faut m'appeler monsieur Leaphorn, maintenant. Ou simplement Joe...

Il le lui avait dit une centaine de fois, mais Chee ne semblait pas s'en souvenir.

— ... mais je vous écoute.

— Je crois que l'élément essentiel est qu'ils ont arrêté Hostiin Peshlakai pour le meurtre de Doherty. Sur ses vêtements, ils ont trouvé du sang qui correspond au type sanguin de Doherty, et ils essayent de déterminer si l'ADN est le même. Ils ont également trouvé une seconde balle, à l'emplacement de la mine, qui correspond au calibre de sa carabine. Ils la soumettent également à toutes les analyses possibles.

— Ça alors, fit Leaphorn. Que dit Peshlakai ?

— Il dit qu'il ne veut pas en parler. Il n'a pas demandé d'avocat mais on lui a assigné un défenseur qui répond au nom de Knoblock. Une femme. Vous la connaissez ?

— Je l'ai rencontrée. Il y a longtemps. Elle n'est pas commode.

— Je n'ai pas pu obtenir de m'entretenir avec Peshlakai.

Leaphorn étouffa un rire.

— Ça ne me surprend pas. À votre avis, qu'est-ce qu'il vous dirait ?

— Probablement pas grand-chose. Par ailleurs, le matin où on a découvert le corps de Doherty, je crois que c'était avant que Bernie ne le trouve, Peshlakai a contacté un chanteur et a pris ses dispositions pour qu'une Voie de la Grande Étoile soit exécutée pour lui.

— Eh bien, fit Leaphorn. Voilà qui ressemble un peu à un aveu, non ? (Il réprima un nouveau rire.) Mais est-ce que vous pouvez vous imaginer le procureur général essayant de comprendre ça, puis essayant de l'expliquer à des jurés d'Albuquerque ?

— Pas un aveu, plutôt une sorte d'implication. Maintenant j'en arrive à l'élément qui va vous intéresser. Vous vous souvenez de ce téléphone portable que Bernie a remarqué dans son hogan ? Eh bien, il a appelé Wiley Denton avec, à deux reprises, le jour où Doherty a été assassiné.

L'information surprit Leaphorn.

— Eh bien dites donc.

— Deux appels. Le premier a duré onze minutes. Le second, moins de trois.

Leaphorn lâcha un soupir et attendit. Il allait y avoir une suite.

— Un autre point intéressant. Cela faisait deux ans qu'il avait ce téléphone. Il n'a passé que trente-sept appels. Les deux premiers qui ont suivi l'obtention de l'appareil ont été aussi à destination de Wiley Denton.

– Ça laisse à penser que Wiley le lui a peut-être acheté, qu'en pensez-vous ?
– Ouais. Mais pourquoi ?
– Je vous retourne la question, Jim. Vous avez rencontré Peshlakai. Vous lui avez parlé dans son hogan. Vous croyez qu'il pourrait émarger auprès de Denton pour une raison ou pour une autre ?
– Peut-être, dit Chee. Mais non, je ne crois pas. Et vous ? Est-ce que vous pensez qu'ils sont impliqués ensemble dans une sorte de partenariat bizarre ?
– Dans lequel Denton se servirait du vieux monsieur comme guetteur ? Il faut peut-être que j'y réfléchisse.
– Bon, conclut Chee, si vous avez des idées constructives, j'espère que vous me les transmettrez. Je vais effectuer une autre tentative pour parler à Peshlakai.
– Bonne idée. Je crois que moi, je vais aller rendre une nouvelle visite à Wiley Denton.

Mais la gouvernante lui annonça que M. Denton n'était pas chez lui et que, non, il ne rentrerait probablement pas dans un avenir très proche parce qu'il était parti sur la réserve Jicarilla pour aller voir un des chevalements de pompage qu'il possédait sur un puits, là-bas.

Il laissa un message demandant à Denton de le rappeler, lui disant qu'il avait besoin de lui parler. Puis il sortit son calepin et la carte qu'il avait établie pour suivre cette affaire compliquée et étudia la façon dont sa réflexion s'était organisée. À la fin des notes qu'il avait prises, après sa discussion avec les Garcia, il trouva : « Adjoint du shérif Lorenzo Perez. Peut-être a-t-il pris cette plainte au sérieux. Est-ce le Perez que je connais ? »

La femme qui décrocha au bureau du shérif lui apprit que l'adjoint Perez avait pris sa retraite deux ans plus tôt. Mais oui, Ozzie Price était là.

– Encore vous, Joe ? fit-il. Qu'est-ce qui vous arrive cette fois ?
– Je suis à la recherche de Lorenzo Perez. Il n'était pas vice-shérif, avant ?
– Si. Mais c'était sous un autre shérif, et c'était avant que sa femme le quitte et qu'il se mette à boire beaucoup.

– Il est toujours à Gallup ?
– Oh, ouais. Vous voulez lui parler ?

Leaphorn répondit par l'affirmative et attendit. Au terme d'une minute prolongée, Ozzie lui fournit trois numéros. L'un correspondait à une adresse, le second était le téléphone de Perez à son domicile, et le dernier celui de la Old 66 Tavern.

– Vous pouvez tenter votre chance avec le dernier pratiquement tous les soirs, ajouta Ozzie.

– Est-ce que c'est lui qui a été envoyé à Fort Wingate, quand il y a eu cet appel de Halloween ? Celui dont nous parlions l'autre jour ?

– Oui. Et il s'y est investi complètement. Je crois que c'était au moment où il avait ses problèmes de ménage, et peut-être que ça lui donnait autre chose à quoi penser. Enfin bon, il n'arrêtait pas de harceler le shérif pour qu'il s'en occupe davantage. Il pensait que Denton avait tué sa femme là-bas. Il a continué à le penser même quand il est devenu foutrement évident que Denton n'avait pas pu le faire. (Ozzie rit.) Il était chez lui, occupé à tuer McKay.

Le coup de téléphone de Leaphorn trouva Lorenzo Perez à son domicile et Perez n'avait pas oublié le lieutenant Leaphorn.

– Ah ben ça alors. Vous parler, ça me ramène un bon bout de temps en arrière. Vous vous souvenez la fois où nous avons arrêté ce voleur de bétail qui avait trafiqué sa caravane pour pouvoir y faire monter des veaux ?

Leaphorn s'en souvenait mais il parvint à ramener Perez sur l'épisode de Halloween.

– Il paraît que c'est vous qui avez pris l'appel, quand il est arrivé. Ça m'a toujours paru bizarre, cette histoire. Ça donnait l'impression que ça allait plus loin qu'une mauvaise plaisanterie.

Un silence s'ensuivit. Leaphorn se racla la gorge.

– Lorenzo. Vous êtes toujours là ?

– J'espère que ce n'est pas pour vous moquer de moi, fit Perez d'un ton morne. J'ai eu plus que ma part.

– Pas du tout. Je pense qu'il s'est passé quelque chose de grave là-bas ce soir-là.

– Ouais, ben, je me suis fait charrier pour ça, tout le monde s'est foutu de moi jusqu'à ce que je finisse par en avoir ma claque. J'ai continué à chercher quand j'en avais l'occasion. J'ai continué à essayer d'obtenir du shérif qu'il persuade l'armée de mener une sorte de fouille générale des lieux. Nous n'avions pas les effectifs qu'il faut pour nous en charger, bien sûr, ça fait dans les trente-cinq mille hectares de superficie, des tas de vieux bâtiments vides et pas loin d'un millier de ces énormes vieux blockhaus. Mais l'armée aurait pu s'en charger. Ils l'auraient fait, je suis prêt à le parier, si le shérif avait pris ça au sérieux et avait déposé une demande. Mais il n'a fait qu'en rire. Il disait qu'il n'y avait même pas de disparition signalée. Absolument rien sur quoi travailler.

— J'aimerais beaucoup en parler avec vous.

Ils se retrouvèrent à la cafétéria de la galerie marchande de Gallup.

Perez était l'un de ces Hispaniques du Nouveau-Mexique dont le visage évoque davantage la Castille et les conquistadores que le Mexique. Ses cheveux gris étaient coupés au ras du crâne, comme sa moustache, et ses yeux extrêmement foncés détaillaient Leaphorn comme en quête d'un peu de compréhension.

— Je me disais en venant que je ne voyais pas ce que je pourrais vous apprendre qui puisse vous aider dans votre entreprise. J'ai juste parlé aux gosses ce soir-là, je leur ai parlé plusieurs autres fois, en réalité, et j'ai persisté à me rendre sur place et à fouiner à droite et à gauche. Mais je ne sais pas comment vous convaincre que nous avons eu un meurtre, ou quelque chose qui y ressemble, qui a été commis là-bas ce soir-là.

Ayant prononcé ces paroles, il prit son menu, y jeta un coup d'œil, le reposa et secoua la tête.

— Je déteste les trucs que je ne comprends pas, ajouta-t-il.

— Moi aussi.

Leaphorn exposa à Perez son arrangement avec Wiley Denton, ce que les élèves auxquels il avait parlé lui avaient dit, et son intuition personnelle selon laquelle Linda Denton avait très bien pu être la femme dont la plainte avait été perçue.

— La seule chose que je puisse vous dire et que vous ignorez peut-être, c'est que Wiley Denton m'a confié qu'il avait fait cadeau à Linda d'un de ces petits lecteurs de disques compacts qui coûtent cher. Un de ces appareils qui ont des oreillettes et qu'on peut emporter avec soi. Quand elle est partie ce matin-là pour aller déjeuner avec des amies à elle, elle l'a pris.

— C'est vrai, reconnut Perez, je ne le savais pas. Les gosses ont cru entendre de la musique. Gracella Garcia, en tout cas.

— Et Mme Hano, qui travaille au bureau des archives de Fort Wingate, m'a appris que McKay y est passé ce matin-là pour se renseigner sur une chose ou une autre et qu'il y avait une femme dans sa voiture avec lui.

— Hé! fit Perez en se penchant. Mme Denton?

— Elle m'a dit qu'elle ignorait de qui il s'agissait. Elle a simplement remarqué une femme qui semblait dormir dans la voiture, et McKay lui a dit que c'était la sienne.

— Vous avez vérifié ça?

— Ce n'était pas la femme de McKay. Elle était à son travail, à Gallup. McKay l'y a appelée.

— Donc il a menti à Mme Hano.

— On dirait bien.

— C'était Gracella qui semblait absolument certaine d'avoir entendu de la musique, reprit Perez. Deux autres pensaient qu'il pouvait s'agir du sifflement du vent, ou que ça sortait de leur imagination.

— Je sais, acquiesça Leaphorn.

— Elle m'a donné l'impression d'être une jeune fille très équilibrée...

Perez s'arrêta au milieu de sa phrase.

— ... Attendez une minute. Quand Mme Hano a-t-elle parlé avec McKay? Quand a-t-elle vu la femme endormie dans la voiture?

— Vers midi, je crois. Je l'ai noté dans mon calepin.

— Gracella m'a dit qu'elle avait remarqué une voiture, là-bas, au milieu de l'après-midi. Elle m'a dit que de temps en temps ils voyaient des véhicules ou des camions de l'armée à cet endroit, mais que ça, c'était une voiture civile de couleur claire. De quelle couleur était la voiture de McKay?

— Je n'en ai aucune idée, répondit Leaphorn. Mais je vais voir si je peux me renseigner.

23

Il lui fut tellement facile d'apprendre la couleur de la voiture de McKay que toute sa vision de cette lugubre affaire s'éclaircit. L'adjoint Price lui avait appris que personne n'avait réclamé les quelques objets personnels de l'escroc. Cela n'avait rien de surprenant dans la mesure où, à l'exception des rares dollars contenus dans son portefeuille, ils n'avaient que peu de valeur, voire aucune. Puis Price avait utilisé le terme de concubine pour désigner Peggy McKay, ce qui signifiait qu'en l'absence de preuve tangible de leur relation il lui aurait été très difficile de récupérer ces objets personnels. Mais la voiture, c'était une autre histoire.

On l'avait retrouvée garée chez Denton, et elle y était presque assurément restée des jours durant puisque cet homicide n'avait pas figuré au nombre de ceux que l'on soumet à une enquête criminelle normale. McKay n'avait été accusé de rien. Son rôle était celui de la victime. Qui s'était préoccupé de sa voiture ? Tôt ou tard, George Billie avait dû se lasser de la voir, il avait appelé le shérif et l'avait fait remorquer ailleurs. Ou alors il avait installé une dérivation sur les fils du démarreur, l'avait lui-même conduite ailleurs et l'avait vendue à des récupérateurs de pièces détachées.

Leaphorn avait passé un nouvel appel chez Denton.

– Non, lui avait répondu Mme Mendoza, il n'est toujours pas rentré. Comme je vous l'ai dit tout à l'heure.

– Vous pourriez peut-être m'aider, alors. Est-ce que vous vous souvenez de la voiture que conduisait M. McKay ? De sa couleur ?

– Je ne m'intéresse pas beaucoup aux voitures, avait-elle répondu d'une voix qui semblait à bout de patience.

– Je me suis juste dit que vous vous souveniez peut-être de sa couleur.

— Pourquoi ne demandez-vous pas à sa femme ? Je crois que c'est elle qui l'a. En tout cas, elle est venue ici et elle est repartie avec.

— Ah, je vous remercie. Je vais le faire.

Il avait raccroché le téléphone et était resté un moment assis à se donner l'impression d'être stupide. Bien sûr. La police n'avait eu aucune raison de saisir la voiture. En se basant sur ce qu'il savait de McKay, elle appartenait probablement à Peggy. Et en se basant sur ce qu'il savait des responsables des services publics en règle générale, il n'y avait aucune raison de croire que quelqu'un ait pris la responsabilité de la faire remorquer à la fourrière.

Peggy McKay décrocha à la première sonnerie. Oui, elle se souvenait de Leaphorn et oui, elle avait demandé à une amie de la conduire jusque chez Denton pour récupérer sa voiture. De quel type de voiture s'agissait-il ? D'une Ford Escort bleu clair. Oui, elle l'avait toujours.

Leaphorn repensa à l'incroyable désordre qui régnait dans la maison de Mme McKay.

— Est-ce que vous savez si elle est passée au lavage, depuis la mort de votre mari ?

Une hésitation, maintenant, pendant que Peggy McKay réfléchissait.

— Pas vraiment, dit-elle. Je lui ai donné un coup de jet moi-même au printemps dernier, après une période où il y avait eu de la boue.

— J'aimerais venir y jeter un coup d'œil, si cela ne vous dérange pas.

— Entendu. Pourquoi pas ? Je serai chez moi toute la journée.

Au moment où il sortait de son allée, il vit la voiture de Louisa qui remontait la rue et il s'arrêta. Elle l'imita et abaissa sa vitre.

— Je pars à Gallup pour m'entretenir à nouveau avec Mme McKay, lui cria-t-il. Et après, s'il est chez lui, j'irai peut-être voir Denton.

— Pourquoi ?

— Je veux lui dire que c'est un menteur et que je ne veux plus avoir affaire avec lui.

- Bravo, dit Louisa. Et quand tu reviendras, j'aurai des renseignements à te communiquer.
- C'est-à-dire ?

Mais elle avait remonté sa vitre et garait sa voiture sous son arbre favori, de l'autre côté de la rue.

*
* *

Peggy McKay n'avait pas pris la peine de ranger sa Ford Escort à l'ombre. Elle était sur l'allée, les vitres baissées, et sa finition bleu pâle couverte de crasse apportait la preuve qu'elle n'avait pas connu le moindre lavage depuis le coup de jet du printemps dernier. Mme McKay apparut sur le seuil au moment où Leaphorn descendait de son camion.

- Faites comme chez vous, dit-elle en montrant sa voiture du doigt et en riant, mais ne la salissez pas.
- Merci.
- Vous avez réussi ? À retrouver Mme Denton, je veux dire ?
- Pas encore.

Il ouvrit la portière du côté du passager. L'intérieur lui rappela le séjour de sa propriétaire.

- Je ne suis pas sûre de vous l'avoir dit, fit-elle en descendant de sa terrasse et en s'avançant sur l'allée. Je crois que Denton s'en est tiré à beaucoup trop bon compte, pour le meurtre de Marvin. Pour moi, ce n'était ni plus ni moins qu'un homicide avec préméditation.

Elle le dévisageait dans l'attente d'une réaction.

- Il y a quantité de questions qui sont restées en suspens, reconnut-il.

Puis, comme si ces paroles ne convenaient pas à la situation, il ajouta :

- Des pièces du puzzle qui n'ont pas trouvé leur place.
- Qu'est-ce que vous cherchez dans ma voiture ?
- On pourrait dire que j'espère découvrir une de ces pièces manquantes.
- Pour retrouver Linda Denton ?
- Oui.

— Pas dans cette voiture, fit-elle, vous perdez votre temps.
Elle rentra dans la maison et en referma la porte.

Leaphorn se livra à une seconde et rapide inspection de l'habitacle à l'avant, regarda dans l'espace entre les deux banquettes, ouvrit l'arrière de son pick-up et en sortit la boîte en carton dont il se servait pour ranger ses provisions et éviter qu'elles s'entrechoquent en roulant. Il la posa sur l'allée et entreprit de prélever tout ce qu'il trouvait sur les tapis de sol de Mme McKay, commençant par une enveloppe de friandise Baby Ruth, un mouchoir en papier chiffonné, une tasse en carton, un papier d'emballage de hamburger McDonald et un mégot de cigarette. Il inspecta chaque objet, lui octroyant au moins un coup d'œil avant de l'ajouter à sa collection. Le temps qu'il ait achevé sa fouille devant les deux sièges avant et qu'il soit passé aux sièges arrière, la boîte était à moitié pleine d'un assortiment délirant d'objets variés, preuve que la propriétaire du véhicule était une cliente régulière de divers établissements de restauration rapide et quelqu'un qui accumulait les annonces promotionnelles du Wal-Mart, les coupons de réduction, les paquets de cigarettes vides et même un haut talon d'escarpin noir. La seule découverte qu'il fit sous les tapis de sol fut un fragment de carte routière de l'Arizona qui ne lui sembla pas avoir de lien avec l'enquête.

Il mit une partie très limitée de sa récolte sur un mouchoir qu'il avait étalé sur le siège avant. Cela concernait la pièce de vingt-cinq *cents* et celle de dix qu'il avait récupérées derrière le siège du passager, un assortiment de longs cheveux blonds soigneusement prélevés sous l'appuie-tête du côté passager, une pince sortie de la boîte à gants, et un sac de la droguerie Chase accompagné d'un ticket de caisse, retrouvés roulés en boule à l'intérieur.

Il prit alors son temps pour examiner la pince et le ticket. Ce dernier avait été imprimé la veille du décès de McKay et couvrait l'achat de la pince (un outil cher, 24 dollars et 95 *cents*), d'un pied-de-biche et d'un rouleau de ruban d'étanchéité. Il n'avait trouvé ni le levier ni le ruban dans la voiture. Il se représenta Linda Denton frappée à la tête avec l'un et ficelée avec l'autre, se dit qu'il lui faudrait interroger Mme McKay sur ces achats.

Maintenant qu'il avait ôté du chemin les cochonneries les plus volumineuses, il retira le siège arrière. Dessous, il trouva d'autres vestiges, mais rien de plus intéressant qu'un imprimé à la gloire de la Fête Tribale Navajo datant de l'année précédente. Puis il emprunta la lampe-torche rangée dans la boîte à gants et s'allongea sur le ventre à l'avant, à même le sol, pour s'y livrer à une inspection rigoureuse. La lumière et sa main inquisitrice moissonnèrent trois cartes de visite qui lui avaient échappé (toutes trois appartenant à un représentant en assurances de la State Farm), une chaussette, une nouvelle pièce de dix *cents* égarée, ce qui ressemblait à une bille blanche mais était en réalité une boule de chewing-gum, une perle rouge vif et un petit disque transparent qu'il confondit au tout début avec le cadran d'une montre de piètre qualité.

Il se trompait. Quand il le ramassa pour l'étudier, il vit qu'il s'agissait d'un verre. En fait, c'était un de ces verres correcteurs progressifs que l'on prescrit et fabrique pour les gens qui ont besoin d'une longueur de focale particulière pour lire, d'une autre pour conduire et ainsi de suite. Il le glissa dans une enveloppe prélevée au milieu de ce rebut, ajouta les cheveux et s'assit un moment pour réfléchir. Il se remémorait l'une des photographies, sur le mur de Wiley Denton. La belle et jeune Linda, longs cheveux blonds ébouriffés par le vent, qui souriait au photographe derrière ses lunettes aux verres cerclés d'argent.

24

Leaphorn remit les pièces de monnaie à Mme McKay, lui montra le verre de lunettes qu'il avait trouvé, lui demanda si elle ou une de ses amies en portait de semblables et, quand aucune d'elles ne lui vint à l'esprit, il esquiva la question évidente en se refusant à toute spéculation et en déclarant qu'il allait essayer de découvrir la réponse. Puis il lui présenta le ticket de caisse de la droguerie.
– Vous avez une idée de ce à quoi ces outils étaient destinés ?
– Qu'est-ce qu'il y a de marqué, là ? demanda-t-elle en scrutant le papier. C'est bien « pied-de-biche » ?
– C'est ce que je lis.
– Nous n'en avons pas. Je ne sais même pas ce que c'est.
– C'est une barre de fer dont une des extrémités est un peu recourbée et pointue pour exercer une force. Et les autres achats ?
– J'ai du mal à le croire, fit-elle en riant. Nous avions une fuite sous l'évier. Cela faisait des mois que nous l'avions et Marvin me disait de ne pas me tracasser, qu'il allait la réparer. Il faut croire qu'il a fini par se décider.
Mais quand elle tenta de poursuivre, sa voix se brisa. Elle détourna les yeux.
– Je veux dire, il faut croire qu'il s'apprêtait à le faire.
Leaphorn avait prévu d'utiliser son téléphone pour appeler chez lui mais le chagrin s'accommode mieux de la solitude. Il prit sa voiture et se gara sur le parking d'un motel, le long de la vieille U.S. 66, pour appeler son numéro de Window Rock à l'aide d'un appareil public. Louisa décrocha.
– Tu es chez Wiley Denton ? lui demanda-t-elle.
– Pas encore. C'est mon prochain arrêt.

– Il est dans les baux d'exploitation du pétrole et du gaz, c'est ça ? Si oui, demande-lui s'il sait qui est propriétaire de la Compagnie d'Élevage de Bovins Elrod et des Tuyauteries Apaches.
– Qu'est-ce qui se passe ? Je crois que l'élevage de bovins appartient à Bill Elrod. Ou qu'il lui appartenait. Probablement entre les mains de ses héritiers maintenant. Il dirigeait un parc d'engraissement de belle taille, dans le comté de Sandoval, en plus d'un ranch.
– Un parc à bestiaux ?
– C'est là que les acheteurs de bêtes élevées en extérieur les engraissent avant de les expédier pour être débitées en biftecks ou en hamburgers. Les Tuyauteries Apaches, je crois que c'est Denton. Il y a des années, il s'est lancé là-dedans avec la tribu Jicarilla pour financer le système de récupération du gaz, sur les puits d'exploitation, mais j'ai entendu dire qu'il avait racheté les parts de la tribu.
– Denton, fit Louisa. Voyez-moi ça.
– Explique.
– Ces terres, au sommet de Mesa de los Lobos, c'est le fouillis typique de la Réserve-aux-Mille-Parcelles, ce qui ne te surprendra pas. La majeure partie de la pente nord de la mesa se trouve sur la Réserve Navajo, et du côté sud, une grande partie s'inscrivait dans les terres allouées par le gouvernement à la compagnie ferroviaire. Sur ce lot, il y en a qui sont retombées dans le domaine public, probablement à la suite d'échanges avec des propriétaires privés, et vous, les Navajos, vous en avez racheté une portion pendant que d'autres fragments ont été vendus par la compagnie des chemins de fer à divers propriétaires indépendants. Tout ça, je suis sûre que tu le savais déjà.
– En partie.
– À mon avis, la parcelle qui doit vous intéresser, toi et le sergent Chee, se situe dans un lot de six sections d'un *mile* carré à l'entrée de la ravine de ruissellement de Coyote Canyon. Des gens qui s'appelaient Arthur Sanders & Fils l'ont rachetée en 1878 à la société qui gérait la revente de ces terres pour le compte des chemins de fer. Ça a dû donner les Élevages Sanders parce qu'en 1903, William L. Elrod les leur a rachetés. Depuis,

il y a eu deux nouveaux transferts de titre, semble-t-il consécutifs à des décès et à des héritages, mais l'entreprise qui possède le titre de propriété de ces six sections est toujours la Compagnie d'Élevage de Bovins Elrod. Tu as tout suivi ?

– Oui. J'imagine que Chee va vouloir déterminer si les gens de la compagnie Elrod savent ce qui se passe plus bas, près de l'embouchure de leur canyon. Et merci. Ça a dû te demander un sacré travail.

– Attends. Attends. Je n'en suis pas encore arrivée à l'aspect « sacré travail », là où ça se complique vraiment.

– Oh ?

– Elrod dispose également d'un droit de pâture sur un petit domaine qui appartient au Bureau de l'Attribution des Terres jouxtant sa propriété. Il y a une difficulté d'ordre légal concernant le renouvellement ou non de ce bail. Un désaccord qui porte sur la possibilité qu'Elrod l'ait surexploité, je crois que c'est ça. Quoi qu'il en soit, il a abandonné sa requête de renouvellement et le bail existant expire le premier septembre.

– Le premier septembre, répéta Leaphorn. Plus que deux semaines, alors. Et cela a une signification particulière ?

– Je ne sais pas, mais c'est possible. Il existe une option d'achat, un contrat de vente déposé, lequel est dépendant du bail établi par le Bureau de l'Attribution des Terres. Effective à expiration de ce bail. L'employée du BAT m'a confié que les Tuyauteries Apaches se porteraient probablement acquéreurs, mais que ce n'est pas encore fait. Selon elle, cette surface réduite est une sorte de recoin isolé, rien de plus, et elle ne pense pas que quelqu'un d'autre puisse s'y intéresser.

– Le prix de vente n'apparaissait pas par écrit, par hasard ?

– Il n'est jamais mentionné.

– Voyons un peu, calcula Leaphorn. Six sections de 2,5 km^2 et des poussières, ça équivaudrait environ à 15,5 km^2. Ces pâtures ne valant pratiquement rien car situées en terrain aride, je doute que ce coût représente un obstacle pour Denton.

Louisa rit.

– Pas s'il s'agit de faire brouter des vaches, en tout cas. Le BAT a évalué que pour une surface de 2,5 km^2, on peut exploiter huit têtes. Ce qui, je pense, doit vouloir dire huit vaches par section.

– Chacune avec son veau, précisa Leaphorn.

– Tu en conclus donc sûrement que M. Denton ne l'achète pas pour y élever des bêtes. Il croit être en mesure d'y trouver la vieille mine du Veau d'Or. J'ai raison ?

– Presque. À mon avis, il l'a trouvée il y a bien longtemps.

– Tu as découvert quelque chose, aujourd'hui, qui va dans ce sens ? Viens donc me raconter ça.

– Je vais le faire. Mais d'abord, il faut que j'aille voir Wiley Denton pour lui dire que je dénonce toute sorte d'accord qu'il pourrait s'imaginer conclu entre nous.

Louisa prit un moment pour réfléchir.

– Joe, dit-elle. Je crois qu'il faut que tu fasses preuve d'une grande prudence, à l'égard de ce Denton. Tu ne penses pas qu'il doit être un peu cinglé ?

– Cela fait un bon moment que je me le dis.

25

Leaphorn composa ensuite le numéro confidentiel de Wiley Denton. Ce fut Mme Mendoza qui répondit. Oui, M. Denton était de retour.
– Vous trouvez des choses? s'enquit le riche industriel. Et si vous me donniez une idée du montant de vos honoraires?
– Je serai chez vous dans environ une demi-heure. J'ai quelque chose à vous montrer.
– Alors, combien vous allez me demander?
– Absolument rien, répondit l'ancien policier avant de raccrocher.
George Billie se tenait à côté de la porte du garage quand Leaphorn s'immobilisa devant la grille d'entrée. Celle-ci s'écarta d'un mouvement régulier et silencieux.
– Il m'a dit de vous introduire directement, lui annonça Billie lorsqu'il se fut garé.
Il lui tint la porte puis le précéda dans le long couloir moquetté jusqu'au bureau. Assis derrière son meuble de travail, Denton fixa sur son visiteur un regard qui ne laissait rien paraître.
– Voilà qui nous met à égalité parfaite, question raccrocher au nez de l'autre. Mais vous, au moins, vous ne m'avez pas traité de salopard.
– Non. Mais je vais vous traiter de menteur.
La seule réaction de Denton fut de continuer à le fixer et, finalement, de se gratter l'oreille.
– Je vais peut-être même aller jusqu'à fichu menteur, poursuivit Leaphorn.
– Je reconnais qu'il m'arrive de mentir. Le domaine des contrats d'exploitations pétrolifères l'exige parfois. Mais dites-

moi plutôt ce que vous avez trouvé. Et quelle somme exorbitante vous allez me facturer pour vos services.

– J'ai trouvé ça.

Il tira l'enveloppe de sa poche de chemise, en sortit le verre qu'il lui présenta sur son doigt.

Denton l'étudia, fronça les sourcils.

– Qu'est-ce que...

Puis il s'adossa à son siège, les yeux fermés, le visage semblable à un masque de muscles contractés.

– Un verre de lunettes, dit-il. Est-ce qu'il provient de celles de Linda ?

– Je l'ignore, dit Leaphorn en le rapprochant de lui. Qu'en pensez-vous ?

Denton relâcha sa respiration longuement retenue, ouvrit les yeux, se pencha en avant et tendit la main. Leaphorn déposa le verre dans sa paume. Denton le prit très délicatement entre le pouce et l'index, l'examina, le présenta à la lumière et regarda un long moment au travers. Puis il le plaça avec précaution sur le sous-main de son bureau.

– Elle avait des yeux magnifiques, dit-il. Bleus comme le ciel. Les plus beaux que j'aie jamais vus.

Leaphorn ne dit rien. Les yeux de Denton se remplissaient de larmes qui se mirent à couler. Il ne les essuya pas. Il n'y avait plus de crispation sur son visage, mais il paraissait effroyablement vieux.

– Où avez-vous retrouvé ma femme ?

– Je ne l'ai pas retrouvée. J'ai découvert ce verre sous le siège avant de la voiture que McKay conduisait le jour où vous l'avez tué.

– Juste ça ?

– C'est tout, plus quelques longs cheveux blonds pris dans l'appuie-tête du siège avant, côté passager. Peggy McKay a les cheveux noirs.

– L'ordure. Le sale dégueulasse.

Il se passa le dos de la main sur la figure, se leva, marcha jusqu'à la fenêtre. Il regarda un moment à l'extérieur avant de se retourner vers Leaphorn.

Elle avait une très jolie coiffure quand elle est partie ce matin-là pour aller déjeuner avec ses copines. À ce qu'elle m'a dit, en tout cas.

– Et elle avait ses lunettes ?
– Elle les portait toujours, répondit Denton en braquant à nouveau son regard au-dehors. Je désirais qu'elle porte ces lentilles de contact que l'on met directement sur l'œil, mais elle disait qu'elle ne pourrait jamais lire correctement avec. Et elle lisait tout le temps.
– C'est un problème assez fréquent, à ce qu'il paraît.
– Elle était hypermétrope, précisa Denton d'une voix étranglée. Elle disait qu'elle avait juste besoin d'avoir les bras plus longs. (Il se força à émettre une sorte de petit rire.) Mais elle disait aussi que ceux qu'elle avait étaient assez longs pour me serrer contre elle.
– Vous avez l'air certain que le verre provient des lunettes de Linda.
– Ouais. D'où voulez-vous qu'il vienne ? demanda-t-il en continuant de fixer ce qui attirait son regard à l'extérieur. La forme ovale est identique. Et c'est un verre à correction progressive.
– Reprenons là où nous avions commencé. Retournons à ce jour où vous m'avez demandé si j'étais prêt à essayer de retrouver votre femme. À voir si je pouvais découvrir ce qui lui était arrivé, au moins. Et je vous ai répondu que je le ferais si vous ne me mentiez pas. Vous n'avez pas arrêté de me mentir, alors j'arrête là. Mais j'aimerais quand même obtenir des réponses honnêtes de votre part.
Denton s'était détourné de la fenêtre.
– Je vous ai menti sur quoi ?
La lumière vive qui venait du dehors et l'éclairait à contre-jour empêchait Leaphorn de déchiffrer son expression, mais le ton employé était hostile.
– Les cartes, pour commencer. McKay n'essayait en aucune façon de vous vendre un site dans les Monts Zuñi. Le sien était sur Mesa de los Lobos. Et puis il y a les circonstances dans lesquelles vous l'avez tué. Il n'était pas en train de partir quand vous avez tiré. Il...
– Qu'est-ce qui vous fait croire ça ?
– McKay était quelqu'un qui aimait s'habiller avec soin. Il ne serait pas sorti de cette pièce en laissant sa précieuse veste en

cuir drapée sur le dossier de ce siège, sans aucun trou laissé par un projectile ni aucune trace de sang.

Denton s'approcha et s'assit à son bureau tout en étudiant Leaphorn. Il haussa les épaules.

— Quelle différence ? Que ce soit quand il partait ou quand il s'apprêtait à partir ?

— Et c'est sans compter le pistolet. Un gros revolver encombrant de calibre trente-huit avec un canon long. Il n'aurait jamais rangé une arme pareille dans la poche de sa veste. Elle n'y serait pas rentrée de toute façon. Et ça aurait été un sacré problème de la glisser dans une poche de pantalon. Ou de l'en sortir.

Denton haussa encore une fois les épaules.

— On croirait entendre un de ces fichus avocats.

— Peggy McKay dit qu'il ne possédait pas d'arme.

Denton se pencha en avant.

— Qu'est-ce que vous sous-entendez, là ? Vous sous-entendez que je l'ai abattu tranquillement et que je lui ai mis le pistolet dans la main pour qu'on croie qu'il lui appartenait ? Comme ça vous arrive de le faire, dans la police ?

— Quelque chose d'approchant. Je me trompe beaucoup ?

Une longue minute de silence suivit cette question. Leaphorn se souvint de l'avertissement de prudence donné par Louisa... il était possible que Denton soit un peu cinglé. Il s'était toujours dit qu'il l'était. Qui ne l'était pas ? Mais il avait conscience de la façon dont Denton avait bougé derrière son bureau, derrière des tiroirs qui renfermaient des pistolets.

L'industriel avait atteint une décision. Il vida ses poumons, secoua la tête.

— Ce que vous suggérez, c'est qu'il s'agissait d'un coup monté, que j'avais ce pistolet ici, en attente. Vous suggérez que je l'ai fait venir chez moi dans le seul but de l'exécuter. C'est ça ? Mais bon sang, quelle raison j'aurais eu de le faire ? Ce type est sur le point de me vendre ce que j'essaye d'acheter. L'emplacement du Veau d'Or.

— Parce que..., commença Leaphorn avant d'hésiter.

Pour lui aussi, le moment était peut-être venu de mentir. D'éviter de poser les pieds à l'endroit précis où Marvin McKay les avait mis. Mais il avait déjà franchi ce point.

— Parce que vous connaissiez déjà l'endroit où se trouvait ce filon d'or légendaire. Vous l'aviez déjà trouvé. Quand vous avez appris que McKay en connaissait l'emplacement, vous n'avez pas voulu qu'il ébruite ce renseignement.

— Merde, ça n'a pas beaucoup de sens, si ? Qu'est-ce que ça pouvait me fiche, qu'il en parle ? Cela fait cent ans que des gens racontent qu'ils ont découvert le Veau d'Or. Plus, même. Et personne n'a jamais voulu les croire. Pourquoi irait-on croire un arnaqueur ? Et qu'est-ce que je pouvais en avoir à fiche, de toute façon ?

— Parce qu'à la fin du mois l'option que vous détenez auprès des Élevages Elrod pour acheter le terrain qui se trouve au sommet de Coyote Canyon va prendre effet. Si la rumeur se répand avant cette date, il se pourrait que la transaction soit annulée.

Le fauteuil pivotant fit entendre un craquement quand Denton s'y radossa en étudiant Leaphorn. Ses mains étaient hors de vue, sous le plateau du meuble. Puis la gauche réapparut. Il en frotta la bosse qui tordait son nez cassé. Grimaça un sourire.

— D'où tenez-vous ça ?

— Des archives publiques. Le contrat est subordonné au bail du Bureau de l'Attribution des Terres.

— Et alors ? Même si vous avez deviné juste ? Vous croyez que cela me donne un mobile pour assassiner quelqu'un ? Merde, mon vieux, je suis déjà passé en jugement pour cette histoire. J'ai été reconnu coupable du meurtre de McKay. J'ai déjà purgé ma peine de prison. Vous connaissez la loi. C'est terminé. Personne ne peut être jugé à deux reprises pour la même chose. Et en quoi cela peut-il bien avoir un rapport avec la recherche de Linda ? C'est à ça que vous êtes censé vous consacrer.

— Ce qui nous ramène à l'un de vos faux témoignages qui a un rapport direct avec la recherche de Linda. Voyons si vous allez me dire la vérité, là-dessus.

Denton eut un rictus agressif.

— On en est aux faux témoignages, maintenant, plus aux mensonges ? Enfin bon, allez-y. Voyons toujours ce que vous avez à dire.

— Avant que McKay ne vienne ici ce soir-là, il a téléphoné à sa femme. Il lui a dit qu'il vous apportait votre carte et tout. Il lui a confié que d'après les questions que vous lui aviez posées, il se disait que vous envisagiez peut-être de l'escroquer. De prendre la carte et les renseignements, mais sans lui remettre les cinquante mille dollars. Il lui a dit qu'au cas où ça se produirait, il avait un plan de repli, une sauvegarde, quelque chose pour vous obliger à payer.

— Alors comme ça, elle vous a dit ça ?
— Oui, et elle n'avait rien à gagner à mentir.
— C'était quoi, cette sauvegarde ? Ce plan de repli ?
— À vous de me l'apprendre. McKay ne lui a pas précisé à quoi il pensait. Alors maintenant, répétez-moi ce qu'il vous a dit. Ça pourrait nous aider à trouver votre femme.

Denton garda le silence. Il détourna les yeux, fixa la fenêtre. Quand il reporta son regard sur Leaphorn, toute bravade avait disparu. Il secoua la tête.

— Je ne sais pas.
— Allez, Denton, arrêtez de nous faire perdre notre temps. Vous savez maintenant que Linda devait se trouver dans la voiture de McKay, à Fort Wingate cet après-midi-là. Ça devait être juste avant qu'il ne vienne ici. Juste avant qu'il n'appelle sa femme et qu'il ne lui parle de sa « sauvegarde ». Pourquoi ne pas cesser de vous faire des illusions ?

Denton avait baissé la tête dans ses mains et il la secouait d'un côté et de l'autre. Il ne leva pas les yeux.

— Fermez-la, ordonna-t-il. Fermez-la, putain, et foutez le camp. Et ne remettez jamais les pieds ici.

26

Quand Leaphorn arriva au volant de sa voiture, Lorenzo Perez était dans son jardin, devant chez lui ; il tenait un tuyau d'arrosage équipé d'un embout haute-pression et se livrait à une occupation qui sembla délirante à l'ancien lieutenant.

– Vous arrosez vos rosiers ? demanda-t-il. On dirait que vous essayez d'arracher toutes les feuilles.

– Non, expliqua Perez, j'essaye de me débarrasser de ces saloperies de pucerons.

– Ils n'aiment pas l'eau ?

Perez rit.

– On essaye de les faire tomber des tiges. C'est mieux que d'utiliser du poison. Ça tue les coccinelles, les oiseaux, et toutes les créatures qui mangent les parasites. Si on parvient à leur faire lâcher prise, ils ne peuvent plus remonter. (Il coupa le jet d'eau.) Mais de toute façon c'est une cause perdue d'avance, de tenter de faire pousser des roses à Gallup. Pas le bon climat pour ça.

– J'ai un service à vous demander. Si vous avez du temps.

– Quand vous me surprenez dehors à propulser de l'eau sur des pucerons, vous savez que je ne suis pas débordé de travail.

– J'en suis toujours à cette histoire de femme qui se plaint, là-bas au fort. Je voulais voir si vous pourriez me donner une image plus précise de l'endroit où ces jeunes se trouvaient exactement quand ils l'ont entendue, et de quelle direction ces bruits venaient d'après ce qu'ils ont dit.

– Vous voulez dire, vous accompagner là-bas et effectuer une sorte de reconstitution de ce qui s'est passé ?

– C'est ce que j'avais dans l'idée. Et peut-être voir si nous pourrions convaincre Gracella Garcia de venir avec nous.

– Je pense que nous pouvons y parvenir. Quand est-ce que vous voulez le faire ?

– Qu'est-ce que vous diriez de tout de suite ?

– Je ne peux pas aujourd'hui. Vous êtes pressé ?

– Assez, oui. Mais ça peut sans doute attendre.

– Je pourrais parfaitement vous indiquer où c'était, si ça ne peut vraiment pas attendre, fit Perez en s'approchant de sa barrière. Vous savez qu'ils ont interdit ces bunkers ? Enfin, ils...

– Euh, non, je ne le savais pas. Je n'ai jamais eu beaucoup de raisons d'aller dans ce coin-là et quand ça m'est arrivé, je ne leur ai pas prêté une grande attention.

– N'empêche, vous connaissez les militaires. L'armée a divisé tous ces bunkers en dix rangées, avant de leur attribuer des lettres allant de A à J, et après ils les ont numérotés. Comme par exemple, B1028.

– Ils les ont divisés selon ce qu'ils contenaient ?

– Dieu seul le sait, répondit Perez. Je crois qu'ils ont fait ça pendant la guerre du Vietnam quand ils en ont rajouté quelques-uns. À l'époque, ils faisaient transiter pratiquement toutes les munitions et le matériel explosif par Wingate. Pour grouiller, ça grouillait. Des obus d'artillerie, des roquettes, des mines, tout. Une explosion d'activité, pour Gallup. Il a fallu construire de nouvelles voies ferrées, la totale. (Il rit.) Ils ont même bâti des refuges en béton armé tous les je ne sais pas combien afin que les gens qui travaillaient sur place puissent courir se réfugier au cas où la foudre tomberait quelque part et ferait tout sauter.

Après que Perez lui eut exposé le système d'identification des structures, Leaphorn avait cessé de prêter une attention soutenue au reste de son compte rendu.

– Chaque blockhaus avait son propre numéro ?

– Sa lettre et son numéro.

– Combien de blockhaus par rangée ?

– Je ne sais pas. Ils ont pris dix lettres, de A à J, et il y a environ huit cents bunkers, alors je dirais une centaine par rangée, mais peut-être qu'ils leur ont attribué les lettres en raison de ce qu'ils stockaient à l'intérieur. Par exemple, le A pour artillerie, le B pour bombes, le...

Il se tut, incapable de penser à quelque chose qui pourrait exploser et qui commencerait par un C.

— ... Aujourd'hui, un D pour désert serait la lettre adaptée à la majorité de ces rangées. Enfin bon, le règlement institué par l'armée spécifiait qu'aucun bunker ne pouvait être situé à moins de deux cents mètres de ses voisins immédiats, et ils ont bouffé près de dix mille hectares en les dispersant comme ça. Il a fallu qu'ils construisent un sacré paquet de voies ferrées.
— Et les nombres ? insista Leaphorn. J'ai remarqué que plusieurs d'entre eux ont quatre chiffres derrière la lettre.

Perez fronça les sourcils.

— Je crois bien que c'est le cas pour tous. Pourquoi, je n'en sais rien, à part qu'ils semblaient se suivre. Le B1222 venait après le B1221, par exemple.
— Dans quelle rangée étaient les élèves ?
— Je crois que c'était la D. Ou peut-être la C.
— Je vais aller jeter un coup d'œil là-bas, annonça Leaphorn. Si je trouve quelque chose, je vous appelle.

Mais il s'aperçut alors qu'il ne se souvenait plus du nombre inscrit sur la photocopie de la carte trouvée dans les affaires de Doherty. Il était certain qu'il était précédé d'un D, mais sa mémoire d'ordinaire affûtée avait mélangé le numéro de portable de Peshlakai, celui de Denton, celui qui correspondait à ses petites annonces et les quatre chiffres venant de Doherty. Ce dont il se souvenait, c'était d'en avoir parlé avec Chee, qui l'avait dans son calepin.

Chee était probablement encore à Gallup. Leaphorn contacta le siège du FBI de la ville. Le sergent n'y était pas, mais Bernie, oui. Elle lui apprit que son supérieur allait arriver d'une minute à l'autre pour une réunion avec Osborne. Est-ce qu'il souhaitait lui laisser un message ?

— Je voulais lui demander s'il avait le numéro qu'on a retrouvé au dos de la carte de visite, dans les affaires de Doherty. Je me souviens qu'il l'a noté.
— C'était un D suivi de 2187. Vous avez découvert de quoi il s'agit ?
— C'est vraisemblablement le numéro d'un bunker de Fort Wingate, répondit le lieutenant en se disant que ça avait vraiment été génial à l'époque où il disposait lui aussi d'une mémoire jeune et active.

Il lui exposa tout ce qu'il savait sur le système des alignements adopté par les militaires.

— Vous pensez que ça a un rapport avec le vieux meurtre de McKay ? Avec cette histoire de femme qui gémit ?

— Je ne sais pas. J'y pars, là, pour voir si je peux trouver un bunker qui porte ce numéro. Et je me suis dit que Chee, ou vous, pourriez avoir envie de vérifier.

— Ça, c'est sûr. À propos, M. Denton a appelé ici, pour vous parler. Il a dit qu'il fallait qu'il vous joigne le plus vite possible. Que c'était urgent. Il voulait que vous le rappeliez.

— Est-ce qu'il a dit pourquoi ?

— Je lui ai demandé. Il n'a pas voulu me le dire.

Ce fut Mme Mendoza qui décrocha. Elle confirma que son patron voulait lui parler et lui passa la communication.

— Leaphorn, dit Denton. Vous êtes toujours à Gallup ? Venez jusqu'à la maison. Il y a quelque chose qu'il faut que je vous dise. Quelque chose d'important.

— Je ne travaille plus pour vous, monsieur Denton. En fait, je n'ai jamais travaillé pour vous.

— On s'en fout de ça. C'est quelque chose dont il faut vraiment que vous ayez connaissance.

— Alors dites-le-moi.

— Pas dans ce foutu téléphone. Je crois que le FBI a mis cette ligne sur écoute à cause de l'affaire Doherty. Ils sont persuadés que je suis impliqué. Venez jusqu'ici.

— Au cours de toutes les années passées à faire le métier de policier j'ai appris que quand des gens ont quelque chose d'important à me dire c'est toujours beaucoup plus important pour eux que pour moi.

Silence. Puis Denton proposa :

— Retrouvez-moi à mi-chemin, alors. Où êtes-vous ?

Leaphorn réfléchit.

— D'accord. Dans quinze minutes à compter de maintenant, je rentrerai sur le parking du magasin d'alimentation générale Smith, sur Railroad Avenue. Vous vous souvenez de mon pick-up truck ?

— Oui. J'y serai.

Et il y était bien, assis dans son gros véhicule de loisir tout terrain constellé de boue, d'où il observa Leaphorn qui négociait son virage pour entrer sur le parking, avant de mettre pied à terre et de s'avancer vers l'endroit où l'ancien policier se garait, et de se pencher par la fenêtre du passager.

– On prend votre camion, dit-il.

– Pour aller où ?

– Dans un endroit tranquille où je pourrai vous révéler mon secret, répondit Denton en ouvrant la portière et en s'installant.

Leaphorn n'aimait pas ça du tout. Il avait le sentiment désagréable qu'il avait mal évalué la situation.

– Nous allons discuter ici même, dit-il.

– Non, insista Denton en secouant la tête. Éloignons-nous de tous ces gens.

– Dites-moi simplement quel est votre fameux secret. Sans aucune garantie que je vais vous croire.

– Une partie du secret, c'est que je vais peut-être être obligé de vous tuer, répondit Denton en enfonçant ce qui ressemblait au canon d'un pistolet dans les côtes du policier à la retraite.

27

Dans ses relations avec les agences fédérales, le sergent Jim Chee était toujours conscient du stéréotype de « l'heure * navajo » associé au Dineh. Aussi arriva-t-il à l'adresse du FBI, dans Coal Avenue, avec dix minutes d'avance. Bernie se trouvait dans le hall d'entrée et parlait à la réceptionniste quand Chee franchit le détecteur de métaux. Selon son habitude, elle était un peu décoiffée comme si une impossible brise avait investi ce bâtiment protégé, ébouriffé ses mèches et chassé légèrement le col de sa chemise d'uniforme hors de son alignement réglementaire. L'image qu'il avait d'elle ainsi confirmée par ce premier regard, l'analyse et les conclusions de Chee atteignirent un nouveau degré. L'agent Bernadette Manuelito était une jeune femme extrêmement séduisante, et ce d'une manière qu'il ne parvenait pas tout à fait à définir. Assurément, son style égalait (et dépassait largement) la beauté parfaite de Janet Pete ou le charme blond, doux et sensuel de Mary Landon. Ceci une fois établi, et au moment précis où elle remarquait son arrivée, se tournait et lui souriait en voyant que c'était lui, la prise de conscience de Chee effectua le grand saut jusqu'au niveau supérieur. Il devait regarder les choses en face. Il était tombé amoureux de l'agent Manuelito. Et bon sang, qu'est-ce qu'il pouvait y faire ?

Le sourire accueillant de Bernie s'effaça pour laisser la place à une expression ironique.

– La réunion est repoussée, lui annonça-t-elle. Il s'est passé quelque chose au pueblo de Zuñi, le responsable du bureau d'Albuquerque est arrivé et Osborne doit s'y rendre avec eux.

– Ah bon, fit Chee.

Il n'aurait pas réagi ainsi s'il n'avait été noyé sous un déferlement de pensées concernant Bernadette Manuelito. Il ajouta :

— Tant pis.
— Et, compléta-t-elle, le lieutenant Leaphorn a appelé ici pour vous parler. Il voulait vous demander le nombre qui était inscrit sur une carte de visite, dans les affaires de Doherty.
— Le nombre ? Quel nombre ?
— C'était D2187. Vous ne vous souvenez pas ? Il figurait au dos d'une carte que Doherty avait en sa possession, et personne n'avait aucune idée de ce qu'il signifiait.
— Oh. Je me souviens en avoir parlé à Leaphorn. Je m'étais dit qu'il comprendrait peut-être de quoi il s'agissait. Le Légendaire Lieutenant a-t-il résolu le problème de ce numéro ?
— Il pense qu'il s'agit du code militaire attribué à un dépôt de munitions qui correspond à l'un des bunkers de Fort Wingate.
Chee restait là à la regarder sans bouger avec une expression étrange sur le visage, mais sans donner l'impression de comprendre.
— Il pense que ça pourrait être près de l'endroit où ces élèves ont entendu les gémissements d'une femme le soir où M. McKay a été tué, explicita Bernie en se demandant ce qui tracassait le sergent.
— Oh, fit-il. Il voulait que je le rappelle ? Où ça ? De toute façon il faut que je le fasse pour lui parler de la discussion que j'ai eue ce matin avec Hostiin Peshlakai. De ce que Peshlakai m'a appris.
— Peut-être chez Denton. Il m'a dit qu'il fallait qu'il le voie pour un truc. Mais il m'a aussi dit qu'il allait se rendre au fort voir ce qu'il pouvait y découvrir. Et Hostiin Peshlakai, que vous a-t-il appris ?
— C'est compliqué. Essayons d'abord de trouver Leaphorn.
Il appela le numéro de Denton. Non, lui répondit Mme Mendoza, Leaphorn n'était pas là et M. Denton non plus.
— Je les ai entendus parler ensemble au téléphone. Je crois que M. Denton est parti à Gallup afin de le rencontrer quelque part.
— Essayons de le retrouver au fort, proposa Chee à Bernie. Je vous expliquerai en chemin.
— Vous avez l'air inquiet.
— Je le suis. D'après ce que Peshlakai m'a dit, je pense que notre Légendaire Lieutenant joue avec le feu.

28

Tout en dirigeant son pick-up truck vers la sortie, sur le parking du magasin d'alimentation générale, Leaphorn analysa la situation. Ça ne lui paraissait pas raisonnable de penser que Wiley Denton avait effectivement l'intention de le tuer. Néanmoins, il y avait bon nombre de présomptions suggérant le contraire. Pour commencer, il lui avait procuré un mobile. Louisa l'avait prévenu qu'il était dangereux. Il le savait déjà avant. Et cependant, il lui avait exposé les preuves mêmes que Denton avait tenté de protéger en assassinant un homme... et peut-être deux. Il avait appuyé aux deux endroits sensibles : son obsession de s'approprier le Veau d'Or, légendaire ou non, et l'amour désespéré qu'il portait à son épouse disparue.

En ce moment de tension, l'ancien lieutenant doutait de son jugement à plusieurs niveaux, mais pas à celui-là. Denton aimait du fond du cœur la jeune femme qui avait accepté de l'épouser. L'ancien lieutenant avait lui aussi été fou amoureux, il avait connu ça, l'avait vécu, et il n'oublierait jamais Emma. Il progressait au ralenti dans la circulation du parking, laissant la priorité à tout le monde, réfléchissant à la stratégie à adopter.

– Avancez, lui ordonna Denton en enfonçant l'arme dans son flanc. Tournez à gauche dans Railroad Avenue.

– Vous aviez quelque chose d'important à me dire. Vous vous souvenez ? Vous m'avez dit que c'était un secret. C'est comme ça que vous avez réussi à me convaincre de vous retrouver ici.

– Nous parlerons de ça quand nous serons arrivés dans un endroit où nous serons un peu tranquilles.

– Donnez-moi une indication. Dites-moi ce que McKay vous a révélé sur son plan de repli. Ce n'est plus la peine de continuer à mentir, n'est-ce pas ?

Denton émit un ricanement méprisant.
– Vous n'allez pas me croire pour ça non plus.
– Il y a des chances. Pourquoi ne pas s'en assurer ?
Il s'arrêta à nouveau en faisant signe de passer à une Chevrolet bleue qui lui laissait la priorité.
– D'accord. McKay m'a dit qu'il entretenait une liaison avec Linda mais qu'elle ne voulait pas me quitter. En conséquence il avait conclu un pari avec elle. Il l'avait conduite dans une petite cabane isolée des Monts Zuñi. Il avait emporté ses chaussures en lui disant qu'il revenait me voir pour m'annoncer que je pouvais la récupérer en même temps que sa carte indiquant le Veau d'Or, moyennant cinquante mille dollars.
La Chevy passa. Le pick-up qui se trouvait derrière Leaphorn klaxonna.
– Qu'est-ce qu'il a dit d'autre ?
– Qu'il avait parié que je ne paierais pas pour la récupérer.
Le même véhicule klaxonna à nouveau. Leaphorn recommença à avancer lentement.
– Qu'est-ce que vous lui avez répondu ?
Le rire de Denton prit un accent amer.
– Exactement ce qu'indiquent les attendus du tribunal. Marvin McKay a sorti son pistolet et je l'ai abattu, ce salopard.
Leaphorn roulait maintenant vers la sortie, un peu au-dessus de la vitesse autorisée.
– Vous ne l'avez pas cru ?
– Bien sûr que non.
– Et maintenant ?
– Euh, peut-être en partie. Prenez à gauche dans Railroad.
Leaphorn écrasa l'accélérateur et effectua un virage à droite en s'insérant entre deux voitures dans un crissement de pneus. Il sentit le canon du pistolet qui s'enfonçait dans ses côtes.
– À gauche, ordonna Denton. Nous allons dans la mauvaise direction.
– Nous allons dans la bonne, le contredit Leaphorn. Et je ne crois pas que vous allez tirer parce que je pense que vous tenez toujours à ce que je retrouve Linda.
– Comme si c'était possible, ironisa Denton sans que ça l'empêche de reculer son arme. Qu'est-ce que vous voulez dire ?

– Je veux dire que je crois savoir où elle est, et que je veux y aller pour m'en assurer. Mais avant, j'ai un coup de téléphone à passer.

Denton rit.

– Oh, arrêtez un peu, Leaphorn. Vous m'avez traité de menteur, mais vous ne m'aviez encore jamais dit que j'étais stupide.

– J'appelle Lorenzo Perez. Il contacte le responsable de la sécurité, à Fort Wingate, pour lui annoncer que nous avons un truc à faire, dans l'enceinte des blockhaus, et qu'il doit nous laisser passer.

– À Fort Wingate ? Vous m'avez dit que McKay y était allé le jour où je l'ai tué, et qu'il y avait une femme dans sa voiture. C'est bien ça ?

Leaphorn acquiesça de la tête.

– Qui est ce Perez ?

– L'ancien shérif en second. Il connaît des gens au fort. Passez-moi le portable qui se trouve dans la boîte à gants.

Denton le sortit, l'étudia.

– C'est quoi, le numéro de Perez ?

Leaphorn le lui donna.

– Vous connaissez le bruit que ça fait quand on arme un revolver ?

– Évidemment.

– Alors écoutez bien...

Le déclic d'un cran de sécurité que l'on rabat résonna dans le camion.

– ... C'est un calibre quarante-cinq. Vous connaissez les dégâts que ça fait. Si vous dites à Perez un seul mot qui me paraît suspect, je vous tue, je coupe le contact, je saisis le volant, je me gare sur le bas-côté, j'essuie tout pour effacer mes empreintes, je laisse le pistolet par terre. Il n'y en a pas dessus ni sur les balles contenues dans le chargeur. Il n'y aura pas une seule goutte de sang sur moi. Je n'ai plus qu'à ouvrir la portière, à descendre et à m'en aller.

– Comme ça, cette fois, vous n'aurez pas à vous casser la tête pour plaider la légitime défense.

– Exactement.

Denton poussa le réglage du volume au maximum, composa le numéro, écouta une seconde la voix qui répondait et tendit l'appareil à Leaphorn.

— Lorenzo, c'est Joe Leaphorn. Est-ce que je peux vous demander d'appeler les gars de la sécurité, à Fort Wingate, pour leur dire de me laisser entrer ? Dites-leur seulement que je travaille avec vous sur une enquête.
— Pas de problème. C'est déjà fait. Qu'est-ce...
— Merci, dit l'ancien lieutenant en coupant la communication.
— C'est déjà fait ? Comment ça ?
— Je lui avais signalé que j'allais m'y rendre aujourd'hui, voir ce que je pouvais trouver là-bas.

Denton ne fit pas de commentaire. Et quand Leaphorn lui demanda ce que McKay avait dit d'autre sur Linda et son plan de repli, il déclara :
— Je n'ai pas envie d'en parler.

Le reste du trajet s'effectua dans un silence tendu et lugubre. Leaphorn le rompit une fois, juste avant qu'ils ne bifurquent vers l'entrée du fort, pour signaler une grosse nuée cumulo-nébuleuse qui s'accumulait au-dessus des Monts Zuñi.
— Nous allons peut-être enfin avoir de la pluie, dit-il en la montrant du doigt. Ça m'a l'air prometteur.
— Contentez-vous de conduire, répondit Denton.

Et il ne prononça plus une parole jusqu'à ce que Leaphorn ralentisse en arrivant au portail qui interdisait l'accès à la zone des bunkers.
— N'oubliez pas ça, fit-il alors en lui montrant un de ces automatiques calibre quarante-cinq modèle 1902 que l'armée américaine n'avait cessé d'utiliser dans toutes ses guerres jusqu'à Tempête du Désert. Si le type qui se trouve à la porte veut discuter, pas question.

Le gardien n'offrit aucune possibilité de discussion. Il se contenta de leur adresser un sourire en leur faisant signe de passer.

Leaphorn avait depuis longtemps abandonné l'idée que Wiley Denton n'avait pas vraiment l'intention de le tuer et il se concentrait pour imaginer un moyen de faire avorter ce projet. Il avait lu trop de choses et vu trop de films sur la formation dispensée aux Bérets Verts et concernant les techniques de mise à mort efficaces pour nourrir un grand espoir de parvenir à maîtriser physiquement son adversaire. Il était peut-être rouillé, trente ans après avoir tendu des embuscades aux Viêtcongs, du côté cambodgien de la piste Ho Chi Minh, mais il était irrémédiablement plus fort, plus solide et, hélas, plus jeune que lui. Finalement, il décida de véhiculer jusque devant le blockhaus D2187 un Denton à ce point rempli de crainte (ou d'espoir), à cause de ce qu'ils risquaient d'y trouver, qu'en dépit de sa formation, son attention se relâcherait pendant les deux ou trois instants nécessaires. Durant lesquels Leaphorn passerait à l'action d'une manière appropriée, qu'il espérait être capable d'envisager d'ici là.

Dans l'immédiat, cependant, le problème consistait à déterminer l'emplacement du bunker D2187 dans cet immense labyrinthe de voies ferrées envahies de végétation, de routes d'accès goudronnées qui partaient en lambeaux et de rangées ininterrompues d'énormes monticules couverts d'herbes. Si ces derniers étaient espacés avec précision, tous les deux cents mètres ainsi que l'avait requis l'armée, le relief vallonné des contreforts des Monts Zuñi avait vaincu l'obsession des diplômés de West Point pour les lignes droites régulières. Après deux erreurs d'orientation dont une les fit aboutir à un vieux grillage de sécurité resté intact, Denton se mit à perdre patience.

– Je commence à avoir des doutes sur tout ça. Où vous croyez aller, là ?

– Nous cherchons une rangée de bunkers qui porte la lettre D.

– Ceux-là ont un G au-dessus de la porte. Vous êtes paumé ou vous vous foutez de ma gueule ?

Leaphorn fit demi-tour, tourna sur sa droite à la première opportunité pour s'engager sur une voie dont le goudron était si abîmé qu'il se réduisait essentiellement à l'état de gravillons. Le premier blockhaus qu'ils dépassèrent portait l'inscription D2163, presque entièrement effacée par les années, au-dessus de sa porte massive. Au bout de quatre cents mètres parcourus lentement en scrutant les numéros, Leaphorn quitta les gravillons de la chaussée pour se garer devant le D2187. Enfin ! Il existait vraiment. Il emplit ses poumons d'air avant de les vider à nouveau.

– C'est là ? demanda Denton.

L'ancien lieutenant sortit sa torche de la boîte à gants, ouvrit sa portière, descendit et étudia l'entrée du bunker : une très grande plaque d'acier massif, recouverte d'une couche de peinture militaire écaillée qui présentait l'aspect de la rouille. Fixées sur le fronton en béton brut de la structure, à droite de la porte, se trouvaient deux boîtes métalliques, côte à côte, portant respectivement les numéros 1 et 2. Un tube de métal grimpait le long du mur pour s'enfoncer dans la boîte 2 tandis qu'un second reliait la 2 à la 1 d'où partaient cinq tuyaux similaires. L'un escaladait toute la façade et disparaissait au-dessus du toit. Les quatre autres descendaient, trois d'entre eux s'enfonçant dans le mur au niveau de la terre, le dernier courant au ras du sol puis remontant le long du mur jusqu'à un dispositif installé sur une des charnières inférieures.

Denton l'avait rejoint pour cette inspection.

– Celui qui court sur le toit desservait vraisemblablement la pompe du ventilateur qu'ils installent sur ces structures, expliqua-t-il. Les autres sont probablement reliés à un système de surveillance, à des capteurs d'humidité ou de température, ou peut-être une alarme pour signaler si la porte a été ouverte sans utiliser le code correct. (Il fit un bruit méprisant.) Et vous ne l'avez pas, ce code.

– Personne ne l'a. Le fort est réformé depuis des années. La base de l'armée qui se trouve en Utah et qui a pour mission de veiller sur le site s'en sert de temps en temps pour tirer des fusées cibles en direction de White Sands dans le cadre de cette imbécillité de Guerre des Étoiles. Il n'y a plus lieu d'appliquer des mesures de sécurité.

Tout en prononçant ces paroles, il se disait que la porte lui paraissait bien trop solidement fermée. Une autre boîte métallique, légèrement gagnée par la rouille, était soudée en son centre. Près du bas se trouvait un système de verrouillage avec boulon. Lequel semblait avoir disparu. La seule chose dont Leaphorn était certain de saisir la finalité était la barre métallique de blocage qui pivotait devant le panneau et, quand elle était fixée en place, l'empêchait de s'ouvrir.

L'ancien lieutenant s'avança de deux pas.

– Arrêtez, ordonna Denton. Vous voulez me faire croire que vous allez entrer dans ce caveau?

Il avait le calibre quarante-cinq à la main, toujours armé et désormais pointé vers le sol à mi-chemin environ entre Leaphorn et lui.

— On va voir, fit le policier en s'approchant de la porte.

Mais pas à grandes enjambées. Avec un certain temps de retard, il venait de s'apercevoir qu'il avait trouvé le moyen de faciliter la tâche de Denton si celui-ci avait l'intention de l'éliminer et d'y parvenir sans être inquiété. L'orage qui couvait sur les Monts Zuñi produisait maintenant des éclairs et allait vraisemblablement déverser assez de pluie pour effacer leurs traces. Un roulement de tonnerre se répercuta sur les rangées de bunkers et les courants d'air ascensionnels qui alimentaient les nuages engendrèrent des rafales de vent. Il avait conduit Denton en un endroit absolument parfait pour l'abattre. Personne ne serait suffisamment proche pour entendre un coup de feu, même si le temps avait été calme. Denton pourrait sûrement franchir le portail d'accès en sens inverse sans que cela nécessite davantage qu'un petit geste de la main ou alors, s'il redoutait la curiosité du gardien, il pourrait trouver assez facilement un moyen de repartir du côté des Monts Zuñi où, depuis des années, les éleveurs utilisaient leurs pinces coupantes pour faire profiter leur bétail d'une herbe gratuite.

Maintenant qu'il en était plus proche, Leaphorn pouvait lire le petit panneau en partie effacé qui était accroché sur la boîte fixée à la porte : VERROUILLAGE. Mauvaise nouvelle. Il étudia le dispositif qu'il identifia comme étant semblable à ceux que l'on utilise dans les prisons pour accueillir les systèmes de fermeture codés. Mais, bonne nouvelle, cette boîte-ci était vide.

Puis, à ses pieds, il remarqua une longueur de câble de gros diamètre. Il s'en empara. Elle avait été sectionnée. Adhérant toujours au câble, il repéra une pièce de fer métallique de forme circulaire. Il découvrit l'endroit, sur la porte, où ce câble s'était inséré dans le trou d'une cornière, puis l'équivalent de celle-ci sur le montant. La pièce circulaire avait tenu le rôle de sceau officiel.

— Ça suffit, Leaphorn, déclara Denton. Vous avez assez fait traîner les choses. Je crois que vous me menez en bateau. Vous gagnez du temps. Vous attendez l'arrivée de quelqu'un.

Ce fut à ce moment que l'ancien lieutenant se souvint de la pince et du pied-de-biche. La première avait servi à couper le câble. En regardant la barre de sûreté placée en travers de la porte, il comprit pourquoi McKay avait acheté le deuxième. Il en avait eu besoin comme extension de bras de levier pour forcer cette barre à sortir des encoches qui la retenaient. Mais qu'en avait-il fait ensuite ? La pince coupante, il l'avait retrouvée dans la voiture. Une fois le câble coupé, McKay n'en avait plus eu l'usage ici. Mais s'il avait laissé Linda Denton enfermée dans ce bunker, il lui fallait le pied-de-biche pour l'en extraire.

Denton, qui se trouvait maintenant juste derrière lui, appliqua le pistolet au contact de sa colonne vertébrale.

– Retournez à votre véhicule. Tout de suite ou je vous abats sur place.

Au moment où il l'entendait prononcer ces mots, le Légendaire Lieutenant aperçut le pied-de-biche posé au milieu des herbes, au pied du mur en béton.

Il le montra du doigt.

– Marvin McKay a acheté ce levier dans une droguerie de Gallup le jour où vous l'avez tué. Rangez ce fichu pistolet dans votre poche. On va le ramasser et découvrir ce qui est arrivé à votre femme.

Une fois encore, le contact de l'arme disparut de son dos.

– Qu'est-ce que vous me racontez ? interrogea Denton.

– Je prends le pied-de-biche. Je vais vous montrer.

Il souleva la lourde barre métallique et scruta un instant le dispositif de verrouillage. En utilisant la cornière comme point d'appui, il inséra l'extrémité du levier sous la barre de sécurité et appuya de toutes ses forces. Elle se souleva.

– Maintenant, tirez la porte.

Denton s'exécuta.

Ils furent assaillis par une bouffée d'air tiède vicié et plongèrent le regard dans des ténèbres, vastes et vides. Rien d'autre qu'un amas de cartons contre le mur de gauche et deux récipients noirs en forme de bidons qui, à une époque, avaient probablement contenu un explosif d'une sorte ou d'une autre. Denton avait maintenant abaissé le pistolet le long de son corps.

– Vous croyez qu'elle est là-dedans ?

À l'intérieur du bunker, la seule lumière provenait de l'ouverture, derrière eux. Elle éclairait faiblement un sol gris en béton qui s'étalait sur vingt mètres d'espace dégagé avant de buter contre le grand demi-cercle, lui aussi en béton gris, qui constituait le mur du fond.

Leaphorn s'avança de quelques pas seulement avant de remarquer que Denton ne le suivait pas. Il était toujours au même endroit, les épaules voûtées, le regard fixé sur le montant de la porte.

– Qu'est-ce que vous avez trouvé ? demanda l'ancien policier en revenant sur ses pas.

Denton tendait le doigt mais il avait les yeux fermés.

Des mots étaient tracés sur le béton. Leaphorn alluma sa torche et éclaira : JE SUIS VRAIMENT DÉSOLÉE, BOSSE.

– Vous savez qui c'est, ce Bosse ?

– C'est moi. À cause de mon nez, expliqua-t-il en portant le doigt à cette difformité.

– Oh, fit Leaphorn.

– Elle disait qu'elle aimait cette bosse que j'ai sur le nez. Qu'elle lui rappelait le genre d'homme que j'étais...

Il tenta d'en rire mais n'y parvint pas.

– ... Il n'y a que Linda qui ait pu écrire ça. Personne d'autre ne m'appelait comme ça.

Leaphorn toucha les lettres.

– Je crois qu'elle a dû se servir de son rouge à lèvres, dit-il.

– Je vais la trouver.

Denton cria : « Linda ! » et se précipita dans la semi-obscurité tandis que son appel se répercutait indéfiniment dans l'immense tombeau vide.

Ils trouvèrent Mme Linda Denton, née Linda Verbiscar, sagement allongée sur une épaisse plaque de carton ondulé, derrière les bidons vides.

Elle gisait sur le ventre, la tête tournée sur le côté. L'atmosphère presque dépourvue d'air, fraîche et totalement exempte d'humidité qui régnait à l'intérieur du bunker scellé l'avait changée en momie.

29

Ce que Hostiin Peshlakai avait appris à Chee, il l'avait débité en présence de Ms Knoblock, son avocate commise d'office, et de M. Harjo, qui semblait remplir les fonctions d'interprète auprès d'elle comme auprès de l'agent Osborne. Et Peshlakai s'était exprimé, comme cela semblait être son habitude, en des termes généraux et ambigus.

– Mais ce à quoi tout cela se résume, Bernie, quand on lit entre les lignes et qu'on a complété quelques phrases à sa place, c'est que Wiley Denton a assassiné Doherty avec l'aide et la complicité de notre ami Peshlakai... à condition qu'il n'ait pas lui-même appuyé sur la détente.

Bernie eut l'air très triste d'entendre cela.

– Enfermer ce vieux monsieur dans une prison, dit-elle. Ça serait horrible. Ça le tuerait.

– Probablement. Mais je ne crois pas que Harjo ait réellement compris la plus grande partie de ce qu'il disait. Pas à en juger par la façon dont il traduisait pour Ms Knoblock.

Bernie lui jeta un coup d'œil en coin.

– Et vous n'êtes pas intervenu pour expliciter ses paroles. C'est ça? Vous semblez sous-entendre quelque chose de, heu, quelque chose d'insidieux.

– Je ne sais pas ce que je sous-entends. Mais ce dont je suis sûr, c'est que Peshlakai n'avait pas la moindre idée qu'il allait se retrouver impliqué dans un meurtre.

– Comment a-t-il fait, d'ailleurs, pour être en cheville avec Denton?

– Simplement en habitant à cet endroit-là. Il voyait Denton remonter le canyon, fouiner à droite et à gauche, prélever des échantillons de sable, ce genre de chose. Et il avait dû l'avertir qu'il ne devait pas remonter vers la zone de Coyote Canyon où les eaux prennent leur source parce que c'est un lieu sacré. Ce serait violer des tabous et ça le rendrait malade. Et en conséquence, Denton s'est montré compréhensif, ou il a fait semblant de l'être, et il lui a dit qu'il allait l'aider à protéger cet endroit. Il lui a donné un téléphone portable, lui a indiqué comment s'en servir et lui a dit que quand il verrait quelqu'un qui venait fureter dans le canyon, il devait le prévenir.

— Et donc il l'a fait quand Doherty s'est manifesté sur le site de prospection de l'or ?

— Exactement. Alors Denton est arrivé. Après, l'un des deux a tué Doherty.

— Avec la carabine de Peshlakai ?

— Malheureusement. Peshlakai ne l'a pas dit expressément, mais les scientifiques d'Osborne ont fini par retrouver la balle à l'aide de leurs détecteurs de métaux. Elle provenait bien de sa vieille trente-trente, tout comme celle qu'il a tirée pour vous faire décamper.

Bernie frissonna à ce souvenir.

— Et ils ont hissé le corps de Doherty dans son camion, compléta-t-elle. Puis l'un des deux l'a conduit à l'endroit où je l'ai trouvé pendant que l'autre suivait dans la voiture de Denton, et après, tout le monde est rentré chez soi. Tout le monde à l'exception de Thomas Doherty.

— Peshlakai ne l'a pas expliqué, ça, pas plus qu'il n'a précisé qui a réellement tiré.

Bernie soupira.

— Je ne pense pas que ça ait une grande importance. Qu'il soit l'assassin ou le complice. Il est beaucoup trop âgé pour tenir le coup longtemps en prison.

— Et il ne le voudrait pas, compléta Chee.

Bernie passa sa main sur son visage.

— Je déteste ça, dit-elle. Je déteste ça, il n'y a pas d'autre mot. Ça fait souffrir tellement de gens.

— Je sais.

Un long silence s'ensuivit. Chee le rompit par ce qui s'apparentait un peu à un rire.

— Qu'est-ce qu'il y a ? s'enquit-elle.

– Ça donnait l'impression que j'exprimais mon accord avec ce que vous disiez, mais en fait ce n'était pas ça. Vous exprimiez votre compassion pour les victimes, et parfois, ce sont les gens que l'on arrête qui sont les pires victimes de tous. Moi, ce n'était pas à ça que je pensais. Je pensais à nous deux.
– Comment ça ?
– Vous auriez pu être tuée dans Coyote Canyon. Pour moi, c'est resté un cauchemar depuis que vous m'en avez parlé.
– Personne ne vous en aurait tenu responsable.
– Ce n'était pas ce que je voulais dire.

Ils bifurquèrent vers l'entrée du fort, présentèrent leurs justificatifs professionnels au gardien, obtinrent confirmation que Leaphorn était passé un peu plus tôt, accompagné d'un autre homme, et reçurent des indications générales sur la façon de trouver la rangée D des blockhaus et celui qui portait le numéro D2187.

Bernie repéra le pick-up de Leaphorn loin devant eux, quand ils prirent la route goudronnée très abîmée, et ils se garèrent juste derrière.

– La porte est ouverte, remarqua-t-elle.

Chee prit sa torche et mit pied à terre. La jeune femme était déjà descendue.

– Bernie. Pourquoi vous n'attendez pas ici que...
– Parce que je suis policier, au même titre que vous.
– Mais c'est moi le sergent. Restez en retrait.

Il se dirigea vers le seuil, regarda à l'intérieur, actionna sa torche.

Le faisceau illumina les silhouettes de deux hommes, l'un assis sur un baril, l'autre debout. Celui qui était debout tenait une lampe. Le second avait un pistolet qui pendait au bout de sa main droite et ce qui ressemblait à une feuille de papier dans l'autre, éclairée par la lampe. L'homme qui était assis ne prêta aucune attention à la lumière braquée sur eux. L'autre regarda dans la direction de Chee. Joe Leaphorn.

– Wiley Denton, cria Chee. Lâchez votre pistolet.

Il ne semblait pas l'avoir entendu.

– Police. Lâchez votre pistolet.

Chee avait déjà armé le sien. Il était conscient que Bernie se tenait à ses côtés.

Denton se leva, fit face à Chee, son arme se releva.

Chee bondit vers Bernie, la percuta en l'écartant du seuil. Son élan le projeta contre le montant de la porte et la torche échappa à son bras engourdi. Il se retrouva à genoux, les doigts crispés sur la crosse.

À l'intérieur du bunker, il vit Denton, toujours debout, éclairé par la torche de Leaphorn. Plus aucune arme n'était visible.

– Ça va, cria Leaphorn. Vous pouvez entrer.

Chee s'avança, le pistolet braqué. Bernie avait récupéré sa torche et marchait avec lui, la lumière orientée sur Denton.

– Wiley, dit Leaphorn. Remettez votre arme au sergent Chee. Vous n'en avez plus besoin, maintenant.

Denton prit l'arme glissée sous sa ceinture.

– Tenez, dit-il en la tendant à Chee.

– Et la lettre, poursuivit Leaphorn. Laissez-moi vous la garder. Vous voudrez la récupérer.

Denton la lui remit, tourna le dos à Chee et tendit ses bras derrière son dos.

– Monsieur Denton, déclara le sergent, je vous arrête pour le meurtre de Thomas Doherty. Vous avez le droit de ne rien dire. Vous avez le droit de consulter un avocat. Tout ce que vous direz pourra être retenu contre vous.

– Oh ! s'écria Bernie. Qu'est-ce que vous vous êtes fait au bras ? Vous saignez.

– Je me suis cogné contre le chambranle. Je vais escorter M. Denton à la voiture et prévenir le poste...

Il avait le regard fixé sur Linda, allongée sur son lit de mort en carton.

– ... Leur demander d'envoyer une ambulance, je crois.

Il tira Denton par la manche.

– Une petite seconde, demanda celui-ci en se tournant vers Leaphorn. Je voudrais relire la fin.

Leaphorn regarda les mains prisonnières des menottes, derrière son dos.

– Je vais vous la lire, proposa-t-il.

– Non. Ce n'est pas nécessaire. Je me souviens de chacun des mots.

À la lumière réfléchie de la torche, le visage de l'ancien lieutenant paraissait vieux et fatigué.

– Wiley, dit-il. Souvenez-vous aussi d'autre chose. Souvenez-vous que vous ne vouliez pas que ça arrive. Souvenez-vous que c'est la conséquence de beaucoup d'incompréhensions.

– Je me souviens aussi d'autre chose. Cette remarque que vous m'avez faite, sur Shakespeare. J'ai posé la question à la femme de la bibliothèque, pour *Othello*, et elle m'en a prêté un exemplaire. Il s'est comporté avec autant de stupidité que moi. Mais en ce qui me concerne, je n'avais personne pour me harceler de ses mauvais conseils. Je suis seul responsable. À essayer de trouver un trésor alors que j'en avais déjà un.

– Allez, on y va, intervint Chee.

Ils s'avancèrent dans les ténèbres vers le soleil qui illuminait l'encadrement de la porte.

Bernie n'avait pas quitté le corps des yeux. Elle secoua la tête et se détourna.

– C'est difficile à croire, dit-elle. Elle est morte de faim ici, dans le noir. C'est vraiment trop horrible. Qu'est-ce qu'il fabriquait, McKay? Il l'avait prise en otage, je suppose. Mais pourquoi M. Denton n'est-il pas venu la chercher? Que s'est-il passé?

– Denton a abattu McKay avant qu'il n'ait eu le temps de lui révéler où il détenait Linda. Denton dit qu'il ne l'a absolument pas cru. Vous ne pensez pas que nous devrions sortir d'ici?

– Qu'est-ce que Linda lui a écrit? demanda Bernie en montrant le papier que Leaphorn tenait à la main. Est-ce que je pourrais la lire?

Il ne répondit pas.

– Peut-être pas, reprit-elle. Mais est-ce que vous pourriez me dire si elle était en colère?

– Vous diriez sans doute que c'est une lettre d'amour. Elle s'excuse d'avoir présenté McKay à Denton, elle dit qu'elle ignorait qu'il était quelqu'un de mauvais. Elle dit que comme Denton n'est pas venu la chercher, elle a peur que McKay l'ait tué, et qu'alors il n'aura jamais la possibilité de lire cette lettre. Mais de temps en temps, elle part dans des rêves et elle imagine que Denton est à l'hôpital où il se remet. Si c'est le cas, elle sait qu'il va venir et elle va essayer de rester en vie jusque-là. Et si, une fois de plus, elle n'est pas à la hauteur, elle veut qu'il sache qu'elle l'a toujours aimé et qu'elle est désolée.

Leaphorn éteignit sa lampe. Il ne tenait pas à voir le visage de Bernadette Manuelito.

— Désolée ? dit Bernie dont la voix s'étranglait. Elle a dit qu'*elle* était désolée ?

La lumière qui venait du seuil indiqua à Leaphorn qu'elle avait les larmes aux yeux. Le moment de changer de sujet.

— Qu'est-ce qu'il a, au bras, Jim ?

— Oh, fit-elle. Quand il a vu que Denton avait un pistolet à la main, il s'est jeté sur moi. Il m'a écartée du seuil.

— Il vous a fait mal ?

— Non, pas du tout, fit-elle d'un ton indigné. Il essayait de me protéger.

— Je crois que nous avons besoin de regagner la lumière du soleil.

— Je devrais rester. Je suis en service. On doit rester à côté du corps en attendant l'arrivée de la police scientifique.

— Dans ce cas je reste avec vous. Vous ne redoutez pas le *chindi* ? Le fantôme de Linda a forcément été enfermé ici, sans aucune possibilité de sortir.

— Lieutenant Leaphorn. Avez-vous oublié ? Quand on meurt, la bonté disparaît avec le défunt. Seul ce qu'il y a de mauvais en lui reste en arrière pour donner substance au fantôme. Je doute que Linda Denton ait laissé grand-chose pour un *chindi*.

Ils demeurèrent à côté du cadavre un moment, sans rien avoir à ajouter. Bernie orienta sa torche sur un petit étui en plastique noir, en partie caché par la jupe de Linda Denton, et se tourna vers Leaphorn, l'air interrogateur.

— C'est une sorte de lecteur de disque compact miniature. Elle adorait la musique et Denton venait de le lui offrir. Un cadeau d'anniversaire, il m'a dit, je crois.

— Ça devait être la source de la musique que ces jeunes ont entendue. S'il n'y avait pas eu les gémissements du vent, ce soir-là...

Sur ces mots, elle sortit un mouchoir en papier de sa poche et s'essuya les yeux.

— ... S'il n'y avait pas eu le vent, ils auraient su que c'était elle qu'ils entendaient et non pas un fantôme.

Leaphorn hocha la tête.

– Nous aussi, vous savez, nous avons notre histoire sur les Garçons Silex Dur qui transforment l'air qui est bon en entité mauvaise.
– Pour l'instant, je me dis que ma mère avait raison. Il y a bien trop d'aspects négatifs, pour moi, dans ce métier. Trop de chagrin.
– Vous n'auriez aucune difficulté à en trouver un autre, l'assura Leaphorn. Une occupation où vous pourriez aider les gens au lieu de les envoyer en prison.
– Je sais. J'y pense. Je vais arrêter. J'aimerais rendre les gens heureux.

Leaphorn montra du doigt la porte du bunker. Par l'ouverture, ils voyaient le sergent Jim Chee qui faisait monter Wiley Denton dans sa voiture de patrouille.

– Vous savez, Bernie, vous pourriez la commencer tout de suite, cette carrière qui consiste à « rendre les gens heureux ». En disant au jeune homme qui est là-bas ce que vous venez de me confier.

Elle regarda, dans la zone éclairée par le soleil, Chee qui parlait à Denton par la vitre de la voiture. Se retourna vers Leaphorn, haussa les épaules, présenta ses paumes dans ce geste qui indique la désillusion succédant à l'échec.

– Je sais, acquiesça Leaphorn. Quand j'étais beaucoup plus jeune, un vieux monsieur zuñi m'a raconté la légende qui correspond à ça, chez eux. Deux de leurs jeunes chasseurs sauvent une libellule prisonnière de la boue. Elle leur accorde les souhaits auxquels on a généralement droit dans ce genre d'histoire. L'un des deux exprime le désir de devenir l'homme le plus intelligent du monde. La libellule lui répond : « Accordé. » Mais le second chasseur veut être plus intelligent que l'homme le plus intelligent du monde.

Sur ces mots, il observa un instant de silence, en partie pour ménager ses effets, en partie pour voir si Bernie avait déjà entendu une version de ce récit, et en partie pour s'assurer qu'elle avait suffisamment retrouvé le moral pour l'écouter. Elle l'écoutait.

– Alors, la libellule change le second chasseur en femme, dit-elle en riant et en hochant la tête.

– Je suis retraité de la Police Tribale Navajo, lui dit Leaphorn, mais j'occupe toujours les fonctions d'adjoint au shérif du comté de McKinley. Je peux rester ici avec le corps.

Puis il la regarda s'éloigner vers la porte restée ouverte. Vers le soleil éblouissant. Vers Jim Chee.

GLOSSAIRE

Anasazis : les premiers habitants de l'Amérique du Nord. Venus probablement par le détroit de Béring, ils se réfugient dans les habitations troglodytiques du plateau du Colorado et parviennent à vivre de la chasse et de l'agriculture dans ce climat semi-aride. Puis, brusquement, ils disparaissent à la fin du XIIIe siècle.

Arroyo : terme espagnol désignant le lit à sec, en général au fond d'une gorge ou d'un canyon, d'une rivière dont l'eau se tarit en été.

Bâtiment administratif : la réserve navajo est divisée en 78 *chapters* ou divisions administratives; on trouve donc 78 sièges administratifs locaux, ou *chapter houses*, placés sous l'autorité du Conseil Tribal.

Belagaana : homme blanc.

Bosque Redondo : lieu où les Navajos furent déportés en 1864 (v. Longue Marche).

Bourse à medicine ou bourse des Quatres Montagnes (*jish* en navajo) : indispensable pour assurer les rites guérisseurs, elle symbolise l'harmonie, la substance de la vie et la force de vie (v. dualisme), et est constituée d'un ensemble d'objets sacrés parmi lesquels des échantillons provenant du sol des Quatre Montagnes sacrées.

Butte : v. mesa.

Chant : v. chanteur, rite guérisseur et voie.

Chanteur (*hataalii* ou *yataalii* en navajo) : chez les Navajos il est celui que l'on appelle pour tenir les rites guérisseurs car il est le dépositaire de ces procédures extrêmement complexes destinées à libérer le malade de l'emprise d'un sorcier (par exemple), au moyen de prières et de chants associés à des peintures de sables. Un chanteur ne peut donc connaître que plusieurs « chants » et certains rites disparaissent actuellement car ils appartiennent exclusivement à la tradition orale. Mais le chanteur n'est ni un *medicine-man* ni un shaman : la guérison est collective, profite d'abord au patient puis, par voie de fait, à l'univers tout entier qui retrouve l'harmonie (*hohzho*). Encore convient-il de comprendre qu'il s'agit souvent davantage d'un retour à la sérénité morale du patient au sein de son environnement que d'une véritable guérison au sens médical du terme.

Chindi : mot navajo désignant le fantôme. Les Navajos ne croient pas à un au-delà après la mort. Au mieux ils trouvent le néant. Au pire, la partie malsaine et malfaisante de l'individu (le vent sombre) revient hanter les vivants et leur apporter la maladie et la mort.

Clan (ou peuple) : concept familial très élargi. Chez les Navajos, on en dénombre 65 (v. famille). La quatrième partie du *Diné bahané* (transcription par Paul G. Zolbrod du cycle relatant les origines des Navajos) relate leur création et la façon dont ils ont reçu leur nom.

Couverture : Les tisserandes navajo sont réputées dans le monde entier pour la qualité et la variété de cet art pratiqué sur d'immenses métiers. Autrefois, ces couvertures servaient à se vêtir, à s'asseoir ou s'allonger sur le sol, à protéger l'entrée du hogan bien plus qu'elles n'avaient vocation décorative. Au fil de l'histoire elles ont beaucoup changé mais les motifs en demeurent les lignes droites ou en zigzags associées aux losanges, et les couleurs le rouge, le jaune, le marron, le noir, le blanc et le gris presque exclusivement. Les différents styles associés aux couleurs et motifs dominants prennent aujourd'hui le nom de la région d'où ils proviennent.

Dinee ou Dineh : le Peuple (également le Clan); tel est le nom que se donnent les Navajos. Ils habitent la région qu'ils appellent Dinetah, la plus grande réserve des USA, d'une superficie de 64 750 km^2.

Dinetah ou Dine' Bike'yah (mot à mot, « parmi le Peuple ») : les limites des Terres du Peuple marquées par les quatre Montagnes sacrées qui correspondent grossièrement aux quatre points cardinaux (v. ce mot et vent) et sont associées aux quatre couleurs, coquillages et moments de la vie; Sis no jin ou Tsisnadzhini à l'est (Blanca Peak, Nouveau-Mexique, couleur blanche de l'Aube, coquille blanche, l'enfance); Tso'dzil ou Tsotsil au sud (Mont Taylor, Nouveau-Mexique, couleur bleue du Ciel, turquoise, l'âge adulte); Dook o'ooshid ou Dokoslid à l'ouest (Monts San Francisco, Arizona, couleur jaune du Crépuscule, abalone, la mort), Debe'ntsa ou Depentsa au nord (La Plata Mountains, Colorado, couleur noire de la Nuit, obsidienne, le recommencement).

Dualisme : Dieu-qui-Parle et Dieu-qui-Appelle, Premier Homme et Première Femme, Garçon Abalone et Fille Abalone, la source de vie qui contient à la fois la « matière » nécessaire à la vie et le moyen lui permettant de passer l'épreuve du temps, la forme non physique dissimulée à l'intérieur de la forme physique des choses, tous ces éléments de la mythologie navajo relèvent d'un dualisme presque systématique pouvant être associé à un pôle positif et un pôle négatif, un caractère masculin et un caractère féminin; ces contraires complémentaires sont ensuite regroupés pour donner des séquences de quatre dont le premier couple est à son tour considéré comme « positif », le second comme « négatif », l'association des « contraires » pouvant culminer dans la fusion finale et le recommencement symbolisés par le chiffre neuf.

Famille : système matrilinéaire chez les Navajos; les jeunes époux se mettent en quête d'un endroit où construire leur hogan

(v. ce mot), tant pour s'isoler que pour avoir suffisamment d'espace afin de pratiquer l'élevage des moutons. Il faut ici distinguer la notion de clan de ce que Hillerman appelle « outfit » en américain et que nous avons traduit par « famille élargie » : une sorte de clan géographique au sens large permettant aux Navajos isolés de se regrouper à trois ou quatre « familles » afin de coopérer pour certains travaux ou certains rites. Cet « outfit » peut regrouper de 50 à 200 personnes. Ce terme peut également s'appliquer aux habitations et installations attenantes.

Fantôme : v. chindi.

Femme-qui-Change (*Asdzaa nadleehé*) : dans la mythologie navajo, elle est une des deux « filles jumelles » de Premier Homme et de Première Femme, créée en présence de nombreux autres représentants du Peuple Sacré à partir d'une figurine de turquoise lors d'une cérémonie complexe et poétique. Elle s'accouple avec Shivanni (*Johonaa'éi*), le Soleil-Père, pour donner naissance aux Jumeaux Héroïques, Tueur-de-Monstres et Fils-Né-des-Eaux (ou Né-de-L'Eau, son nom changeant à plusieurs reprises durant le cycle des origines). Plus tard, Dieu-qui-Parle et Dieu-qui-Appelle, associés à d'autres membres du Peuple Sacré au cours d'une cérémonie de création nécessitant l'utilisation d'objets sacrés, d'épis de maïs, et le souffle du Vent (*Niłch'i*), lui transmettent ce don de création qu'elle réalisera en frottant diverses parties de son corps et en recueillant la couche de peau superficielle dans sa main. Elle est avec sa sœur, Femme Coquillage Blanc (*Yoolgai asdzaa*) la seule représentante du Peuple Sacré à être à la fois entièrement bonne et hantée par la solitude.

Four Corners : la région des États-Unis où, fait unique dans le pays, les frontières séparant quatre États (Arizona, Utah, Colorado, Nouveau-Mexique) se coupent à angle droit.

Grand-père : terme qui, du fait du système clanique des Navajos, s'applique aux hommes âgés appartenant au clan de la mère. De même des termes comme oncle, voire père ou mère n'ont qu'un rapport très lointain avec le sens que nous leur donnons quotidiennement.

Harmonie : v. hozho.

Heure : selon Tony Hillerman, le concept navajo le plus déroutant car « ... pour eux, ce n'est pas un continuum, un flot régulier. Ils se représentent le temps sous la forme de blocs, de rencontres. Et par voie de conséquence des mots comme " en avance " ou " en retard " n'ont pour eux aucun sens. (...) Les Navajos ne sont jamais où ils sont censés être. Les autres Indiens appellent cela " l'heure navajo ", ce qui signifie " Dieu sait quand ! " » (interview accordée au traducteur, octobre 1987, publiée dans *Polar n° 1*, Rivages, 1990).

Hogan : la maison du Navajo, structure au toit arrondi faite de rondins et de boue séchée. Un abri et un corral au minimum viennent la compléter. Le hogan d'été utilisé pendant le pacage des moutons est de facture plus grossière. Des règles précises commandent l'orientation de l'habitation traditionnelle (v. points cardinaux).

Hopi : dans la langue de ces Indiens pueblo, *hopitu* signifie « le peuple paisible ». Leur réserve se trouve enclavée dans la réserve navajo du nord de l'Arizona : le recensement de 1989 indiquait que 9617 personnes habitaient sur la réserve hopi mais ils ne seraient pas plus de trois mille à vivre réellement dans les villages ancestraux des trois mesas. Ce sont avant tout des cultivateurs et des chasseurs.

Hostiin ou hosteen : mot navajo qui exprime le respect dû à la personne (en général l'homme adulte) à laquelle on s'adresse.

Hozho ou hohzho : mot navajo qui signifie la beauté, l'harmonie de l'individu avec le monde qui l'entoure.

Jemez : pueblo de trois à quatre cents habitants, limitrophe de la Grande Réserve Navajo, à une cinquantaine de kilomètres d'Albuquerque, au sud, et de Santa Fe, à l'est.

Jicarilla : une des huit tribus apaches nomades et guerrières (*apachu* signifie « ennemi » en zuñi) généralement identifiées. Située à environ quatre-vingts kilomètres à l'est de Farmington et à la même distance au nord-ouest de Santa Fe, la réserve Jicarilla n'est pas limitrophe de la Grande Réserve Navajo.

Longue Marche : en 1864, vaincus par Kit Carson, les 8000 Navajos rescapés furent acheminés en plusieurs convois au cours d'une « Longue Marche » de près de 500 kilomètres, puis parqués à Bosque Redondo, à côté de Fort Sumner (Nouveau-Mexique) jusqu'en 1868, date à laquelle les 7000 survivants purent regagner leur territoire.

Loups Navajos : v. porteurs-de-peau.

Medicine-man : v. shaman.

Mesa (mot espagnol) : montagne aplatie caractéristique des États du sud-ouest. Lorsqu'elle ressemble plus à une colline qu'à un plateau elle devient une butte. Et une butte au sommet arrondi est une colline. Parmi les mesas les plus connues, citons Mesa Verde, dans le Colorado, haut-lieu archéologique, et les Première, Deuxième et Troisième Mesa sur lesquelles se perchent les villages hopi ancestraux.

Montagnes Sacrées : v. Dine' Bike'yah.

Mort : les Navajos ont une crainte maladive de la mort au point de s'entourer de toutes sortes de précautions et d'éprouver une intense répugnance à toucher un cadavre qu'ils enterrent le plus rapidement possible dans un lieu secret. Pour eux, il n'y a pas de « paradis », au mieux le repos. Dans la mythologie navajo, deux habitants du cinquième monde meurent quatre jours après avoir observé un fantôme, d'où cette répulsion. Plus tard dans le cycle, les Jumeaux Héroïques, après avoir obtenu du Soleil les armes nécessaires pour triompher des monstres qui apportaient la mort au Peuple, épargnent plusieurs maux nécessaires : Sa, Celle-qui-Apporte-le-Grand-Age, et d'autres qui correspondent à la Misère, à la Faim et au Froid. Puis Tueur-de-Monstres conclut : « Et maintenant l'ordre et l'harmonie règnent en ce monde. »

Navajo : les prêtres espagnols les appelaient « *Apaches del nabaxu* » ; le terme actuel est donc la corruption espagnole du mot pueblo signifiant « grands champs cultivés », « *apachu* » signifiant « ennemi » en zuñi. Arrivés tardivement en Arizona, ils se rendirent odieux par leur violence et leurs rapines avant d'acquérir, au contact des autres civilisations, nombre de techniques et de connaissances. Leur faculté d'adaptation s'est une nouvelle fois vérifiée dans le domaine des transmissions lors de la Seconde Guerre mondiale. Ils habitent la plus grande réserve des USA, la terre de leurs ancêtres, et exploitent eux-mêmes les ressources naturelles d'un sous-sol riche par l'intermédiaire du Conseil Tribal. Par le passé ce peuple ne constituait pas une tribu à proprement parler, ce qui explique le non-respect de certains traités au XIXe siècle : la parole d'un chef de clan n'engageait pas les autres Navajos (ce dont les envahisseurs blancs ont parfois largement tiré profit). Ils constituent la nation indienne la plus importante du pays (près de 200 000 membres).

Oncle : v. Grand-père et famille.

Origines : avant d'atteindre la surface de la terre, les hommes durent émerger des mondes inférieurs (de quatre à douze suivant les mythologies) en suivant le tronc d'un arbre perçant les différentes couches successives. Les Navajos émergent du dernier monde souterrain, alors envahi par les eaux, en empruntant un roseau (*sipapu*). Le monde actuel est la fusion des quatre mondes précédents (v. quatre et surtout dualisme). Chez les Hopis, on appelle *sipapuni* le lieu de l'émergence dans le Quatrième Monde.

Osage : tribu de l'Oklahoma et du Missouri dont la langue s'apparente à celle des Sioux.

Paiute : tribu du Nevada et de l'Utah dont la langue est affiliée à celle des Utes.

Peuple : le nom que se donnent les Navajos. Également synonyme de Clan.

Peuple Sacré (*Haashch'ééh dine'é*) : concept navajo. Ils sont capables du bien comme du mal et l'on peut arriver à les manipuler à l'aide de chants et de prières appropriés ; le Peuple de l'Esprit de l'Air, issu des mondes souterrains, qui donnera naissance au Peuple de la Surface de la Terre à Cinq Doigts, peut avoir l'aspect d'animaux (Grand Serpent, Grande Mouche, Coyote...), d'êtres humains (Femme-qui-Change, Premier Homme...) ou d'éléments naturels (le Peuple du Vent, le Peuple du Tonnerre...)

Points cardinaux : ils jouent un très grand rôle dans les rites religieux. Chez les Navajos la porte du hogan fait face à l'Est qui symbolise le souffle de vie ; le Sud représente la piste de vie ou piste de la beauté, de l'harmonie ; l'ouverture pratiquée dans un mur après un décès doit être dirigée vers le Nord qui représente le mal ; l'Ouest figure la mort. (Voir également Dinetah et vent.)

Pollen : il intervient dans quantité de rites navajo au même titre que la farine de maïs, l'une des quatre plantes sacrées avec la courge, le haricot et le tabac.

Porteurs-de-peau : les sorciers, hommes ou femmes, décidés à apporter le mal à leurs congénères, commettent leurs méfaits la nuit en se dissimulant souvent sous des peaux d'animaux.

Potawatomi (diverses orthographes, celle-ci utilisée par les intéressés) : tribu appartenant au groupe algonquin, vivant à l'origine dans l'Illinois, puis déportée en dépit de services rendus lors de la guerre de 1812, dans le Kansas d'abord puis dans l'Oklahoma car moins fertile. Des camarades potawatomis partagèrent les jeux d'enfants de l'auteur, à Sacred Heart, dans l'Oklahoma.

Pueblo : village en espagnol. Au contraire des bergers navajo, semi-nomades, les Indiens Pueblos (Hopis, Zuñis etc.) sont des agriculteurs sédentaires. On les trouve exclusivement dans le Sud-Ouest des USA. Taos, au Nouveau-Mexique, est le plus visité des pueblos.

Quatre : ce chiffre joue un grand rôle chez les Navajos qui dénombrent quatre montagnes sacrées, quatre plantes sacrées, quatre bijoux sacrés etc. (v. également dualisme).

Religion : pour l'essentiel, les Indiens du Sud-Ouest croient à l'interdépendance des choses de la nature ou à l'harmonie ou beauté, *hohzho* en navajo, qui doit régner dans leur réserve et par suite dans l'univers tout entier.
Mais les rites navajo sont, à l'exception de la Voie de la Bénédiction, destinés à guérir alors que chez les Pueblos, les cérémonies religieuses ont pour but d'appeler les bienfaits que les kachinas, ou esprits ancestraux, pourront leur apporter sous la forme de nuages de pluie.
Des Navajos convertis au christianisme, on dit qu'ils suivent la route de Jésus. Certains se convertissent à la foi mormone. D'autres adhèrent par exemple aux croyances de la Native American Church, organisation religieuse regroupant plusieurs tribus ; elle adapte le christianisme à des croyances et à des rites locaux, autorisant en particulier l'utilisation sacramentelle du peyote hallucinatoire.
Chez les Pueblos, il existe une pluralité de prêtrises et de fraternités qui se partagent l'administration du sacré en renforçant la cohésion de la tribu et ses principes moraux.

Réserve-aux-Mille-Parcelles (ou Réserve en Damier) : selon les propres termes de Tony Hillerman : « Au XIXe siècle, lorsque la politique nationale fut de construire des voies de chemin de fer d'un bout à l'autre du continent, le Congrès attribua aux compagnies ferroviaires des portions de terre qui s'étendaient sur presque 50 kilomètres (30 miles) de part et d'autre de la voie. Une parcelle sur deux, chacune de 2,5 km^2, était donnée à la compagnie alors que l'autre restait la propriété du gouvernement, c'est ce que nous appelons les terres appartenant au domaine public. Par la suite, une part de ce domaine public a été attribuée aux Navajos comme faisant partie intégrante de leur réserve. D'où le damier que constituent terres navajo et terres privées. Aujourd'hui, une grande partie de ces terres privées ont été acquises par la tribu. »

Richesse : le désir de posséder est, chez les Navajos, le pire des maux, pouvant même s'apparenter à la sorcellerie. Citons Alex Etcitty, un Navajo ami de l'auteur : « On m'a appris que c'était une chose juste de posséder ce que l'on a. Mais si on commence à avoir trop, cela montre que l'on ne se préoccupe pas des siens comme on le devrait. Si l'on devient riche, c'est que l'on a pris des choses qui appartiennent à d'autres. Prononcer les mots " Navajo riche " revient à dire " eau sèche " ». (*Arizona Highways*, août 1979).

Rites guérisseurs : à chaque maladie correspond un rite guérisseur qui peut durer jusqu'à neuf jours. Parfois, pour un seul chant, plusieurs centaines de prières et d'incantations doivent être exécutées au mot près. Si le chanteur est à la hauteur, le patient retrouvera l'harmonie. Par exemple, la Voie de l'Ennemi permet de guérir celui qui est sous l'emprise d'un sorcier, la Voie du Sommet de la Montagne celui qui s'est trop approché d'un ours...

Shaman : terme quelque peu impropre (de même que *medicine-man*) pour désigner le chanteur navajo.

Sorcier : homme ou femme décidé à faire le mal.

Ute : tribu du Colorado formée de sept nations, originaire des Rocheuses, ennemie des Navajos, qui vécut en relative bonne harmonie avec les Blancs jusqu'en 1878, lorsque ceux-ci les spolièrent de leurs territoires pour en exploiter les précieuses ressources. Certains guerriers s'étaient notamment joints aux troupes de Kit Carson pour l'invasion de Canyon de Chelly.

Végétation : épicéa, genévrier (*juniperus*), pin pignon (*pinus pinea*), pin ponderosa (*pinus ponderosa*), tremble, pour les arbres.

Pour herbes et buissons : ancolie, aster, bardane (*sandbur* en américain, terme désignant les plantes dont les bractées des fleurs ou des fruits présentent des crochets), chamisa (mot indien dont la traduction, herbes-aux-lapins, est également utilisée ici), chardons, herbes-aux-serpents (*snakeweed* en américain, terme collectif désignant des plantes associées aux reptiles par la forme, les vertus curatives etc...), sorgho (*johnson grass, sorghum halepense*), stipa (*needle grass* en américain, mot regroupant une centaine de variétés de plantes piquantes dont *stipa comata* et *triple-awn(ed) grass* ou *thread and needle grass, aristida longiseta*, herbe aux trois pointes ou arêtes), vigne crève-pneus (*puncture vine* ou *goathead* en américain dont la traduction littérale, tête de chèvre, est également utilisée ici, croix de Malte en français, *tribulus terrestris*), zacate (*sacatan, zacatl, sporobolus wrightii*). Pour certaines de ces plantes nous avons préféré le terme local souvent imagé au terme scientifique ou usuel français.

Vent (Niłch'i en navajo) : le vent-qui-est-dedans, souffle de vie de chaque créature, y compris des plantes ou des montagnes, peut se scinder en quatre composantes mais ne peut être dissocié du vent qui existe partout ailleurs. À l'origine, le Vent Sacré apporte tous les éléments nécessaires à la vie. Dans une des versions de la mythologie, Premier Homme et Première Femme, qui attendent le don de Force, assistent à l'émergence du Vent venu d'un Nuage (ou Brume) de Lumière sous les formes du Vent Noir (vent féminin de l'est, pouvoir de la vie), du Vent Bleu (vent masculin du sud, pouvoir du mouvement), du Vent Jaune (vent féminin de l'ouest, pouvoir de la pensée), du Vent Blanc (vent masculin du nord, pouvoir de la communication) et du Vent des Couleurs Nombreuses (v. dualisme ou quatre ; ici, le comportement global). Mais pour les Navajos il n'y a qu'un seul vent unitaire auquel sont associés quantités de noms différents liés aux origines cardinales, à l'ampleur, l'apparence, les effets etc. Seul et multiple à la fois, le Vent se trouve à l'intérieur de l'individu (le vent-qui-est-dedans) et tout autour de lui, transite dans les deux sens par les organes respiratoires (la communication, faste ou néfaste, peut être symbolisée au niveau de l'oreille, le nez représentant un siège de la pensée). Les membres du Peuple Sacré ont par ailleurs le pouvoir d'influer en bien ou en mal sur le vent-qui-est-dedans.

Voie (de la Bénédiction, du Sommet de la Montagne, etc.) : rite guérisseur navajo. La Voie de la Bénédiction est seule à posséder un but préventif en enseignant comment le Peuple Sacré a créé le Peuple de la Surface de la Terre à Cinq Doigts (*Nihookaa' dine'é*) et comment il lui a communiqué les techniques nécessaires pour y vivre.

Voie Navajo : ce terme désigne l'ensemble de la culture et des coutumes traditionnelles des Navajos.

Wash : le lit, souvent asséché, d'un cours d'eau d'importance variable que des pluies torrentielles parfois tombées très loin en amont peuvent soudain transformer en un fleuve ou un torrent en furie.

Yataalii ou haatali, hataalii, hathatali : terme navajo pour désigner le chanteur.

Ya eeh teh ou ya-ta-hey : salutation navajo.

Yei : mot navajo désignant le Peuple Sacré (v. ce terme.)

Yeibichai : ce chant navajo, qui dure neuf nuits, est le seul faisant appel à des masques.

Zuñi : peu nombreux, vivant en accord avec leurs coutumes ancestrales, ils ont su préserver leur identité au fil des siècles. Ce sont avant tout des agriculteurs travaillant une terre aride. Ils sont 5500 à vivre sur la réserve du pueblo le plus important du Nouveau-Mexique.

Dans la même collection

Cesare Battisti, *Terres brûlées* (anthologie sous la direction de)
Cesare Battisti, *Avenida Revolución*
William Bayer, *Labyrinthe de miroirs*
William Bayer, *Tarot*
Marc Behm, *À côté de la plaque*
Marc Behm, *Et ne cherche pas à savoir*
Marc Behm, *Crabe*
Marc Behm, *Tout un roman!*
James Carlos Blake, *Les Amis de Pancho Villa*
James Carlos Blake, *L'Homme aux pistolets*
James Carlos Blake, *Crépuscule sanglant*
Edward Bunker, *Aucune bête aussi féroce*
Edward Bunker, *La Bête contre les murs*
Edward Bunker, *La Bête au ventre*
Edward Bunker, *Les Hommes de proie*
James Lee Burke, *Prisonniers du ciel*
James Lee Burke, *Black Cherry Blues*
James Lee Burke, *Une saison pour la peur*
James Lee Burke, *Une tache sur l'éternité*
James Lee Burke, *Dans la brume électrique avec les morts confédérés*
James Lee Burke, *Dixie City*
James Lee Burke, *La Pluie de néon*
James Lee Burke, *Le Brasier de l'ange*
James Lee Burke, *Cadillac Juke-Box*
James Lee Burke, *La Rose du Cimarron*
James Lee Burke, *Sunset Limited*
James Lee Burke, *Heartwood*
Daniel Chavarría, *Un thé en Amazonie*

Daniel Chavarría, *L'Œil de Cybèle*
Daniel Chavarría, *Le Rouge sur la plume du perroquet*
George C. Chesbro, *Bone*
George C. Chesbro, *Les Bêtes du Walhalla*
Christopher Cook, *Voleurs*
Robin Cook, *Cauchemar dans la rue*
Robin Cook, *J'étais Dora Suarez*
Robin Cook, *Le Mort à vif*
Robin Cook, *Quand se lève le brouillard rouge*
David Cray, *Avocat criminel*
Pascal Dessaint, *Mourir n'est peut-être pas la pire des choses*
Tim Dorsey, *Florida Roadkill*
Tim Dorsey, *Hammerhead Ranch Motel*
Wessel Ebersohn, *Le Cercle fermé*
James Ellroy, *Le Dahlia noir*
James Ellroy, *Clandestin*
James Ellroy, *Le Grand Nulle Part*
James Ellroy, *Un tueur sur la route*
James Ellroy, *L.A. Confidential*
James Ellroy, *White Jazz*
James Ellroy, *Dick Contino's Blues*
James Ellroy, *American Tabloid*
James Ellroy, *Crimes en série*
James Ellroy, *American Death Trip*
Davide Ferrario, *Black Magic*
Barry Gifford, *Sailor et Lula*
Barry Gifford, *Perdita Durango*
Barry Gifford, *Jour de chance pour Sailor*
Barry Gifford, *Rude journée pour l'Homme-Léopard*
Barry Gifford, *La Légende de Marble Lesson*
Barry Gifford, *Baby Cat Face*
James Grady, *Le Fleuve des ténèbres*
James Grady, *Tonnerre*
James Grady, *Comme une flamme blanche*
James Grady, *La Ville des ombres*
Vicki Hendricks, *Miami Purity*
Tony Hillerman, *Le Voleur de temps*
Tony Hillerman, *Porteurs-de-peau*

Tony Hillerman, *Dieu-qui-parle*
Tony Hillerman, *Coyote attend*
Tony Hillerman, *Les Clowns sacrés*
Tony Hillerman, *Moon*
Tony Hillerman, *Un homme est tombé*
Tony Hillerman, *Le Premier Aigle*
Tony Hillerman, *Blaireau se cache*
Craig Holden, *Les Quatre Coins de la nuit*
Thomas Kelly, *Le Ventre de New York*
William Kotzwinkle, *Midnight Examiner*
William Kotzwinkle, *Le Jeu des Trente*
Terrill Lankford, *Shooters*
Michael Larsen, *Incertitude*
Michael Larsen, *Le Serpent de Sydney*
Dennis Lehane, *Un dernier verre avant la guerre*
Dennis Lehane, *Ténèbres, prenez-moi la main*
Dennis Lehane, *Sacré*
Dennis Lehane, *Mystic River*
Dennis Lehane, *Gone, Baby, Gone*
Dennis Lehane, *Shutter Island*
Elmore Leonard, *Zig Zag Movie*
Elmore Leonard, *Maximum Bob*
Elmore Leonard, *Punch créole*
Elmore Leonard, *Pronto*
Elmore Leonard, *Beyrouth-Miami*
Elmore Leonard, *Loin des yeux*
Elmore Leonard, *Viva Cuba libre!*
Elmore Leonard, *Dieu reconnaîtra les siens*
Bob Leuci, *Odessa Beach*
Bob Leuci, *L'Indic*
Jean-Patrick Manchette, *La Princesse du sang*
Dominique Manotti, *À nos chevaux!*
Dominique Manotti, *Kop*
Dominique Manotti, *Nos fantastiques années fric*
Tobie Nathan, *Saraka Bô*
Tobie Nathan, *Dieu-Dope*
Jim Nisbet, *Prélude à un cri*
Jack O'Connell, *B.P. 9*

Jack O'Connell, *La Mort sur les ondes*
Jack O'Connell, *Porno Palace*
Jack O'Connell, *Et le verbe s'est fait chair*
Hugues Pagan, *Tarif de groupe*
Hugues Pagan, *Dernière station avant l'autoroute*
David Peace, *1974*
David Peace, *1977*
Andrea Pinketts, *La Madone assassine*
Andrea Pinketts, *L'Absence de l'absinthe*
Michel Quint, *Le Bélier noir*
John Ridley, *Ici commence l'enfer*
Édouard Rimbaud, *Les Pourvoyeurs*
John Shannon, *Le Rideau orange*
Pierre Siniac, *Ferdinaud Céline*
Les Standiford, *Johnny Deal*
Les Standiford, *Johnny Deal dans la tourmente*
Richard Stark, *Comeback*
Richard Stark, *Backflash*
Richard Stratton, *L'Idole des camés*
Paco Ignacio Taibo II, *À quatre mains*
Paco Ignacio Taibo II, *La Bicyclette de Léonard*
Paco Ignacio Taibo II, *Nous revenons comme des ombres*
Ross Thomas, *Les Faisans des îles*
Ross Thomas, *La Quatrième Durango*
Ross Thomas, *Crépuscule chez Mac*
Ross Thomas, *Voodoo, Ltd*
Jack Trolley, *Ballet d'ombres à Balboa*
Andrew Vachss, *Le Mal dans le sang*
Y. S. Wayne, *Objectif Li Peng*
John Wessel, *Le Point limite*
John Wessel, *Pretty Ballerina*
Donald Westlake, *Aztèques dansants*
Donald Westlake, *Faites-moi confiance*
Donald Westlake, *Histoire d'os*
Donald Westlake, *361*
Donald Westlake, *Moi, mentir ?*
Donald Westlake, *Le Couperet*
Donald Westlake, *Smoke*

Donald Westlake, *Le Contrat*
Donald Westlake, *Au pire, qu'est-ce qu'on risque ?*
Donald Westlake, *Mauvaises Nouvelles*
J. Van de Wetering, *Retour au Maine*
J. Van de Wetering, *L'Ange au regard vide*
J. Van de Wetering, *Le Perroquet perfide*
Charles Willeford, *Miami Blues*
Charles Willeford, *Une seconde chance pour les morts*
Charles Willeford, *Dérapages*
Charles Willeford, *Ainsi va la mort*
Charles Willeford, *L'Île flottante infestée de requins*
Daniel Woodrell, *Sous la lumière cruelle*
Daniel Woodrell, *Chevauchée avec le diable*

Cet ouvrage a été réalisé par

FIRMIN DIDOT
GROUPE CPI
Mesnil-sur-l'Estrée

*pour le compte des Éditions Payot & Rivages
en août 2003*

Imprimé en France
Dépôt légal : septembre 2003
N° d'impression : 63898

LA

POLICIER

HIL

Ville de Montréal

Feuillet de circulation

À rendre le

24 JAN. 2004	17 AOUT 2004
13 FEV. 2004	05 OCT. 2004
	05 OCT. 2004
02 MAR. 2004	21 FEV.
09 MAR. 2004	03 MAR. 2005
18 MAR. 2004	
15 AVR. 2004	
06 MAI 2004	
01 JUIN 2004	
13 JUIN 2004	
13 JUIL. 2004	
12 AOUT 2004	
AOUT 2004	

06.03.375-8 (01-03)

-- DEC. 2003

RELIURE LEDUC
450-460-2705